徳間文庫

拵屋(こしらえや)銀次郎半畳記

汝(きみ)想(おも)いて斬(ざん)㈢

門田泰明

徳間書店

七十九

関口新陰流道場の主人である関口俊久およびその門弟たちに護られ、這這の体で江戸城へ逃げ帰って来た血まみれの大奥女中たちの一行に、城内は騒然となった。

直ちに緊急会議を召集したのは、四人いた老中の内の誰でもなく、老中格側用人・侍従**間部越前守詮房**だった。

このあたりに、幼君家継の**まなちい**的立場にあり、また幼君の美貌の生母月光院との**ただならぬ仲**を背後に置いた、『間部権力』のかたちが鮮明にあらわれている。

緊急会議に参じたのは間部越前守から声が掛かった、秋元但馬守喬知、井上河内守正岑、阿部豊後守正喬、久世大和守重之の四老中に加え、幕府最高政治顧問（執政官）新井筑後守白石、将軍家兵法指南柳生備前守俊方、そして首席目付の和泉長門守兼行の七名だった。

なかでも秋元但馬守喬知は学問好きで知られた老中であり、そのため和歌、絵画などに秀れる関白近衛基熙と気脈相通じること多く、したがって亡き六代様（徳川家宣）の正室にして近衛基熙の娘である**天英院**の〝ひととなり〟に強くひかれている。

間部越前守の声が、緊急会議に出席した彼ら上級幕僚たちに向かって、矢継ぎ早に飛んだ。

江戸の男たちが嫌う〝凄い〟美男役者生島新五郎にも劣らぬ端整な間部越前守の顔は、日頃の冷やかな印象を失って、紅潮していた。

「長門守（銀次郎の伯父）。帰城いたした大奥女中たちとその一行が襲撃者より受けた被害状況は正しく把握できておるのか」

「はい。目付総出で詳細に把握できてございます。同行した武士の五名に重傷者が、七名に軽傷者が出ており、また大奥女中の八名が軽傷を負って、これら二十名に対し既に治療が開始されております」

「一行の中には御年寄(おとしより)の宮路(みやじ)、御中老(おちゅうろう)の梅山(うめやま)、表使(おもてづかい)の芳川(よしかわ)がいたと耳に致しておるが……」

「宮路殿ほか二名のお歴歴(れきれき)につきましては、幸いご無事です。ただ、宮路殿に限っては心の臓が余り丈夫でなかったのか、襲撃者の突然の出現により衝撃を受け、乗り物（駕籠）の中で苦しみ気を失ったようでございます」

「手当は？」

「受けましてございます。なお襲撃者は皆、白装束に金色(こんじき)の襷掛(たすきがけ)で、目窓から覗(のぞ)く二つの目が一様にギラギラとして吊り上がっていたらしゅうございます」

「うぬぬ、またしても白装束に金色の襷掛か……」

「此度(こたび)の襲撃者は相当の手練(てだれ)揃いだったようで、ひとりの負傷者も出すことなく引き揚げております。まるで風のように襲い掛かり、潮(うしお)の如(ごと)く引いていったとか……」

「となると、此度も其奴(そやつ)らの素姓(すじょう)を摑(つか)めるどころではなかったな」

「はい、残念ながら……しかも此度は宮路殿が保持いたしておりました雄泉寺と行光寺への御報謝二百両が奪われてございます」

「なにっ」

「白装束の襲撃者が金銭に手を出したのは、此度が初めてでございます。若しかすると連中は、反幕活動の資金に不足し始めたのかも知れませぬ。己れたちの目的を達成させるための行動資金が……」

「だとすれば、襲撃者の動きは一層のこと過激化するのではないか。活動資金を必要とするならば、富裕層に的を絞ってくるぞ。それに、大坂城より江戸へ戻す幕府公金の海上輸送について、全船が無事に江戸湾に入港できるよう、厳しく目を光らせる必要があるな長門守よ」

「確かに……再度、念入りに手を打ちます」

「それにのう長門守。黒書院（銀次郎）の意見を是非にもこの場で聞いてみたい。休みを与えたにも不拘、呼びつけるのは真に心苦しいが、目付の誰かを走らせて銀次郎を直ぐさま召して貰いたい」

「おそれながら銀次郎は、既に昨日の朝早く馬にて御役目旅へと、江戸を発ちましてございます」

「なんと。傷を負った体で旅立ったと申すのか」

「旅立ちの挨拶に我が屋敷へ立ち寄りましたる当人に、いま暫く養生するようにと強く申しつけましたなれど、生まれつきの強情の気性ゆえ、聞く耳を持たず、でありました」

「ふむう……大丈夫かのう。心配じゃ。大番頭六千石津山近江守が口癖のように『あれは稀に見る文武の才に恵まれし豪の者』と称賛して止まぬゆえ、幕翁事件に当たらせたのを期に、自己閉門状態の中にあった桜伊銀次郎をそれこそ一気に、**銀次郎人事**で重職へと押し上げたのじゃが……少し急ぎ過ぎたかのう長門守」

「滅相もございませぬ。長く沈んでおりました桜伊家を**銀次郎人事**にて表舞台へ引き出して下さりましたること、この和泉兼行、心より感謝してございます。また人事発令後の銀次郎が、幕命に全力で当たっている姿勢から、当人の誇りと充実ぶりがはっきりと窺えまする」

「しかし長門守……」

と、それまで無言であった、このところ体調あまり宜しくない老中秋元但馬守喬知（武蔵川越藩六万石藩主）が口を開いた。

首席目付和泉長門守が、「は……」と応じた視線を、老中格側用人間部越前守から老中秋元へと振った。

間部越前守の目が、微かに〝険〟を見せた。年齢六十を過ぎている老中秋元が、幼君家継の嫡母（後見人）で四十代にしては若く見える天英院に接近し過ぎていることを知らぬ筈がない、舞台役者の如き美男の間部越前守だった。

老中秋元が、和泉長門守と目を合わせ、穏やかな口調で言った。

「桜伊銀次郎を、黒書院直属監察官大目付三千石という、上様と一体たる類例なき重職へ、銀次郎人事で引き上げたのは妥当であったと思う。しかし同時に、その重職に不可欠な文武に長じたる家臣を充分な員数、付属させるべきであった。それを怠って銀次郎ひとりに困難で危険な幕命を押し付けたのは、極めて酷であったと思わざるを得ない。違うかな長門守」

「確かにそれは言えましょうが、銀次郎の性格を考えますると、彼に付属させるべき家臣につきましては、当人の意向を捉えてから慎重に運んだ方が宜しいかと思いまする。なにしろ黒書院直属監察官大目付という前例なき高位の役職でございまするゆえ」

「彼の性格は、さほどに難しいのか」

「難しい、と申すのとは少し違いまする。それに、昨日の旅立ち前に我が屋敷へ立ち寄った際の彼の話では、自己閉門となりし桜伊家を辞去して散り散りとなっております旧家臣や女中、下働きの者たちを探し出し、再び雇い入れるようでございまする」

「ほほう、それはまた……」

「旧家臣の中には、文武に秀れたる者も幾人かいましたことから、それらの再雇用が落ち着く前後で、黒書院直属の銀次郎の立場に相応しい手練の配下を幾人か、幕閣が推挙するかたちで考えて戴ければと存じまする」

「なるほど……となると桜伊家が財政的にも成り立つよう、銀次郎が次に帰参した際、速かにその重責に相応しい一時金の支給を決定してやらねばならぬな」

と、老中秋元が二度頷きつつ言い、間部越前守もやや表情を緩めて、こっくりと相槌を打ってみせた。異議なし、という相槌であったから、和泉長門守がホッとした目の色を覗かせた。

間部(まなべ)越前守の視線が柳生備前守俊方を捉え、口を開いた。

「備前殿。大奥女中たち一行の危ういところを救うてくれたという、関口新陰流道場の主人(あるじ)関口俊久とその門弟たちだが……大奥一行が襲撃された時の状況について彼らより詳しく聞き取れましたかな」

「はい。詳細にわたり聞き取れました。目下、別間(べつま)にて速記録を正式の報告書に清書させており、間(ま)もなくこの席へ届けられましょう。いま暫(しば)しお待ち下さい」

「念のために確認いたすが、その関口俊久は、上覧試合で幕閣中枢に名を知られるようになった、あの関口俊久に相違ござらぬな」

「相違ありませぬ。昨年春、白書院広縁(ひろえん)の外側に付属せし月見舞台（大広縁(おおひろえん)とも称す）にて催されたる上様ご上覧の武芸大会で、諸大名家の強豪剣士十名を相手に勝ち抜いた、あの関口俊久でござる。是非にも我が藩へ、と召しかかえの声が、二、三の大名家からございました」

「なるほど。が、まあ、よくぞ大奥一行を守ってくれたものじゃ。のちほど勘(かん)定方(じょうがた)に褒賞(ほうしょう)の金品を調(ととの)えさせるゆえ、備前殿より関口俊久とその門弟たちに手渡してやって下され」

「有り難うございまする。なれど、なるべく金品ともに地味に致して下され。当人たちが思い上がってはなりませぬゆえ」

「思い上がる？……どういう意味でござる」

「すでにご存知の如く、あの関口は柳生藩に仕えし足軽の身分。しかし剣の修練には殊の外熱心で、二十歳に達する前には藩邸内道場で十指に数えられる程の腕前に……」

「うむ。その点も此処に集まりし者皆、承知してござるが」

「はい、その腕前と修行熱心な姿勢を買って、私は彼を上覧試合に出したのでございましたが、これがいけなかった。隠れていた性格が表に出てきたというか……」

「天狗に？」

「仰せの通りです。もともと関口は足軽の身分でありながら藩邸道場において、御目見以上の上士層を遠慮なく打ち据えておりましたゆえ、藩士たちから嫌われ気味で孤立傾向の中にありました。そこへもって上覧試合での十人勝ち抜きにより、諸大名家から、ちやほやされて……」

「うむ……だが備前殿。剣の修行においては身分の上下など、関係ないのではありませぬかな」

「それは確かに……身分の上下などと申すのは、剣の修行においては上達のための条件に入ってはおりませぬ。入ってはおりませぬが、**長幼の序**に沿った**人の道**は、柳生新陰流にとっては忘れてはならぬ**剣の魂**に位置付けされております」

「関口は、**長幼の序**に沿った**人の道**、にはずれていると備前殿は申されるか？」

「いささか……」

「具体的には？」

「目録級の人格秀れたる上士層の老剣士を、若手藩士たちの目の前で遠慮容赦ない業でもって徹底的に打ち負かすということを、平気で遣って退けるのです。顔色、表情ひとつ変えずに」

「なるほど。それでは藩士たちに好かれませぬな。そこで備前殿は、関口の腕前を惜しみはしたが、当人の性格や藩士たちの反発を憂慮し、彼を藩邸の外へ出したという訳ですな」

「いかさま……上覧試合で十人を負かせた関口を藩邸の外にて仕えさせることを

思いつきましたのは、江戸川橋南袂の関口の地に小さな売り道場があるとの話を耳にしたことによります」

「真に都合よき売物でしたな。足軽という軽輩の彼にその小さな道場と、関口俊久という新たなる姓を与え藩邸の外に出すという措置には、剣術好きの当人は案外に満足だったのでは？」

「仰せの通りです。その措置を事務的に進めたのは我が藩の用人でありましたが、その者の報告によりますと、私の名の一文字〝俊〟を与えられた当人は大層喜んでいたと申します。何よりも幸いであったのは、彼に与えたその関口の道場が偶然とは申せ、雄泉寺と行光寺に極めて間近かったこと。これにより駆けつけた寺の小僧によって危急の報せを受けた道場は、直ぐさま対応できた訳ですゆえ」

「確かに道場の位置がもう少し遠ければ、間違いなく大奥ご一行の中に死者が出ておりましたな。それゆえ備前殿、関口道場に対する褒賞は急いでやらねばならぬ。これ長門守（銀次郎の伯父）……」

「は……」

「其方、この会議が終わり次第、私の隣に座しておられる筑後殿（新井白石）の意見をよくお聞きして、関口道場への褒賞の件、急ぎ進めなさい」

「畏(かしこ)まりました。筑後守様、宜しく御願い申し上げます」

間部越前守の指示に上体を丁重に傾けつつ頷(うなず)いて応じた和泉長門守は、そのあと視線を新井白石に移して、これも丁重に頭を下げた。

新井白石が、「うむっ」という感じで黙って頷いた。禄高(ろくだか)から見れば首席目付である和泉長門守の方が上であったが、政治権力の観点からでは圧倒的に新井白石の方が上位である。それは先程の、新井白石に触れた間部越前守の口調にも、はっきりと表われている。和泉長門守に対しては、長門(ながと)守、と呼び捨てだが、新井白石に対しては、筑後殿と殿を付している。また、〝私の隣に座しておられる〟、〝意見をよくお聞きして〟、などの言葉は、間部(まなべ)越前守ほどの権力者が新井白石に対し、一目(いちもく)置いている証(あかし)と言えよう。

「ところで備前殿。いささか下世話に過ぎる問いと受け取られるかも知れぬが、江戸柳生総帥(そうすい)の立場にある備前殿から見て、若し関口俊久と桜伊銀次郎が立ち合えば、どちらが勝つであろうかのう」

やや声の調子を抑えてそう訊(たず)ねたのは、老中井上河内守正岑(まさみね)（常陸笠間(ひたちかさま)藩六万石藩主）であった。

他の者にも関心を呼ぶ問いであったと見え、皆の姿勢が申し合わせたように少しばかり柳生備前守の方へ傾いて視線が集中した。

が、備前守は皆の関心を一蹴するかのように、「いやいや……」と首を横に振った。

「これはもう間違いなく、大人と子供の対決になりましょう」

「なに、大人と子供？」

老中秋元が目を丸くした。どちらが大人で、どちらが子供であるかまだ判っていないというのに。

備前守が重重しい調子で言った。ひと言ひと言に、ずしりとした響きがあった。

「黒書院監察官大目付にして従五位下、桜伊加賀守銀次郎殿の剣には、もはや私でも勝てませぬ。天才剣と称されし尾張柳生家の五代当主にして尾張藩兵法指南の柳生厳延でも到底歯が立ちますまい」

「なんと……」

老中秋元は思わず、他の老中たちと顔を見合わせた。

備前守は更に言葉を続けた。

「黒書院銀次郎殿の剣は、剣術ではないと考えまする。床滑七四郎ほどの忌わしくも凄まじい邪剣を撃破したのは、刃を恐れぬ炎憤の激情であろうかと思います」

備前守はそう言いながら自分の顔の前に人差し指でゆっくりと、炎憤の激情、と書いて見せた。また、万石大名であり将軍家兵法指南でありながら、いつの間にやら銀次郎に殿を付している。

間部越前守が問うた。

「それはいわゆる、肉を斬らせて骨を断つ、という……」

「いいえ」

間部越前守の言葉が皆まで終わらぬ内に、備前守は再び首を横に振った。

「そのように生易しいものではないのでは、と思っております。我が柳生の女忍びの報告により我我すでに承知いたしておりますように、大磯宿にて刺客集団十六名に襲われし銀次郎殿はその全員を殆ど一撃のもとに斃しております。全身の数か所に決して軽くはない傷を負いながらも……」

聞く者皆が息を殺したように、硬い表情となったなかで一人、背筋に悪寒を覚え思わず身震いした者がいた。

銀次郎の伯父、和泉長門守兼行である。彼は大磯に潜ませていた黒鍬の報告により、銀次郎の壮烈な戦闘ぶりを承知している。

備前守は長門守の身震いを捉えたのかどうか、長門守の顔を見つめつつ言葉を続けた。

「銀次郎殿の激烈な戦闘を、我が柳生の女忍を束ねる寂と申す手練が間近にて検ていたことにつきましては、老中会議への報告文書に認めた通りでありまするが……」

そこで言葉を休めた備前守は、視線を長門守から外さずに一つ大きく呼吸をしたあと言った。

「その寂より私が直接聞いたところによれば、銀次郎殿の剣は相手に対して打ち下ろす際、地鳴りのような凄まじい音を発したと申します。また、切っ先が相手の肉体に食い込んでひねり上げた際、バシッという音と共に白い稲妻が飛び散るように走ったと言います」

「なんと……白い稲妻が……」

呟いた間部越前守の喉仏が、ごくりと小さく鳴って上下した。

八十

翌日の夕方七ツ頃（午後四時頃）。朝から薄曇りが続いている空から霧雨が降ったり止んだりで、江戸の町は陰気に湿っていた。日差しがないから、ずうっと薄暗くもあった。

「うん、ここだ」

いま、日本橋川の畔、〝鎧之渡し〟を目の前に見る高級料亭（厳密には料亭の呼称が生まれるのは時代がもっと下がってから）『なだ長』の前で足を止めたのは、この一両日で上級幕僚たちに一躍その名を知られるようになった、関口新陰流道場の主人関口俊久であった。はじめてこの高級料亭を訪ねてきた彼である。

「それにしても凄い門構えだのう、これじゃあまるで武家屋敷だ」

関口はぶつぶつと呟きながら、門扉を左右に大きく開いた上土門（法隆寺本坊の上土門は必見）の下に入って、傘を静かに畳んだ。いつの間にか、雨は止んでいた。

門から先、十二、三間ほど先に丸竹を格子状に大きく組んだ珍しい拵えの玄関引戸がある。

その玄関引戸を背にして立っていた三十半ばくらいに見える女性が関口に気付くや、丁重に腰を折ってから、満面に笑みを浮かべて彼の前にやってきた。

「お待ち申し上げておりました。女将の志乃と申します。関口俊久様でいらっしゃいますね」

「そうだが、驚いたな。どうして判った」

「ここは、**なだ長**でございますゆえ」

それくらいのことは事前に把握していて当然の格式ある店でございます、と言っているかのような口ぶりではあったが、表情はにこやかさを失わず、したがって言葉に厭味な響きはなかった。

「左様か。うん、なるほどな」

と、応じた関口俊久を、「さ、ご案内いたします。こちらへ……」と女将の志乃は先に立ち、四盤敷を踏んで庭内へと入っていった。足元灯籠が四盤敷のところどころで既に明りを点している。

四盤敷とは、広い拵えの庭内を歩むための飛石（渡り石）の一形式で、切石敷とも称して真四角（正方形）な切石を一定の間隔（わたり、と言う）を定めて縦に長く敷き詰めたものを指している。

関口俊久が女将志乃に案内されたのは、檜皮葺屋根に**吉野窓**がひときわ目立っている離れだった。

吉野窓というのは、大丸窓とも称して、差し渡し（直径）が三尺三寸以上もある円窓を指しており、奈良の当麻寺中之坊、京の醍醐寺三宝院松月亭および高台寺遺芳庵などに必見に値する例が見られる。とくに高台寺遺芳庵の大丸窓の拵えは**吉野太夫**好みであったことから、**吉野窓**とも言われているのだ。

慶長・寛永の時代に生きた京の吉野太夫は貧しい武家の娘から、幼時に宵待草（夜の社交界）へと身をおとして育てられた才色兼備の遊女として余りにも名高い。

この吉野太夫を落籍せんとして、近衛信尋と灰屋紹益（しょうえき、とも）が烈しく争い京の人人が固唾をのんで見守った話は有名である。

それはそうであろう。近衛信尋は後陽成天皇の第四皇子であり、関白近衛信尹家へ養嗣子として入ったあと、関白・左大臣まで登り詰めた上層公卿中の公卿である。千利休の**高弟七哲の一人**に数えられる**古田織部**門下のすぐれた『茶人』として、また『画』・『書』をきわめた芸術家**応山**としても名高い教養豊かな上層貴族だ。

また灰屋紹益は、京の**豪商**として知られ、あり余る財力にものを言わせて、二条派歌人の貴族・権大納言烏丸光広より『和歌』・『俳諧』を学び、また書家にして歌人の公卿・従一位飛鳥井雅章から『蹴鞠』を、そして『茶道』を千利休の長男で、**豪快にして作意工夫にすぐれる茶人**の評価高い千道安より学んだ。

この〝二大文化人〟の色町での激突は豪商、灰屋紹益に軍配が上がって、吉野太夫はめでたく正妻の座に就いたのである。

日常的な貧しさが深刻であったがゆえに幼くして宵待草に身をおとした吉野太夫にしてみれば、目の前にあらわれた『金脈の縁』に対して、「絶対に手放してなるものか……」という必死の強い思いがあったのかも知れない……。

それはともかくとして、その吉野太夫が好んだという拵えの吉野窓へ、女将の志乃は足音を立てぬようにそっと近付いていった。

「ただいま関口様をご案内いたしました」

女将が閉ざされている吉野窓の向こうへ声を掛けるのを、関口は怪訝な目で眺めた。

左手すぐの所にこの離れの玄関があるのに何故吉野窓へ声を掛けるのか、と思ったのであろう。

吉野窓の向こうから、若くはない渋い声が返ってきた。

「世話を掛けたな、女将は下がってくれて結構だ。どうも有り難う」

「畏まりました。それでは……」

女将は吉野窓の向こうへ丁寧に御辞儀をしたあと、関口に微笑みかけて下がっていった。

その後ろ姿が四盤敷露地を足早に離れていくのを待つようにして、吉野窓の二枚両引き障子の片側が、音を立てることもなく静かに開けられた。

大行灯の明りを背に置くかたちで、関口が初めて見る恰幅がいい武士が窓際に寄ってきていた。

彼は関口俊久と顔を合わすと、にっこりとして目を細め、

「もそっと近くへ……」

と、渋い声で告げた。決して軽輩者ではないと判る重い響きの声だった。

「は……」

と応じてから関口は神妙な様子で、窓に近付いた。彼は「此度の勇気ある関口道場の活躍に対し幕府より報奨が下される」という柳生家の遣(つか)いの連絡を受け、こうして高級料亭『なだ長(おさ)』を訪れたのであった。

恰幅がいい武士は、にこやかさを失わずに言った。

「関口道場の関口俊久じゃな……なかなかの剣達者ゆえ既に名は知っておるが、こうして顔を見るのは初めてじゃが、なるほど剣客らしいよい目をしておる」

「恐れ入ります。関口俊久でございまする」

「私は**佐野嘉内**(さのかない)じゃ」

と名乗った佐野嘉内を全く知らぬ関口であったから、「宜しくお願い致します」と言葉短く返すしかなかった。

佐野嘉内は柳生新陰流の斬新(ざんしん)な技法伝書である『**柳生流新秘抄**』を、そう遠くない内に執筆を了(お)え完成させる（正徳六年・一七一六）柳生家の高弟である。

が、足軽出の関口は、柳生新陰流の技法伝書を書きあげることが出来るほど文武の才ある人物を、知らなかった。柳生家の人材は、足軽の立場からは見通せないほど奥が深い。

「これはのう関口や……」

佐野嘉内はそう言って胸懐から、紫の袱紗(ふくさ)に包まれたものを取り出した。

ひと目で「金(かね)だ……」と、関口には判った。しかも、さして厚みを感じさせないその袱紗包みから、「切り餅(きりもち)一つくらいか（二十五両）……」とも読めた。

佐野嘉内は、にこやかに言葉を続けた。

「このたびは大奥一行の危難に対し、真(まこと)に天晴(あっぱれ)なる勇気で不逞(ふてい)集団に立ち向かいしこと、柳生家としても鼻が高い。これは幕府より関口道場に対しての報奨じゃ。当日活躍の門弟たちへ公平に分け与えてもよし、何処ぞで酒食の会を楽しく催すもよし、遣い方は其方(そなた)に任せる。さ、受け取りなさい」

「有り難き幸せ。遠慮のう頂戴(ちょうだい)いたしまする」

関口俊久は吉野窓ごしに差し出された袱紗包みを、背筋を伸ばし相手の顔を真っ直ぐに見て受け取った。頭は下げなかった。

ああ俺は矢張り足軽なのだ、座敷へ通されることなく窓ごしに相手された、という思いが瞬時に虚(むな)しく胸の内を掠(かす)めたから、頭を下げなかった。

ところが佐野嘉内はこう言った。

「今日は簡略に報奨の手渡しを済ませたが、其方(そなた)の剣を高く買って下さっている殿（柳生備前守）は、後日改めて其方(そなた)と其方の門弟たちを含めた酒宴の席を調えて下さるそうじゃ。楽しみに待っていなさい」

それを聞いて、関口の胸の内に青空がぱあっと広がった。

「光栄でございまする。門弟たちも喜びましょう。感謝申し上げます」

「休むことなく剣の精神(こころ)と技の創意工夫に磨きをかけることを怠らぬように……」

「はい、一層のこと心掛けます」

「心こそ心迷はす心なれ心に心心ゆるすな」

「は？……」

「貴殿乱舞を好み、自身の能に奢(おご)り、諸大名衆へ押て参られ、能を勧められ候事、偏(ひとえ)に病と存じ候なり」

「は？……」

「関口よ。其方(そなた)は聖僧として名高い**沢庵宗彭**(たくあんそうほう)（天正一年・一五七三〜正保二年・一六四五）の御名を存じおるか」

「あ、あのう……沢庵和尚(おしょう)と言われている人では？」

「そうじゃ。大徳寺（京都）の御住職をつとめられ、また東海寺（品川区）を建立なされ、三代様（徳川家光）に大変重用なされた臨済宗の名僧じゃ。茶道に長じ、詩歌や俳諧にも秀(すぐ)れ、柳生家にも常常深い関心を寄せて下されていてのう」

「は、はあ……」

「いま私が其方に聞かせた言葉二つ、**心こそ心迷はす**……、および、**貴殿乱舞を好み、自身の能に奢り**……、は沢庵和尚が柳生家のために著わして下された**不動智神妙録**の中に述べられている重要な言葉でな……」

「**不動智神妙録**、でございまするか」

「柳生剣の**心法**の**書**、とでも覚えておくがよい。**心法**とは柳生剣でもって相手をする場合の心構え、つまり**真剣勝負**の**際**の**心理**の**書**と申しても言い過ぎではないじゃろ」

「あの……私には難し過ぎて意味がもう一つよく判りませぬ。学がありませぬゆえ」

「よい。慌てずに学びなさい。不動智神妙録に述べられている二つの〝文言〟を再度言って聞かせるゆえ、よく覚えておきなさい。二つとも、近頃の其方にとって大事と考えるゆえ言って聞かせるのじゃ。よいかな」

「はい」

「一つは、**心こそ心迷はす心なれ心に心心ゆるすな**……言ってみなさい」

「心こそ心迷はす心なれ心に心心ゆるすな」

「おお、よく言えたな。感心じゃ。次は少し長いぞ。気持を澄ませてよく聞きなさい。よいかな」

「はい」

難解な言葉を聞かされる関口は自分でも意外に思うほど、素直な気分になっていることに気付いていた。

ま、意味が判っていなかったからであろう。

実は、佐野嘉内が関口に言って聞かせた**不動智神妙録**の二つの〝文言〟は、

『心・技・体いよいよ充実させて大剣客たる円熟の境地に達し、三代将軍徳川家光の絶対的信頼と重用を背に諸大名恐るるに足らぬ程に権勢を沸騰させし柳生但馬守宗矩(たじまのかみむねのり)（柳生藩初代藩主）に対する、沢庵和尚のやさしくも厳しい苦言(おこごと)』であったのだ。己(おの)れを戒(いまし)めよ、という……。したがって不動智神妙録の末尾に近い部分に記されている。

沢庵和尚が不動智神妙録を執筆したのは、柳生但馬守宗矩が重職、大目付（総目付）の座に就いた前後ではないかと推量されるが、異説もあってはっきりと確定してはいないようだ。

八十一

座敷へ招き入れられもしなかったし、盃に一杯の酒も勧められなかった関口俊久ではあったが、二十五両の袱紗包みを懐に上機嫌で『なだ長(おさ)』を出た。

「いま其方(そなた)に聞かせた二つの言葉（文章）は、私がお前に捧げようと用意してきたものじゃ。よって、よく吟味して一日でも早くその意味を突き止めなさい。宜しいな。念の為じゃ。もう一度だけ、ゆっくりと聞かせておこう」

「はい。恐れ入ります。確りと伺います」

「うむ。神妙じゃな。結構」

別れ際、それが二人の間で交わされた言葉であり、関口はその最後の遣り取りに至極、満足をしていた。佐野様から自分に向けられた二つの〝文言〟の意味が全く理解できないままに。いや、理解できなかったからこそ……。

「おお、いつの間にやら眩しいほどの月が……」

関口はすっかり夜の帳を下ろした空を仰ぎ、二十五両を納めた懐を掌でポンと叩いた。

「何処ぞで一杯やってから帰るか」

呟いた関口俊久は早くも計算を終えていた。二十五両の内、道場主である自分が十五両を取り、残り十両を門弟たちに分け与えればよい、と。

『なだ長』の前に流れがあって、それを溯って月明りの下を暫く進むと木橋がかかっている。

関口はその木橋を渡って、小さな武家屋敷が密集している鉄砲通りという静かな通りに入り、西へと向かった。その名の通り、曽てこの界隈は鉄砲衆の住居であった。徳川幕府が成立したのは、慶長八年（一六〇三）二月だが、それによって全国津津浦浦に平和が訪れた訳ではない。

慶長十九年（一六一四）十月には豊臣（西軍）を相手とする『大坂冬の陣』が勃発し、十二月に入って東・西両軍講和となった。

が、しかし、翌慶長二十年（一六一五）四月には豊臣を叩き潰すための『大坂夏の陣』が再び生じ、これは東・西両軍の戦死者二万余名という日本合戦史上、最大級の激戦となって豊臣氏（西軍）はついに滅亡した。この激戦において東軍として貢献した突撃鉄砲隊が、いま関口が歩いている鉄砲通りに居住していた。

「お、やっているな」

関口が呟いて、歩みが緩んだ。

小さな武家屋敷が密集する鉄砲通りが尽きて、そこから左へ曲がった道は町人街へと入り、鍛冶屋通りと通りの名を変えていた。かつては鉄砲衆に必要な鉄砲鍛冶が住んでいたのだろうが、現在では小間物屋だの、八百屋だの、古着屋だのと色色だ。その左へ曲がる角に赤提灯を下げている居酒屋があった。

安っぽい居酒屋ではなかったから安価ではないが酒も肴も旨いことで知られた居酒屋であったから、近在の侍たちもよく訪れ、また関口も門弟たちを連れて月に数度は呑みに来たりする。

「今宵は懐が温かだ。久し振りに、たらふく呑むかな」

呟いて彼は足を速めた。

小さく揺れている赤提灯が次第に近付いてくる。

と、関口の歩みが、不意に止まった。

居酒屋から月明りの中へ出てきた茜色の着流しの侍――三十前後に見える――が、真っ直ぐに関口を見たからだ。

いや、関口を見ながら、つまり関口に気付いて居酒屋から現われたと言った方がよいのかも知れない。

月明りに映える茜色の着流しは、誰が見てもひと目で値の張るものと判った。腰の大小刀は身形の粗い浪人などに見られる無細工な乱れ差しではない。幅広の菱繫ぎ文様の帯で確りと押さえ大小刀綺麗に差し通している。しかも白柄黒鞘だ。

相手に真っ直ぐに見られただけなのに、関口は思わず二、三歩を退がっていた。

べつに恐怖のようなものを覚えて退がった訳ではない。剣客としての本能が、彼の足を後ろへ素早く退げたのだ。

するると相手は穏やかな歩みで近付いてきたから、関口は再び素早く退がって、

「待て……」

と、低い声を発していた。その一瞬、微かな恐怖が脳裏を掠めたのを、彼は感じ取っていた。

しかし、相手は動きを止めなかった。関口の顔から視線を逸らすことなく、七、八間ばかりの隔たりをゆったりとした足取りで詰めてくる。しかも両手を懐にしてだ。

「私に何用か。用があるなら、その場で申せ」

関口は威嚇のつもりで、声を荒らげた。怒鳴り声になっていた。

「天誅……」

着流しの侍が、ひっそりと言った。まだ懐手のままだ。

「なに……ふざけるな。理由を申せ」

関口の声は金切声となって、静かな月明りの夜に響きわたった。

と、居酒屋から、四、五人の侍がばらばらと飛び出してきた。

「あっ、矢張り関口先生のお声だった。どうなさいました先生」

関口新陰流道場の門弟たちであった。

「おお、お前たち、来ていたのか。そこで見ておれ。勉強になろう」

「ですが先生……」

「構うな。そこで私の動きを、ようく見ておれ」

関口はそう言いながら、右手を大刀の柄に運び抜刀しようとした。が、自信たっぷりな彼の堂堂たる緩慢（かんまん）な動き――おそらく門弟たちに見せようとした演出気味な――は、完全に相手の動きを読み誤ったものだった。


　関口の右手が大刀の半ばまでを鞘から滑らせたとき、着流し侍は懐に潜ませていた両手を出すや、地を蹴（け）って蝶のように舞い上がっていた。

（うわっ）

　という顔つきで関口が大刀を抜刀した刹那（せつな）、相手の剣は関口の右手首に矢を放ったかのような強烈な一撃を加え、かえす刀を下から上へと掬（すく）い上げ、彼の下顎を、激しく割裂していた。

顔面を左右に割られた関口が、血泡につつまれた断末魔の叫びを発し、背中から地面に叩きつけられる。

ドンという鈍い音。

「あ、先生っ」

絶叫した若い門弟ひとりが着流し侍の背に迫って、渾身の居合抜刀を放った。

けれども、それよりも速く余裕をもって振り向いた着流し侍は、門弟の刃を高高と満月浮かぶ夜空へ弾き飛ばしざま、またしてもその若い門弟の下顎を深深と割っていた。

これは見る者を震えあがらせる凄まじい打撃力だった。下顎を大きく八の字に裂かれた若い門弟は、仲間の位置まで地表を滑るかのようにして飛ばされて一人に激突。絡み合って地に沈んだ。

「な、何者かあ」

若くはない門弟が、金切り声を発した。動転しているのであろう、震え声だった。

が、着流し侍は血脂で汚れた刃を、懐紙で清めると、満月を仰ぎ見てふうっと

小さな呼吸を吐いたあと、

「桜伊銀次郎……ふふふっ」

と名乗って笑い、門弟たちに背中を向け、両手を懐に歩き出した。

今まさに追い縋ろうとした門弟たちの意思も肉体も、桜伊銀次郎の名を聞いて一気に凍った。

銀次郎に会ったことはなくとも、**銀次郎人事**を知らぬ筈のない、柳生藩ゆかりの関口新陰流道場の門弟たちである。禄高極めて低い、御家人の身分の門弟たちばかりではあったが。


今の世にし楽しくあらば来む世には虫に鳥にもわれはなりなむ

着流し侍が、門弟たちから離れてゆきながら、朗朗とうたい出した。

八十二

「もう一本、いかがでございましょうか」

「いや、もう結構じゃ。関口なる者に茶の一杯も飲ませずに帰したのじゃ。その私が過ぎたる一人酒を楽しむ訳にはいかぬ。この辺でよい」

「相変わらず、筋正しい御気性の佐野様でいらっしゃいますこと。でも、この志乃は佐野様のその御気性を長く敬い好いて参りました」

「そう優しく褒めてくれることはこれ迄に幾度もあったが、その割には手さえ握らせてくれぬ其方ではないか」

「あら、構いませぬことよ。さ、どうぞ遠慮のう触わって下さりませ」

女将の志乃はそう言うと、くすりと含み笑いを小さく漏らしたあと、白い両の手をひらりと泳がせて、文武に秀れたる柳生家の高弟、佐野嘉内の目の前に差し出した。

「ははは、酒の上での戯れは剣を嗜む者は控えねばならぬ」

「ほうら、いつもそうではございませぬか。逃げておいでになるのは、佐野様の方でございますよ。もう長いこと……」

そう言って楽し気に目を細めた志乃であった。

佐野が高級料亭『なだ長』の料理と酒を気に入るようになって、すでに十五年近くになる。十五年前の『なだ長』と言えばまだ〝高級〟と呼ばれるには程遠い、料理と酒の旨い――発展の兆しをちらりと見せ始めた――料理屋に過ぎなかった。

「さて、帰るとするか。供の若い者にも膳は出してくれておろうな」

「はい。玄関を入った奥、控えの間にてきちんとさせて戴いております」

「そうか、有り難う」

佐野嘉内がすっくと立ち上がった時、女将の志乃は佐野の動作に劣らぬやわらかな早さで床の間に近寄り、刀掛けに横たわった見るからに豪壮な印象の大刀を手に取った。

それを佐野に手渡す際の志乃の気配りを見せた動きには、どことなくそわそわとした恋女房殿のような風情があった。

二人が連れ立って短い渡り廊下を経て玄関の方へと向かうと、何処からともなく二人の仲居がにこやかに現われて付き従った。これが柳生家の高弟佐野嘉内を見送る時の作法になっているのであろうか。

　ここでひと言、付け加えておかなければならない。佐野は『柳生家の高弟』の位置にあって、『柳生新陰流道場の高弟』ではない。〝道場の高弟〟よりも高い立場にある。

　彼が玄関に行くと、付き従って来た〝若い者〟がすでに式台へ下りる手前に正座をして待機していた。

　その〝若い者〟の名を尾塚小矢太と言った。年齢は二十歳前といった辺りであろうか。柳生家に奉じる徒士（御目見以下の下級武士）の家の息であって柳生藩邸内道場では小天狗などと評されていた。長幼の序を常に心がけ、剣だけではなく学問にも心がけ、したがって誰彼に可愛がられ、慕われてもいる。

　傲岸不遜なところがあった関口俊久も、藩邸内道場では尾塚小矢太だけは然り気なくだが敬遠していた。出来るだけ立ち合わぬようにと。

「小矢太、食事は旨かったか」

「はい。美味しく頂戴いたしました」

「そうか、うん」

式台の手前で交わされた二人の言葉は、それだけだった。

柳生家高弟と小天狗は、女将志乃と二人の仲居に見送られて上土門(あげつちもん)の外に出た。

ただ、仲居二人は心得た様子で、上土門の外へは踏み出さなかった。

月明りが燦燦(さんさん)と降り注いではいたが、降り続いていた陰気な雨で地面のところどころには、まだ小さな水溜りが残っている。

柳生家高弟と女将は、どちらからともなく夜空を仰いだ。

「まあ佐野様、綺麗なお月様ですこと。この美しいばかりの明るさですと、足元提灯(ちょうちん)は邪魔になりましょう」

「まことにのう。まるで美しい女将がお月様になったようじゃ」

「あら、お上手な」

「なに、世辞(せじ)じゃよ。はははっ」

「もう、憎(にく)い……」

「許せ、ではな。世話になった」

佐野と小天狗は、深深と頭を下げる女将たちを背に、日本橋川に沿うかたちで月明りの下を歩み出した。

女将たちの姿が、暫(しばら)くして上土門の内へと消えた。

「よい月夜じゃのう小矢太。酔いを心地良く深めてくれるわ」

「たくさん呑まれたのでございますか」

「なに、徳利にたったの二本だけじゃ。それでも注(つ)いでくれる人がたおやかで、月夜が淑(しと)やかであると、酒の酔いは心地良く深まるものじゃ。呑む量には関係なくのう」

「初めての**なだ長**(おさ)でございましたが、なかなかいい雰囲気でございました」

「女将の人となりが、店の隅隅に出ているのじゃ、奉公人たちの躾(しつけ)にものう。私が**なだ長**(おさ)を知って十五年になるが、その直後に女将は病で亭主を失っている」

「それでは女将は、店の商いで苦労なさいましたね」

「そうよな。私が通い出した頃の**なだ長**(おさ)は、まだ何処にでも見られる小料理屋だった」

「へええ……それでは女将ひとりの力で、**なだ長**(おさ)はあれほど立派な料亭に成長したのですか」

「小矢太よ……」

「はい」

「私はな、月夜よし夜よしと人に告げやらば来てふに似たり待たずしもあらず、の気持を大切にしてこの十五年の間、なだ長に通い続けておるのだ」

「は？……」

「知らぬのか、今の和歌を……」

「はい、申し訳ございませぬ」

「お前ほど文武に秀れている者がの。が、まあよい」

「無骨者でありますゆえ」

「なに、無骨者は無骨者で爽やかでまたよい」

「お教え下さりませ。今の和歌につきまして……」

「まあよい、と申しておる。日本橋川に沿ってこの先を少し行くとな、軍鶏の肉や臓物を串に通して醤油焼きや塩焼きで出す『河端』という居酒屋がある。熱燗好きには、こたえられぬ。ちょっと立ち寄ってみよう」

「軍鶏の肉や臓物の醤油味や塩味の串焼きとは、旨そうでございますね。『河端』

という店の名も、何とのうよろしゅうございます」

「はじめて聞く名か？」

「はい。訪ねたことはありません」

「病み付きになるぞ、ついて来なさい」

「有り難うございます。お供をいたします」

佐野は両手を懐に、上機嫌だった。女将の志乃の顔を脳裏に想い浮かべつつ、小矢太に気付かれぬよう胸の内でそっと繰り返した。

月夜よし夜よしと人に告げやらば来てふに似たり待たずしもあらず
古今和歌集・巻第十四にみられる『想い歌』（恋歌）七十首の内のひとつで、熱い恋心を女の気持でうたっているのだが、佐野は若い頃からこの歌が好きであった。

おそらく激しい剣の修行の裏返しとして、この女心の恋歌にひかれていたのであろう。

日本橋川のゆっくりとした流れに沿って、二人は言葉短い雑談を交わしながら月明りの下を歩いた。

月明りの通りは、人の往き来はすでに絶えて、静かであった。夜盗や辻斬りの被害がまたぞろ増え始めていたが、二人にとっては何の恐怖もない夜だ。

「おい、金を出しやがれ」

などとうっかり二人に襲い掛かれば、襲い掛かった方が不幸を見るに決まっている。

二人の左手を流れる日本橋川の流れに乗って、猪牙船がすうっと櫂の音を立てることもなく追い抜いた。

「あの店が『河端』じゃ、小矢太」

佐野が、左へ緩く曲がっている川岸通りの向こうを、指差した。

軒から下がった赤提灯が微かに揺れている店がある。

川岸から下がって、店半分ほどが傍の稲荷神社の雑木林に隠されている。

「裏手から回り込んだ方が近い。私はいつも調理場から声を掛けて入り、その脇の板間で一杯やることになっている。老夫婦のてきぱきとした調理の手捌きを眺めるのを楽しみながらな」

「老夫婦でやっている店なのですか」

「ああ、老夫婦とも、私がかつて出稽古（でげいこ）に出かけていた小大名家の下働きだった。それが四十半ばを過ぎてから、小大名家の下働きを辞して、あの店をやり出したのだ。……その角を右へ折れた方が近道だ」

両手を懐の佐野が、すぐ目の前の角を、顎の先を小さく振って示した。

二人は、すでに表口を閉ざしている味噌問屋の角を右に折れて日本橋川の支流沿いに入っていった。

半町ばかり先に稲荷神社の背丈の低い雑木林が、心細気に横に広がるかたちで待ち構えている。すっかり開発を終えて武家屋敷や大小の町家（まちや）が密集しているこの支流沿いの地区にとっては、ほんの僅（わず）かに心細く残された貴重な雑木林と言えた。

これとていつ消えるか判らない運命（さだめ）だが、雑木林の猫の尾のように心細い一方が遠慮がちに、山王（さんのう）御旅所に触れているので、まだ開発の手が付けられないでいる。

二人は雑木林の狭くはない調（ととの）った通り——先で左手へと曲がっている——に入っていった。

月明りは皓皓(こうこう)と降っていた。

雑木林の出口が、直ぐ先に見えている。容易に通り抜けが出来る全く深くはない雑木林なのだ。

佐野が、ご機嫌な調子で言った。

「あの雑木林の出口を出て左手を見るとな、手の届く所に『河端』の調理場が見える」

「いつも其処(そこ)から入っていらっしゃるのですか」

「左様さ。老夫婦が忙しく立ち働いている中を、邪魔にならぬよう、そっとな」

「あ、気のせいか、なんだか香ばしいよい匂いが漂ってくるような……」

「いや、気のせいではないぞ。こいつは、醬油のタレに漬け込んだ軍鶏の臓物の串焼きじゃ」

「たまりませんね」

「おい、足を速めぬか」

「同感です」

二人は目の前に迫ってきた雑木林の出口へ向かって、足を速めた。

いや、正確には、足を速めようとした、であった。その瞬間に、まるで凍り付いたように動きが止まっていた。

雑木林の出口、そこへ地から湧き出たかのようにして、着流しの二本差しがふらりと現われたのだ。雑木林の出口を塞ぐようにして。

「なに奴……其処を退かれよ」

佐野の体には心地良い量の酒が入っていることを承知している小矢太は、彼の前へ回り込むようにして立ち、相手に対し厳しい調子で、抑えた声を放った。

左手はすでに、帯の上から左腰の大刀を押さえている。

その小矢太の背後で佐野嘉内は懐手を改めることもなく、悠然の態であった。

「ふふふっ、佐野嘉内殿。料亭なだ長のあとは必ず河端を訪ねるという俺の読みは、矢張り当たったな」

言われて月明りの下、佐野ほどの人物の眉が、ピクリと二度震えた。

自分の動きを知られていた、いや、読まれていたことで、彼の背すじに冷たいものが走っていた。それでも両手を懐に納めた悠然の態は改めなかった。

「無礼な。名乗れ」

小矢太は、左腰の大刀を帯の上から押さえたまま、その場に佐野を置いて数歩、相手との隔たりを詰めた。

「無礼な、名乗れ。ふふふっ」

相手が小矢太の言葉を真似て、含み笑いを漏らした。いかにもわざとらしい含み笑いだった。

が、そのような嘲りに易易と乗る柳生の小天狗ではない。

「小矢太、斬ってはならぬ。いや、斬ってもよいが手傷を負わせる程度にして捕えよ」

「小矢太、斬ってはならぬ。いや、斬ってもよいが手傷を負わせる程度にして捕えよ、ですか」

相手が殆ど反射的に真似た。佐野の重重しい声の質までそっくりに。

「おのれ。名乗れ、名乗るのが怖いのか」

今度は小天狗がせせら笑って、相手との間を更に詰めた。それで双方の隔たりは二間余（三・六メートル余）にまで狭まった。

「俺の名か……ふふふっ。柳生備前守俊方。ようく覚えておけ」

「なにいっ」

尊敬する主人の名を出されて小天狗の怒りに炎がつき、その若い肉体が思わず震えた。

「待ちなさい小矢太。どうやらその薄汚れた狐の狙いは、私にあるようだ。ここまで下がってきなさい」

「ですが……」

「言うようにしなさい。お前の剣は未だ潔い。その潔い剣を、目の前に物欲し気に現われた溝臭い狐の血で汚してはならぬ」

物欲し気に現われた溝臭い狐、は相手に効いた。相手の眦が吊り上がった。

小天狗は相手を睨みつけたまま、佐野の位置まで後退った。

若い彼は溝臭い狐から視線を外さずに囁いた。

「先生は御酒を召しあがっていらっしゃいます。危険でございます」

「剣士たる者、酒を楽しむ場合も、どの程度の量で切っ先が乱れるかを心得て呑まねばならぬ。ま、ここで見ていなさい。よい学びとなる」

「は、はい」

「羽織を頼む」

佐野嘉内はゆっくりとした動きで羽織を脱ぎ、小矢太の手に預けた。

雑木林の出口に位置していた溝臭い狐が、雑木林の中へと入ってきた。彼の後方の空に浮かぶ月によって拵えられた黒黒とした人影が、こちらへと近付いてくる。

佐野が履いていた雪駄を脱いで踏み出すと、狐の人影が静止した。

佐野が先に抜刀して言った。穏やかな、やさしい響きの口調になっていた。

「真剣でやり合うのじゃ。作法として名乗ってはくれぬか」

「徳川幕府の屋台骨を支える上級幕僚を一人一人、必ず倒していくと心に誓う**天誅**と名乗りし者だ。大老、老中、若年寄と総嘗めにしていく。いや、それよりも先に、桜伊銀次郎なる〝暴れ獅子〟を血祭りにあげねばならぬが」

相手の口から桜伊銀次郎の名が出てきたことで、若い小矢太の表情が凍った。会ったこともない人であったが**銀次郎人事**の触れが行きわたっていることで、その名も職位も承知していた。その御人の黒書院直属監察官などという地位は、若い小矢太にとっては〝雲の上の上の上〟に感じられた。またその剣法が嵐の如く凄まじく、一打一撃ごとに地鳴りがするという噂を耳にしてもいる。

佐野が、

「天誅殿か……承った」

と応じて、ずいっと大胆に踏み出していった。

八十三

正眼対正眼で二人は向き合った。

小矢太がいつでも加勢できるよう、下腹に力を入れ固唾を呑んで見守る。

実は小矢太は、佐野と一度も稽古をしたことがない。

それゆえ佐野の剣術の腕がどの程度のものであるか、知らなかった。

佐野について小矢太が承知しているのは、柳生家の奥深くに在する文武に秀れた偉い御人、という藩内における評価だけだった。

藩邸内道場に佐野が現われる機会は少なくない。

なぜなら、佐野の責任において、藩邸内道場が仕切られ（監理され）ているからだった。

それでも佐野は道場に現われても、木剣を手にしなかった。

道場においては彼は、一段高い位置の三畳の指南台に姿勢正しく正座をして眼光鋭く藩臣たちの稽古を見守るだけだった。

そして何よりも寡黙であった。

その佐野が真剣を手にした姿を、はじめて見た小矢太であった。

（本当に、藩内の噂通りに、佐野先生はお強いのであろうか……）

そういった疑いを、小矢太はこれまでにも幾度も胸中に抱いてきた。

「いよいよ真実が判る……」

小矢太が呟いたとき、「うおいっ」という奇妙な、しかし耳底を打つ其奴の重い気合いで、思わず小矢太はビクッとなった。

その瞬間であった。**天誅**と名乗りし其奴は、地を蹴って矢のように佐野に突っ込んでいた。

鋼と鋼が激しく打ち合う、甲高い音。

一陣の風が雑木林を吹き抜けて唸り、地に映る木木の影が大きく撓った。

「うおいっ」

「せいやあ」

気合いと気合いが激突して、月下に青白い火花が散る。

天誅の刃が佐野の首すじへ、佐野の切っ先が相手の腋へ打ち込まれた。相打ちか、と小矢太は息を止め全身を硬直させた。

が、佐野は相手の刃を避けて横っ跳びに左へ飛んでいた。

柔軟で素早い身のこなしだった。

けれども小矢太の口から、「ああっ」と絶望的な叫びが生じた。

佐野の手にあった大刀が消えている。

それは大きな満月を背にするかたちで、くるくると舞い上がっていた。

「先生っ」

と叫びざま抜刀して、小矢太は踏み出そうとしたが、それよりも遥かに速い天誅の動きであった。

佐野の退避行動に連動するかのようにして、天誅はまるで鼯鼠が舞うようにして大刀を振りかざし佐野に覆い被さっていた。

何を思ったのか佐野が、その鼯鼠（むささび）に対し身を投げ出すようにして右の肩からぶつかってゆく。

（あ、無茶だ……）

小矢太はたまらず目を閉じていた。

その瞬間、「ぐあっ」という低い悲鳴が小矢太の耳に届いた。

彼は目を見開いた。と言っても目をつむっていたのは、ほんの一瞬のことである。

月明りの中に立っているのは、小刀を手にした佐野ひとりの背中だった。

天誅の姿は、その辺りに見当たらない。

佐野が手にしている小刀を雑木林へ投げ捨て、足元近くに落ちている自分の大刀を拾い上げ、懐紙で刃を清め鞘（さや）に戻した。

「大丈夫ですか先生」

と駆け寄る小矢太に、振り向いた佐野が「うむ、この通りだ」と微笑んだ。

「でも先生、左の頬にほんの少し血が滲（にじ）んでおります」

「なあに大事ない。あれほどの遣い手からこいつを奪い取ったのだから、頬に一つや二つかすり傷くらいは受けよう」

そう言って目の前の地面に、顎の先を小さく振ってみせた佐野だった。

「お……指が四本」

「天誅殿はもはや刀を握れまい。それにしても凄腕であった」

「奴は何処へ？」

小矢太は辺りを見まわした。

「雑木林の中へと逃げよった。異様な逃げ足の速さだったな。正統な剣術を使うが、あれは忍び、あるいは忍び侍とみた」

「忍び……」

呟きながら小矢太は、ばらばらにならずかたまって地面に落ちている四本の指へ近寄り腰を下げた。

指はまだ僅かに蠢いていた。四本の指の根は掌の皮筋によってばらばらにならず、心細くつながっている。

「私には先生の剣の閃きが、全く見えませんでした」

「小矢太の目にとまるような業を用いていたなら、私は天誅に勝てなんだろう」

「柳生新陰流の剣技であったのでしょうか」

「当たり前だ」

「それにしても一体何者でしょう」

「心配だ……気になる」

「え？」

「**天誅**の奴め、私の動きを読みとって待ち構えていた。私より先に料亭**なだ長**から引き揚げた関口俊久の身に何事もなければよいが」

「あ、確かに……」

「関口俊久ほどの者でも、あの**天誅**とまともにやり合えば、勝てぬかも知れぬ」

「先生、関口道場へ行ってみましょう。心配です」

佐野が「うむ」と頷き、二人は皓皓たる月明りの中を、いま来た道を戻って走り出した。

八十四

江戸城本丸より中奥への入口そばに時計之間が設けられており、これと接するかたちで『老中・若年寄政談室』(三十二畳)があった。政談室とは密談室を意味している。

いまこの密談室に侍従・間部越前守詮房、従五位下・新井筑後守白石ならびに将軍家兵法指南柳生備前守俊方、目付筆頭(首席目付)和泉長門守兼行らが深刻な顔つきで集まっていた。大老、老中、若年寄らの顔ぶれは見られない。

「おのれ……」

日頃は激することの少ない間部越前守が呟いて、カリッと歯を噛み鳴らした。

無理もない。

幕府重臣である彼等の目の前には今、酷い物が置かれていたのだ。

一升枡ほどの大きさの真新しい白木の箱に、真っ白な美濃紙が丁寧に敷かれ、その中に塩水で丹念に清められて乾いた無残な物が入っていた。

『柳生家の高弟』佐野嘉内が、襲い掛かってきた刺客〝天誅〟野郎の腕から切り落とした〝四本の指〟である。

佐野嘉内の供をした柳生藩邸内道場で小天狗などと評価されている尾塚小矢太が、現場から離れる際に（何かの役に立つのでは……）と判断し、血まみれのそれを佐野嘉内が気付かぬ内に、自分の袂へ入れたのだ。

小天狗としての若さがさせたのであろうが、それが幕僚の密談の場にこうして『刺客出現の証となるもの』として皆の眼前に置かれているのだ。

「それにしても……」

重苦しい雰囲気のなか柳生備前守が口を開き、そこで言葉を休めたあと天井を仰いで言った。

「佐野嘉内は刺客からこのように指四本を奪ったなれど、彼ほどの者が顔を浅くではありますが傷つけられました。また、柳生の総剣客のなかでも、二十指に数えられる関口俊久も殆ど一撃のもとに殺られており申す。襲い来たる刺客は、尋常の者ではない、と見なければなりますまい」

「備前守様（柳生俊方）は、佐野嘉内殿と関口俊久を襲いし刺客は、同一人物と見ておられまするか」

新井筑後守が暗い表情を柳生備前守に向け、丁寧な口調で訊ねた。

「状況をよく見極めた佐野嘉内の報告による、場所や刻限から判断して、間違いなく同一人物であろうかと」

「念のための再確認でありまするが、其奴は天誅と名乗り、大老、老中、若年寄を総嘗めにしてくれる、と佐野嘉内殿に告げたのでございましたな」

「その前に、桜伊銀次郎なる〝暴れ獅子〟を血祭りにあげる、とも……」

「ふむ……どうやら強力な反幕的組織というものがあって、その組織の一員であると捉えるのが正しいようですな」

「反幕的組織という見方には同意致すが、某(私)は新たに生じた不逞集団と見てはおらず、幕僚たちの動静の把握が巧みなことから、幕翁(前の老中首座大津河安芸守忠助。稲妻の異名も)の残党が体制を立て直し、活動を再開させたのではないかと……」

新井筑後守と間部越前守は、思わず顔を見合わせた。

二人とも口から大形に出すことを控えてはいたが、内心は幕翁の残党について（かなり存在しているのでは……）と恐れていた。

間部と新井の幕僚二人が恐れるのは、目的に向かって直情的に激しく動くことを得意として**幕翁**自ら『**稲妻思想**』と名付けていた、その炎（ひ）の思想であった。

雄弁家としても知られ、幕僚としては非常に有能ではあった、幕翁である。

彼の思想の洗礼を受けた者が未だ多数存在しているとすれば、幼君政権としては**恐怖の第二波**の到来を覚悟する必要がある。

間部越前守の目が首席目付**和泉長門守**へ向けられた。

「長門守（ながと）……」

「はっ」

二人の視線がまるで睨み合うようにしていながら、まだ会話に入っていないというのに新井筑後守が口をへの字に結んだ。

「銀次郎を矢張り江戸に呼び戻した方がいいのではないか。これから将軍家の周囲で何が起こるか知れない、と身構えた方が賢明であると思うが」

「おそれながら、銀次郎を呼び戻せば、幕閣の慌てようを不逞集団に想像させることになりかねませぬか」

「よいではないか。勝手に想像させておけばよい」

「いいえ、不逞集団に〝幕閣が慌て出した、怯え出した〟などと想像させれば、奴らの目的・行動を徒に勢いづかせることになりまする。ひとたび炎のように狂い出したる集団を鎮めるには、当方も相当傷つくことを覚悟せねばなりませぬ」

「首席目付の意見は、もっともと考えるべきですな」

横から口を開いたのは、柳生備前守であった。

彼は続けた。

「将軍家は我が柳生が総力をあげてお守り致す。この備前、命を賭けて幼君を守って御覧に入れる。銀次郎殿には是非とも御役目旅の目的を達して貰いたいと願うており申す」

一座が柳生備前守の言葉で静まり返った。

無理もない。将軍家は我が柳生が総力をあげてお守り致す、と言った柳生が、連続して刺客の襲撃を受けているのだ。

皆の重苦しく短い沈黙のあと、首席目付和泉長門守が、苦し気な表情で言った。

「お願い申しまする。銀次郎はたった独り御役目を背負い、まさに野に放たれた一匹の狼の如く旅立ちましてございまする。これは彼の伯父としての私の直感でございまするが、彼は目標へ次第に近付きつつあるのでは、という気が致しております。一匹狼の彼の並はずれて鋭い嗅覚。それを信頼して今暫くの間、彼を自由に行動させてやって戴きとうございます」

「首席目付殿の今の御意見、私も同感でございまするよ」

やや大きな声でそう言ったのは、新井筑後守だった。

すかさず柳生備前守が「うん……」と頷く。

何かを言いかけた間部越前守であったが、それで腕組をし押し黙った。

「首席目付殿……」

新井筑後守が、ことさら**首席**の部分を強調し、彼の方へ上体を傾けた。

和泉長門守が新井筑後守と視線を合わせるよりも先に、新井が言った。

「柳生家の高弟、佐野嘉内殿に手指四本を斬り落とされた刺客は、大老、老中、若年寄と総嘗めにしていくと嘯いた訳だが……」

「あ、いや、嘯いたという見方を取ると、我らの身構えに油断が生じまする。不逞集団は〝絶対に実行る〟という狂った信念のもと、着着と暗殺準備を調えている筈。ただ奴らは、床滑七四郎を撃破した銀次郎の存在を大きな邪魔、と捉えているようですから、暫くは**銀次郎打倒**に向けて暗殺組織の精鋭を放つに相違ありませぬ。銀次郎の伯父だからこそ、はっきりとそう見えまする」

「と、すれば、たった一人の銀次郎は危ないのう。急ぎ支援の者を彼のもとへ送り込んだ方がいいのではないか」

「何時であったか申し上げたと思いまするが、銀次郎は手勢を送り込まれることをおそらく邪魔・迷惑と捉えましょう。手勢が必要なら、御役目旅に立つ前に自ら求めていた筈です。それに現在、銀次郎がどの辺りにいるのか把握できておりませぬ」

「え……銀次郎の動静を見極めんとする黒鍬の者が目立たぬよう、銀次郎と並走していたのでは？」

「それが……申し訳ありませぬ。並走させておりました黒鍬の手練八名が八名とも、**水口**宿の前後で銀次郎を見失ってしまいまして」

「なに。黒鍬の手練八名が八名とも、銀次郎を見失ったと言われるか……」

「ははははっ……」

新井筑後守が目を見張って驚くよりも先に、柳生備前守が目を細めて控え目だが笑った。

緊張しきっていた座の空気が、それでやや和(なご)んだ。

このとき実は、**水口宿**の名を口から出した和泉長門守は、複雑な気分に陥っていた。表三番町の大番頭六千石旗本、**津山近江守忠房**邸へ上級武家作法見習いで預けてある艶(えん)のことを思って、である。

艶(えん)の祖父が過ぎし昔、**豊臣秀吉**の五奉行のひとりであった**長束正家**(なつかまさいえ)**の直系**と今や知ってしまっている和泉長門守と妻夏江(なつえ)であった。

徳川家康（東軍）を相手とした関ヶ原の戦(たたかい)で（慶長五年・一六〇〇）、豊臣勢力（西軍）を石田三成他(いしだみつなりほか)と率いて激しく闘った長束正家は、大敗して**近江国水口**(おうみのくにみなくち)の城（水口岡山城）へと逃れ割腹自決している。

その長束正家が艶(えん)の祖父の直系であるということについては、津山近江守忠房はまだ知らない。

それどころか、銀次郎の耳へもまだ入っていなかった。

右の二人に対して、その事実をいつ打ち明けるかについては、和泉長門守が熟慮すべきであると、妻夏江から強く言われている。

水口は、お伊勢参りの宿駅として古い時代から開け、この地の大岡山山頂に**水口岡山城**が築かれて小さな城下町が創成されたのは豊臣秀吉（羽柴時代）の命によるものだった（天正十三年・一五八五）。

が、この山城の命は短く、間もなく廃城となるのだが、お伊勢詣での参詣道としての重要性は増すばかりで、徳川家康が関ヶ原の戦を制した翌慶長六年（一六〇一）一月に東海道に**伝馬制**（旅人や荷物などを運ぶ目的で宿駅間を馬が往き来する仕組）を敷くと、伝馬宿駅に指定された水口には俄然光が当たり出した。

伝馬制そのものは**古代・律令の時代**にもあって、中央兵部省（令制八省の一つで巨大企業で言うところの総務人事統括本部的な機能を持つ）の役務、たとえば出張や人事・組織等の公文書の伝送に用いられたようであるが、国家の伝馬保護が著しく不充分であったため、やがて衰微していった。

中世・鎌倉期に入って**荘園領主**や**地頭**の台頭と共に伝馬制は復活したが、いずれも領内の農民に負担を押しつけたもので、鎌倉幕府の**公的な制度**ではなく、荘園領主や地頭などが領内の運送機関として用いる**私的**な側面が強かった。

関ヶ原の戦を制して事実上、押しも押されもせぬ天下の覇者(はしゃ)となった家康は、慶長六年一月に伝馬制を敷いたあと、三月に関東検地。五月に伏見(ふしみ)に銀座を設置して丁銀、小粒銀を鋳造。六月佐渡(さど)金山を幕府直轄化。八月京都所司代設置。十月朱印船制度を設置、と矢継ぎ早に政治手腕を発揮していった。

それはともかくとして、黒鍬の手練八名が水口の界隈で見失ったとする銀次郎は一体どこでどうしているのであろうか。

八十五

その桜伊銀次郎は、まぎれもなく東海道・水口宿内の名坂(なさか)という地にいた。自分と並走する黒鍬八名の存在には江戸を発(た)って早くから気付いていた。

今回の御役目旅は曽(かつ)てなかった程の激戦になる。そう予感していた銀次郎は、その激戦を切り崩し切り崩して次第に衰微させていくには、並走する黒鍬の存在が邪魔となる、と判断したのだった。黒鍬に犠牲者を出したくない、という気持も働いていた。彼ら彼女らは黒兵の配下なのだ。

銀次郎が最も恐れるのは、黒鍬の動きが反幕勢力に察知されることで、自分の行動が制約されることであった。

いや、既に気付かれているかも知れない、と身辺に細心の注意を払ってはいる。

それにしても、江戸から遠く離れた銀次郎は何処へ行こうとしているのか？

反幕勢力の根拠地に確りとした心当たりでもあって、動いているというのか？

彼は今、水口の名坂の地にある寺院の広縁に姿勢正しく正座をして午後の遅い日差しを浴び、目の前の見事な庭園を心静かに眺めていた。

誰の手になる庭園かは判らなかったが、予感される激闘を前にして、心を奪われる拵えの庭園だった。荒荒しい気持で眺める者は拒絶する。そういった近寄り難い気品さえ漂わせている。

銀次郎は身じろぎひとつせず、眺め続けた。こちらを向いている庭の正面は緻密に計算された二段構えを窺わせ、躑躅の一種である五月と思われる大刈込の巧みな植栽が、あざやかに左右への展がりを見せ、まるで海の大波小波を想像させた。

（これはもしや、相当に位の高い人が眺めることを考えて作庭されたものではないか……）

銀次郎は、そう思いすらした。

と、銀次郎の表情がほんの僅(わず)かに改まった。

広縁をこちらへと近付いてくる穏やかな足音を、捉えたからだ。

銀次郎がぐっと表情を調えて立ち上がろうと片膝を立てかけたところへ、その足音の人が広縁の向こう角に現われた。

よれよれの質素な僧衣に身を包んだ、小柄な老僧であった。年齢(よわい)、七十歳に届くかどうかという印象だ。

老僧は盆を手にしており、その上にのった大徳利に差し込む日が当たって、白く鋭く輝いている。

「どうぞ、そのまま、そのまま……」

老僧が目を細めた優しい表情で微笑(ほほえ)みつつ、銀次郎に告げた。

「は、はあ……」

恐縮の様子で正座に戻った銀次郎に近寄って、「よっこらしょ……」と盆を置いた老僧は、「胡座を組んで気分をお楽にしなされ」と銀次郎に言いつつも、自身はきちんと正座をした。

「ありがとうございます」

と、笑みを返した銀次郎が正座のままでいると、「さ、お楽に……」と老僧は促した。

銀次郎は老僧の言葉に従って、膝を崩した。

四辺が一尺半ほどの角盆の上には、何処にでも見られるごく普通の大徳利のほかに、掌を広げたくらいの大きさの平盃が二枚と、大根、胡瓜、茄子の漬物を盛った皿がのっていた。

老僧の前の盃はとくに珍しくもない白い陶器であったが、銀次郎は自分の目の前の平盃を見て（こ、これは……）と思わず表情を動かした。

ひと目で木で拵えられた平盃と判るそれは、黒漆塗りで、口造り（口作りとも。のみ口）および高台（碗の底の指先が触れる堤状の部分）の部分だけは金であざやかに装飾されていた。

しかし、銀次郎が思わず表情を動かしたのは、それによってではない。

平盃の底、茶碗で言うところのいわゆる〝茶溜〟に大変なものが金で描かれていたのだ。

それは徳川将軍家の紋、葵の御紋であった。

「驚かれたようじゃな。が、気になさることはない。それ、お受けなされ」

老僧は、よいしょっといった顔つきで大徳利を手にすると、さも重そうに銀次郎の方へ注ぎ口を差し出した。

「いや、先ずは私に注がせて下され」

「年寄りの言うことは、聞いて下さるものじゃ」

「こ、これは……はい」

銀次郎は老僧の注いでくれる酒を、恐縮して受けた。

そして次に銀次郎が注ぎ返して、二人の平盃は今にもこぼれんばかりに酒で満たされた。

「生臭坊主とお思いですかな」

「滅相もありませぬ。上手に呑む酒は地獄の鬼の気持さえも、優しく変えまする」

「うふふっ……いい喩(たと)えですな。では……」

二人は目を合わせ頷き合って、静かな勢いで呑み干し、どちらからともなく盆へ平盃を戻した。

そこで老僧の表情が改まった。いや、厳しくなった、と表現し直すべきかも知れない。

「匿(かくま)って下され、といきなり馬と共に飛び込んでこられた時は、本当に驚きました」

「実に相済まぬことでござりました。この通り深くお詫(わ)び致しまする」

銀次郎は胡座姿勢のまま、深く腰を歪(ま)げ頭を下げた。

「いやなに、詫びることなどありませぬよ。私はあなたが飛び込んで来たことに、驚いておるのです。まさかあなたが当山(とうざん)（当寺と同義）に馬と共に飛び込んでくるとは……」

「恐れながら……まさかあなたが、の意味がよく判りませぬが」

「それは、まあ、暫く横へ置いておくとして……あなたは当山の名も由緒(ゆいしょ)も知らぬまま山門を潜(くぐ)られたのではありませぬかな」

「はい。行儀の悪いことで真に申し訳ないことでございました。その通りです。いささか手に余る幾人かに……あ、いや、決して悪党という訳ではございませぬ。むしろ私の身内に近い安堵してもよい幾人かでございましたが、私の旅には負担になると判断致したものゆえ、切り放したのでございます」

「なるほど。それで間近に目に止まった当山へ駆け込んでこられたか。当山は今、山門に掲げておりました寺名を刻んだ古くからの扁額の罅割れがひどくなったので、修理に出しておりまするのじゃ。新しく作りかえるのは簡単じゃが、由緒ある古い扁額を処分する訳には参りませぬのでな。あなたが当山の寺名も知らずに飛び込んで参られたのも仕方のないことではありまする」

「お教え下さりませ御坊。見事に美しい庭園を持つこの寺の名と、将軍家の家紋が〝茶溜〟に入っている平盃の由来、そして先程、まさかあなたが当寺に、と仰られましたる意味につきまして……」

「判りました。申し上げましょう。が、二杯目を味わいませぬか。伏見から届いた仏酒の味はいかがですかな」

そう言い言い老僧は大徳利を手に取り、銀次郎の盃、自分の盃の順で満たした。

「仏酒と申しますと？」

「ははは。私が呑んでもいいようにと、伏見の蔵元が搾りたての酒を先ず蔵元家の菩提寺である臨済宗寺院の釈迦如来様に二日の間お供えし、そのあと当山へ送られて参りますのじゃ」

「なるほど……」

「さ……」

促されて銀次郎は老僧の呼吸に合わせて、二杯目を呑み干した。

「うまい。一杯目よりうまさを感じます」

「多少、当山の雰囲気に馴れ、気持が落ち着いたからでございましょう。**黒書院銀次郎様**」

「えっ……」

銀次郎は平盃へ戻した体の動きをそのままぴたりと止め、老僧の目を見つめた。衝撃が背中を走っていた。**黒書院銀次郎**様、とはっきり言われたのだ。

この瞬間、老僧が若し手練の刺客であったなら、平盃を右の手にして体の動きを止めた銀次郎は、危なかったかも知れない。

しかし、老僧は目を優しく細め、穏やかに微笑んで言った。

「当山の庫裏の裏口に突如勢いよく現われたあなたを、先ず住職である私が認めたのがよかった。これが小僧や若い修行僧であったなら、少しばかり大きな騒ぎになったやも知れませぬ。賊では、と思い違いされてのう」

「…………」

銀次郎は肩を神妙に狭め、自分の膝の上に視線を落とした。全く面目ない、という気持に襲われていた。

老僧が静かに言葉を続けた。

「私はあなたをひと目見て判りましたぞ。あ、矢張り黒書院直属監察官大目付三千石、桜伊銀次郎様が遂にお見えになられたと……だからこそ、将軍家より拝領の〝天下盃〟での御酒を、と思いつきましたのじゃ」

「それはまた……恐れ多いことでございまする」

「当たり前の大名・幕僚殿たちへは出せぬ寺宝の〝天下盃〟。なれど黒書院直属とは将軍家直属、いいえ、征夷大将軍と一心同体であることを意味する御立場です。それゆえあなたには〝天下盃〟で、御酒をと」

「御配慮まことに有り難く……なれど何故私が桜伊銀次郎であると、御坊はひと目見てお判りになったのでございまするか」

「三杯目を……いやはや、あなたと交わす酒は殊の外、旨うございます」

「あ、はあ……」

二人は三杯目を注ぎ合って、ゆっくりと呑み干した。間を置かずに、老僧が言った。

「あなたの姿形、ご容姿につきましては、当山をお訪ね下された伊勢桑名藩十一万石の藩主、**松平定重**様（三十七歳）より詳しくお聞き致しております」

銀次郎はアッと思った。脳裏に一瞬光のようなものが走って、舞台の緞帳がするすると上がったかのように、松平定重の顔が思い出された。

老僧が言った。

「どうやら頷けたようでございますな銀次郎様。当山よりさほど近くも遠くもない幕翁城（湖東城）を征した松平定重様が江戸へ赴く途次、激しい闘いで命を落とした彼我の者たちの魂を弔うため当山へ立ち寄られましてな。その折に、『黒書院直属監察官大目付三千石、従五位下加賀守桜伊銀次郎殿なる上級幕僚が今後この水口へ立ち寄る可能性が充分にあると見ているので、若し御坊が出会うことあらば大事に応接なされよ』と申されたのです」

「左様でありましたか。その際に松平定重様は私の姿形、容姿を詳しく御坊に？」

「はい、その通りでございます」

「それにしても、松平定重様は何ゆえに、私が水口に現われると予測なされたのでありましょうか。その点について何か仰(おっしゃ)っておられましたか？」

「ええ。深刻な表情で目つき険しく、『湖東城は幕府の手で間(ま)もなく破壊されるであろうが、**幕翁思想**を根絶するには、まだまだ長い刻(とき)を要する』という意味のことを申されておられました。つまり、その根絶のためにおそらく銀次郎様は再び行動に移す目的で江戸を発たれるであろう、と」

「幕翁思想の根絶にはまだまだ長い刻を要する……と申されたのですな」

銀次郎は一瞬遠い目つきになって浅い溜息を吐(つ)き、老僧は黙って頷いてみせた。

四杯目を銀次郎が老僧と自分の盃に注いだ。

「ま、当寺でゆるりとなさるが宜(よろ)しい……銀次郎様」

老僧は温(あたた)かな眼差(まなざし)を銀次郎に向け、四杯目を呑み干した。

けれども泰然として、表情、目配りに全く酒色を覗かせていない老僧であった。老齢に似ず、たいしたものである。

「ところで銀次郎様。すっかり後先になってしまいましたが、当山の名を御知り下さい。ここは釈迦如来を御本尊と致しまする臨済宗妙心寺派の、龍護山大池寺と申しまするが、銀次郎様ほどの御人ならば、若しや御存知ではありませぬか」

聞いて銀次郎の表情が、殆ど反射的に（おおっ……）となった。

「それでは目の前の見事な枯山水の庭園は、小堀遠州公がご作庭の蓬莱庭園？」

「やはり銀次郎様。ご存知でいらっしゃいましたか。その通り、近江一万石小藩の藩主と申し上げるよりは、**古田織部茶道門下の傑出した茶人**として〝きれいさび〟を主張なされ、また三代様（徳川家光）に献茶することで**将軍家茶道師範**という位を立て、更には並はずれて秀れた感性で**幾多の庭園文化**を世に送り出してこられた今は亡き従五位下遠江守・小堀遠州公の手がけられた、まぎれもなき蓬莱庭園です」

「道理で捉えた目を離さぬ庭園であった訳です。これは大変な寺院を騒がせてしまい申し訳ありませぬ。確か蓬莱庭園は小堀遠州公が、貴賓をもてなす場所を意識して造園した、と旗本塾だったかで学んだ記憶がありまするが……」

「仰る通りです。ここ水口宿に京を訪ねる**将軍家の宿泊御殿として水口城**が造営されましたのは寛永十一年（一六三四）の頃で、遠州公は造営奉行（作事奉行）として延べ十万余の大工や職人たちを指揮なされ、その折当山にこの枯山水の庭園をつくられたと伝えられておるのです」

「で、将軍家の宿泊御殿としての機能は水口城に現在も？」

「いいえ。将軍家の宿泊御殿としての機能は、既に水口城には存在してございません。宿泊御殿は相当以前に解体されてございます。現在、宿場町にして城下町という**双子型の町**が形成されておりますこの水口の地は、加藤嘉矩様ご支配の**水口藩二万五千石**の城となっておりますゆえ」

「いかぬな……いかぬ」

銀次郎の表情が、不意に険しくなった。

「え？」

「加藤嘉矩様ご支配の水口藩云云についてはむろん当たり前に承知いたしており

ます。しかし将軍家のご上洛に備えし宿泊御殿としての機能が、この水口の地から失われているとは知りませなんだ」

「必要でございましょうか。四代様（徳川家綱）以降、今日に至るまでご上洛は実施されていないのでは、と思いまするがのう。それとも密かなるご上洛はございましたのでしょうか銀次郎様」

「ご上洛の有無で申しておるのではありませぬ。地勢上この水口の地は徳川幕府にとって要衝の地。水口藩二万五千石の領地として加藤氏がご支配なさっていることには全く異存ありませぬが、水口城には徳川将軍家の宿泊御殿としての機能を、持たせ続けるべきでありました……」

「うむ」

「それご覧なされ御坊。この地よりさほど近くも遠くもない位置にありました堅牢なる幕翁城（湖東城）では、恐るべき反幕勢力が頭を持ち上げたではありませぬか。この水口の地を加藤氏の領地としての性格と、将軍家の領地としての性格、つまり**幕・藩両有の地**として確りとした安全保障上の備えを致しておれば、幕翁の反幕的野心は生じなかったかも知れませぬ」

「なるほど……けれども今から**幕・藩両有の地**としての機能をこの水口の地に復活(ふっかつ)させるとなりますると、莫大(ばくだい)な資金(かね)とヒトと刻(とき)を要しまするぞ銀次郎様」

「真(まこと)にその通りです。一度失ったものを取り戻すには、大変な苦労を要しまする。それゆえ**為政者**(いせいしゃ)（政治権力を有する者）は事案の決定に際しては、**秀(すぐ)れた先見性**、**高度な分析能力**、**豊かな知性**、**揺るがぬ公平さ**、**豊潤な安全保障の感覚**、そして**正しく汚れのない深い教養**を駆使しなければなりませぬ。これを**政治の六条の要件**と称して幕閣では大事と心掛けておりまするが、この**六条の要件**に黴(かび)が生え始めますと、政治はたちまち腐臭(ふしゅう)を発し妖怪(ようかい)化し始めまする。この臭みはなかなか取れませぬよ」

「それを聞いてこの年寄りハッとなりましたぞ銀次郎様。ここ水口の地にありました**将軍家の宿泊御殿としての機能**を解体へともっていったのは、絶大な権力を握っていたことで知られる前(さき)の老中首座、**大津河安芸守忠助**様つまり幕翁ではありませぬか」

「おお……」

聞いて銀次郎は思わず背すじを反(そ)らせていた。

言われてみればなるほど頷ける、と思った。幕翁ならやりかねない。邪魔なものは消してゆく、とばかり。

八十六

その日、大池寺の庫裏に泊めて貰った銀次郎は、翌日は寺内に終日とどまって外出を控え、翌翌日の早朝三十両を寺へ御報謝して、誰にも見送られることなく賢馬黒兵（くろべえ）と共に静かに山門を後にした。

「今日もいい天気だ黒兵。疲れは取れたかな」

手綱（たづな）を引いて歩く銀次郎は、もう一方の手で黒兵の首すじを幾度も撫（な）でてやった。

黒兵は返事も反応も示さなかったが、ゆったりと歩む四肢の動きは堂堂として力強さを見せていた。

江戸を発って東海道第五十次の宿（しゅく）水口に至る迄の間は、要所要所で充分な休みを取ったとはいえ、駆ける時はほぼ全力疾走の襲歩（しゅうほ）（競馬速度、分速約千メートル）であった。

それがため、人の往き来が目立つ表街道は出来るだけ避け、裏街道を選ぶことが多かった。

「目的地がいよいよ迫ってきた。お前の脚なら訳もなく着く……着いてからが大変だが」

銀次郎が呟くようにして漏らすと、黒兵は耳を少し動かした。

ゆったりとした気分で銀次郎は、早朝の城下を検てまわった。嵐の前の静けさ、今の自分の気持を銀次郎はそのように眺めている。

が、城下の散策には気を使う必要があった。大池寺の住職は「銀次郎様が水口に滞在なされたことは、将軍と一心同体たる御役目上のお立場を考えて絶対に他言いたしませぬ」と自ら約束してくれたが、散策の最中に水口藩の役人の目に止まる恐れはなくもない。

それにより銀次郎の身分立場が知れると「ぜひとも城へお立ち寄りを……」ということになりかねない。何処に反幕集団の目が光っているか知れぬ状況下では出来るだけ、目立つこと、歓迎されること、などは避けたい銀次郎だった。

「黒兵よ。この城下を具に検て回るのは、御役目を成し遂げてからの楽しみとするか……」

銀次郎が黒兵の耳に囁きかけると、黒兵はヴフフと小さく鼻を鳴らし前脚の蹄で地面を二度叩いた。

「よし……」

銀次郎は周囲を見まわし、朝の静けさをまだ失っていないのを確かめると、黒兵の背にひらりと跨がって土堤道へ上がっていった。

直ぐ右手を野洲川の清流が、朝陽を浴び白く輝いて流れている。

その流れに沿って下れば、さほど黒兵を走らせぬうちに琵琶湖畔に出ることは、むろん既に把握できている銀次郎だった。

そのうんと手前、東海道第五十一次の宿石部を一気に駆け抜ければ黒兵の強力な脚なら、たちまち水口宿の二倍近い旅籠を持つ東海道第五十二次の宿草津宿に着く。

「行くぞ黒兵。目的の地はあの青空の下あたりぞ」

銀次郎は、そう言って遥か彼方の青空を睨みつけ唇をへの字に結ぶと、黒兵の腹を軽く打った。

黒兵が前脚の蹄で地面を三度打ち鳴らし、両の肩の筋肉をぶるると一震(ひとふる)わせさせるや走り出した。

「力強いぞ黒兵。お前は本当に凄い。これならあの青空の下まで直(す)ぐだ」

銀次郎はそう言うと、姿勢を低くし、やや強めに馬腹を打った。

黒兵がぐぐっと馬首を前方へと伸ばすや、早くも全力疾走に移った。

人馬が一条の閃(ひらめ)きと化して、土堤道を猛然と走る……走る。

激烈な血泡(ちあわ)噴(ふ)き飛ぶ乱戦の場に向けて。

八十七

月が皓皓(こうこう)と照り輝いていた。

満天の星空でもあった。

にもかかわらず、糸薄(いとすすき)を思わせる小雨が、月明りのなか心細げに降っていた。

音もなく……。

その糸薄雨を浴びるのも構わず人馬がいま、微動だにせず雑草ひろがる荒れた畑地の中にあった。

「ようやく着いたなあ」

馬の背に跨がる両刀を帯びた武士が、被っていた一文字笠を左手の指先で軽くついと押し上げ、夜空を眺めた。ほんのひと呼吸か、ふた呼吸のことであったが……。

「嫌な夜だぞ黒兵。月が照り、星が瞬いているというのに、針先のように細い不気味な雨が降っておるのだ」

銀次郎であった。そう言って、チッと舌を打ち鳴らす。

告げられて黒兵が脚元を蹄で二度打ち鳴らし、ヴルッと鼻を低く鳴らした。その隆隆たる黒い馬体から、はっきりと白い湯気が立っている。

どうやら全力疾走で、この場に着いたばかりのようであった。

「間もなく休ませてやるぞ。目指すは目前だ。よう頑張ってくれた」

銀次郎の掌が、よしよし、と労るかのように黒兵の首すじをやさしく撫でる。

銀次郎の目の前に、土堤が横たわっていた。昼間、その土堤を大坂方面に向けて走り続けてきた銀次郎と黒兵であったが、途中で大勢の人夫たちによる河川の改修工事にぶつかり、仕方なく土堤から下りていまこの地に着いたのだ。

土堤の名を**文禄堤**（慶長堤とも）と称した。これは秀吉の伏見、大坂経営の偉業の一つに数えられている一大土木工事である。

大坂幕府の完全構築を激しく目指していたに相違ない羽柴秀吉の野心は、歴史時間的にどのあたりで**灼熱状態**となったのか、非常に関心がある。

なにしろ尾張中村（現名古屋市）の貧しい百姓弥右衛門の息が、**太閤**（**前関白**の尊称。狭義では豊臣秀吉のこと）にまで登りつめたのだ。

右に述べた**文禄堤**のうち左岸（川の上流から見て左側）は一部（東成郡今市村から下流の部分）を除いて、後の東海道の一部となる**京街道**（伏見と大坂を結ぶ）と重なっている。

秀吉にとって、この文禄堤の大工事は、大坂という城下町経営に不可欠な**軍事・経済戦略的**な工事であった。

「行くか、黒兵……」

銀次郎は、黒兵の首すじを軽く叩いた。

荒れた休耕の畑中にあった黒兵が土堤に向かって、次第に傾斜を増していく斜面をゆっくりと上がり出した。

　糸薄を思わせる小雨は、止みそうにない。

　黒兵の背で左右に揺れている銀次郎の体は、すでにびしょ濡れだ。

「腹もいささか空いてきたのう黒兵や」

　銀次郎がそう言って半ば自嘲的に笑ったとき、土堤を上がり切った黒兵が全身の筋肉をヴルルという低い音を立てて震わせた。

「見えたぞ黒兵、あれだ……」

　銀次郎の視線が、月下の宵の中を彼方に向かって走った。

　文禄堤が左へゆるく曲がった辺り一帯に黒黒とした森の広がりがあって、その森をこえて直ぐの辺りに弱弱しい明りが一か所に集まり、その一か所に集まった弱弱しい明りの外側に、これも小さな弱弱しい明りが蛍のそれのように散らばっていた。

「思いのほか早く着いたのう黒兵や。太閤様はまことよい堤を造って下されたものだ。この堤が未完成なら、これほど早くには着かなかったぞ」

　銀次郎は馬上で振り返って文禄堤の上流方向を見、そして姿勢を戻して堤の下流方向を見た。

「いい堤だ。為政者が権力というものを正しく判断してうまく行使すれば、このように民の役に立つ立派なものが出来る」

呟いて頷く銀次郎であった。

羽柴秀吉は、**大坂幕府**構築の野心を一体、どのあたりで灼熱化させたのであろうか？

ここでほんの少し横道へそれて秀吉の『**強い成功願望**』に触れてみよう。手元にある幾つかの文献を繙いてみると、興味深い『かたち』が見えてくる。

秀吉が**羽柴姓**を得たのは、『織田信長』と『浅井長政・朝倉義景』の合戦（近江姉川の戦い）に貢献した元亀一年（一五七〇）の頃と思われる。この頃は秀吉の『天下への野心』にはまだ火が点いていなかったのでは、と推量したい。しかし信長が明智光秀に討たれ（本能寺の変）、その明智を**羽柴の姓**を背にした秀吉が倒したとき、『**徳川家康という重戦車**』の存在を意識しながらも、秀吉は『天下への野心』に静かに着火した筈だ。

だが当時、『**柴田勝家というもう一つの重戦車**』が充分以上の力量を有して秀吉に正対していた。

己れの『天下への野心』に静かに着火した秀吉は、ほぼ同時期（異説もあり）**従五位下・左近衛権少将**に叙せられるという幸運を得、この勢いをもって**勝家**に挑み賤ケ岳の戦で見事破った（天正十一年・一五八三、四月二十一日）。

この勝利で秀吉は、従四位下・参議という**栄誉**へと進んだ。

秀吉は常に〃百姓身分の息〃であることを、心の底で強く意識していたに違いない。

こういった人間の**成功願望**は、**強烈**である。そのこと自体は決して悪いことではない。むしろ当然と言えようが、なかには〃そのかたち〃が感心しない場合も出てくる。

秀吉が次の栄誉の証（天下統一）を掌にする目的で、己れの『天下への野心』に激しく着火したのが、柴田勝家を破った**天正十一年**であったと推測したい（むろん人によって見方は色色あるが）。

その〃着火〃を証明するのが、この年（天正十一年）の九月から始まった**巨城・大坂城**の大工事である。が、大権力に王手をかけた秀吉であったが、まだ満足出来ていなかった。〝百姓身分の息〟であるという意識から抜け出せない従四位下・参議の秀吉は、『天下統一者にふさわしい**煌めくような身分**』を強く欲した。それこそが秀吉の『天下への野心』の最終到達目標だった。

そういったとき彼の眼前にすぐれて高貴な身分の御方があらわれた。その御方の名を**近衛前久**といった。名門近衛家に育ち、和歌・連歌にすぐれ、有職故実、馬術、書道をよくする**当代一流の公卿・文化人**として人人に知られ、また内大臣、右大臣、そして関白など高い地位に就いた人物でもあった。しかし戦乱の武家権力はこのすぐれた上層公卿に安住の地を与えず、そのため近衛前久は権力者から権力者へ転転とし、〝流浪の公卿〟と眺められたりした。

天正十三年七月、なんということか従四位下・参議の秀吉は、右の流浪上層貴族（**摂家**の家柄）近衛前久の猶子（養子の解釈で可）となったのだ。賤ヶ岳に重戦車柴田勝家を破ってから、僅か二年余のそれこそ電撃的な養子縁組だった。しかも**摂家**との、である。

摂家とは、**摂政・関白**に就くことが許されている家柄の高位の公家を指し、**近衛、一条、二条、九条、鷹司**の高位五家があって、これを**五摂家**と称した。

とてもじゃないが町筋の者がいくら頑張っても、その血筋内へ横から割って入ることなど絶対に不可能な、上層高潔貴族（当時の表現をもってすれば）であった。

秀吉は、その最高家格である近衛前久家の『養子』に、つまり『貴族』になったのだ。**武家権力**というものを背に置いて、『貴族』になれたのである。それは己れの成功願望を休むことなく**強烈**に追い続けてきた秀吉の、特異な臭いを発する**『一大戦略的成果』**であると言えよう。**狙った獲物は絶対に手放さないし、逃さない**、という彼の戦国武将としての欲に満ちた信念が光った一瞬でもあった。

このあと秀吉は摂家しか就くことの出来ない**関白**を許され、次に**太政大臣**（律令制における太政官の最高位）に就いて**豊臣**の姓を与えられ、遂に**太閤殿下**へと昇りつめてゆくのである。だが、**人間的に完成したとは言えない秀吉**は、権力の大頂点に君臨するや外国への無謀な侵略を画策し、大勢の人の命を地獄へと突き落としてゆくのである。

さて、そろそろ物語へ戻らねばならない。

「行くか黒兵。ゆっくりでいいぞ」

銀次郎は黒兵の腹を軽く打った。

黒兵は、文禄堤を歩み出した。いや、歩み出そうとしたところで、馬体の動きを抑えた。銀次郎が抑えたのではない。黒兵が反射的に抑えたのだ。そのため馬上の銀次郎の体が思わず前へ泳いだ。

むろん、それによって姿勢を見苦しく乱すような銀次郎ではない。

どうした？　と問いかけた銀次郎の表情が、糸薄雨降る月明りの下で「ん？……」となった。

黒兵の前方ほんの三、四間（けん）のところを、小さな〝黒い影〟がもぞもぞとした動きで、堤下から堤の上へと這うような感じで上がってきたのだ。まるで地中から田鼠（もぐら）があらわれたかの如く。

（ん、老婆（としより）？……）

と、銀次郎は我が目を疑った。まぎれもなく髪を乱した農婦身形（みなり）の小柄な老婆であった。

雨の中、蓑（みの）も藁笠（わらがさ）もかぶらず、よれよれに見える野良着の背に、重そうな大きな——小柄な老婆に比較して——袋を背負っている。

「よっこらしょ」

老婆は堤の上に背中を銀次郎に向けて立つと、腰を伸ばすようにして小雨を降らし続ける夜空を仰いだ。

銀次郎は、黒兵の背から、ふわりと下り立った。

「これ……」

銀次郎は、歩き出そうとした老婆の背中へ、やわらかく声を掛けた。

老婆が背中をビクンとさせて振り返る。

余程に驚いたようであった。小雨降り続く月明りの下の、黒兵の真っ黒な馬体に気付いていなかったのか？

「驚かせてしまったようだな。すまぬ」

「へ、へえ……」

老婆は腰を浅く折って頭を下げはしたが、そのまま二、三歩を下がった。

「怖がらなくともよい。私は用を抱えて江戸から来た旅の者だ」

「へ、へえ……」

と、老婆がまた下がったので、銀次郎は苦笑をこぼして、黒兵の手綱(たづな)を引き老婆にゆっくりと近寄っていった。

「余計なことを訊くようだが、このような雨の降る夜に、何をしておったのだ。野盗(やとう)にでも出遭ったら危ないではないか」

「野盗？」

老婆はそこで言葉を切ると、漸(ようや)く表情を緩(ゆる)めて少し笑った。

「この辺りに野盗なんかはおらんし、もし出遭ってもこの婆(ばばあ)から奪(と)る物なんぞ何(なん)もありゃあせんです」

老婆は俯(うつむ)き加減に、ぼそぼそと喋(しゃべ)った。

「それにしても、一体何をしておったのだ。雨の中、こんな刻限に……」

「へえ……」

老婆は背負っていた継(つ)ぎ接(は)ぎだらけの古い布袋をよろめきながら下ろすと、ニッと小さく笑ってから袋の口を開いた。

「馬鈴薯(じゃがたらいも)をとってきただよ。彼処(あそこ)のおれ(い)の畑から」

老婆は自分のことをおれ(い)と称して、土堤下に広がっている雑草だらけに見える畑を指差した。

「ほう、馬鈴薯をなあ」

銀次郎は袋の中を見た。なるほど、それらしいものが月明りで充分に確かめられた。

が、銀次郎はまだ一度も馬鈴薯を食したことがない。

馬鈴薯が日本の外から伝わってきたのは、江戸初期の頃と伝えられている。ジャカトラ（現在のジャカルタ）の港を出て長崎港に着いたオランダ船が持ち込んだ（伝えた）らしいことから、馬鈴薯と称されるようになったとか。

「江戸では余り見かけぬし、私もまだ食したことがないのう」

「将軍様のお膝元では、こんな形の悪いでこぼことした芋なんぞが出回ると、失礼になるやろね」

「旨いのか」

「旨いとか不味いとかよりも、どんなに悪い土でも確りと収穫できるんで、飢饉のときに助かりますわいな」

「ほう、飢饉対策になる芋、という訳か」

「へえ……お侍さん、食べてみなさるかね」

「うん、是非にも……」

「じゃあ、狭くて汚ない所(とこ)じゃけんど、我家(うち)へ来なさるかね」

「いいのか」

「鍋ほどに小(ち)っちゃい風呂くらいは、あるよってに」

「あ、婆さん。その芋袋重いだろ。馬にくくり付けよう。それにしても、年寄りがこんな雨の夜に畑仕事に出るなんて無茶なことだ」

銀次郎はそう言いながら、かなりの重さの芋袋を馬体に括(くく)り付けた。

老婆が、口答えをするような調子で言った。

「貧乏百姓には、雨も晴れも、昼も夜も、関係あらへん。必要な時に畑へ行って、必要なものを収穫(とる)んや。それに明日の昼、遠くへ出かけていた道楽息子が帰って来るんでな」

「道楽息子?……」

老婆は答えず、くるりと銀次郎に背中を向けると、まるで逃げるような速さですたすたと歩き出した。

背中はかなり曲がっているが、どうやら元気そうだ。

「家は遠いのか」

「うんにゃ。あそこ……」

振り向きもせず老婆は、左手を真っ直ぐに伸ばし無造作に指差した。

銀次郎の目が、月明りの下で一瞬だがギラリとなった。

老婆は、文禄堤が左へゆるく曲がった、その下に広がる黒黒とした森を指差していた。

森の向こうに〝窺える薄明りの集まり〟は、銀次郎が目指していた場所だ。

「森の中にあるのかね」

「そうやけど、いやかえ？」

「いや、構わぬ」

「幽霊の出る森、なんぞと噂を撒き散らす奴がおるけんどな」

「ほう。幽霊……」

「怖いか？」

「べつに……」

二人の会話はそこで杜絶えた。黒兵の蹄の音が、小雨降る月夜のなかでビチャビチャといやに高くなった。

文禄堤を下りた人馬は、月明りの余り届かぬ森の小道に踏み込んで、半町（約五十五メートル）と進まぬ内に歩みを止めた。

小雨の森の小道は、一軒の農家の敷地に、突き当たっていた。

（これは……）

胸の内で呟いた銀次郎の左手が思わず、腰の刀を帯の上から押さえた。

そして、いま来た小道をゆっくりと振り返る。

「どないしはった？」

振り向いた老婆は怪訝な目つきであった。

「幽霊の気配でも感じはりましたんか」

「ふっ……いささかな」

銀次郎の口元が微かな笑いを見せると、老婆の二つの目が暗い尾を引いて光った。

八十八

まるで幽霊が出そうなほど荒れ放題の不気味な百姓家。それが今、銀次郎の目の前にあった。

それも当たり前の百姓家ではない。何処から眺めても農業で食ってきたと判る百姓家だったが、豪農を思わせる巨邸だ。

巨邸という表現が、いささかも不自然ではなかった。

が、ひどい虫食い屋敷である。小雨降る月明りの下、屋根も壁も穴だらけであると判った。縁側の雨戸は開けっ放しで、蔦草がその縁の上にまで這い上がっている。玄関に当たる高さ幅ともに高く広い土間口の腰高障子はぼろぼろ状態。その高くて広い土間口で二匹の黒猫が揃ってミャアーと甲高く鳴き、老婆の足許に駆け寄ってきた。

「おお、よしよし。誰ぞ怪しい者が来なんだかえ」

二匹がまた揃って甲高く鳴いた。来なかったよ、と返答するかの如く。

（でかい……）

と、銀次郎は内心驚いた。二匹とも巨猫であった。頭の先から尾の付け根まで、当たり前の猫の一・五倍の体長はありそうだ。しかも隆隆たる体つきである。

「それにしても大きな猫だなあ、婆さん」

「森の中の食べ物が豊かやよってになあ」

「ん？　婆さんが餌をつくってやるのではないのか」

「二匹とも野良ですねん。一年半ほど前から、居着いてしもうてな。おれが餌をつくっても食べよらん」

「森の中の何を食べておるのだろうか」

「野兎、野鼠、雉や鳩などを勝手気ままに食べておるようですわ」

「ほほう……」

野生だ、と銀次郎は思った。老婆の足に体をこすりつけて甘えている黒猫の様子を見ていると、ときどき敵意ある鋭い目をこちらに向けてくる。

「ときどき鳩を食わえてきよる。まだ生きている時は、おれが逃がしたるんやけどな」

老婆はそう言って、森の方を見た。

鳩は世界に二九〇種くらいが棲息し、うち九種類が日本に分布していたらしいがオガサワラカラスバト及びリュウキュウカラスバトの二種は既に絶滅したという。帰巣本能に非常に秀れる鳩は銀次郎の物語でも伝書鳩として貴重な活躍をしたが、その活躍が世に知られる程に本格化するのは、明治時代に入って軍事通信用として用いられるようになってからのようだ。

「さ、入んなはれ。馬も一緒でええよってに」

「いいのかね。馬も一緒で……」

「百姓は馬も牛も大事にする。馬を大事にするのは、お侍さんと一緒や。さ、来なはれ……泊まってもええから」

「お……そうか。すまぬな」

銀次郎は黒兵の手綱を引いて、老婆のあとに従った。二匹の巨猫が黒兵の前脚を狙うか警戒するかのようにして、左右から付き従った。面白いことに二匹とも、シャアッと低く唸っては毛を逆立てキバを剝くのだが、黒兵はまるで知らん顔だ。

猫でも野生の生き物を襲って食していると、これほどに〝野生化〟(粗野な本能のままの性質）するのかと銀次郎は感心した。

「正面に厩が二頭分ありますよってに、何処でもええよって適当に入れときなはれ」

　老婆は薄暗い台所土間の先を指差した。それぞれに焚口を持つ竈が五つも並んだ台所だった。外の月明りが屋内に染み込んで、台所は真っ暗ではない。

　高さも間口も充分な表口に楽楽と入れた黒兵を振り返り見て、老婆はやさし気に笑っていた。正面にはなるほど一目で厩と判る拵えがあって、縦格子の嵌まった窓から月明りが差し込んでいた。

「うん、有り難うな」

　銀次郎は二頭分の厩の内の右側へ黒兵を入れてから、「はて？」と呟き、改めて周囲を見まわした。

　厩と厩の間には、畳を縦に三枚ばかり敷ける板間があった。

（狭い板間を厩と厩の間に設けたこのかたち……それに高さも間口も充分な表口を入って正面突き当たりの厩の位置……同じだ。間違いない。それに確か、台所の竈も五つ並んでいた）

銀次郎の脳裏で、ゆっくりと記憶が甦った。

彼は『ある場所』を訪ねる目的で、密かにこの地までやって来たのだった。

その『ある場所』とは、この森の南側そう遠くないところにある**連衆村**と称する、二十五家が寄り添うように存在している小さな集落である。

その集落の母子がひっそりと暮らす一軒で、銀次郎は宿敵・床滑七四郎を倒して江戸へ戻る途次、温かな茶飯の世話になっていた。

そのとき銀次郎はまだ気付いていなかったのだが、この**連衆村**こそ、彼が最も見逃してはならぬ歴史上重要な集落、いや、組織だったのである（『汝 想いて斬』㊂参照）。

「厩の右手突き当たりが、風呂場や。畑へ行く前に沸かしておいたよって、ゆっくりと湯を味わいなはれ。そのうちに飯の用意を致しますさかいにな」

老婆はそう言って、腰が曲がっているとは思えない俊敏さで、てきぱきと動き出した。

まるで帰ってきた〝道楽息子〟を喜んでいるかのような生気が、その動きに漲っている。

銀次郎は暫くの間、厩の中で黒兵の手綱を持ったまま、老婆のその動きをぼんやりと眺めていた。自分に対しいつも実の息子のように愛情たっぷりに接してくれる老齢の**飛市・イヨ**夫婦のことでも思い出していたのであろうか。

イヨはかつて銀次郎の乳母であった。飛市は桜伊家の下僕であったが、今は亀島川河口にある漁師集落で漁師頭（漁業長）になっている。

老婆は動き回って柱に掛かっている幾つかの掛け行灯に明りを点すと、その明りの下で銀次郎の方を見て、ニッと笑った。上の歯も下の歯も綺麗に揃い、行灯の明りでピカリと光ったので思わず銀次郎は驚いた。よほど歯によい栄養を摂っているのか、それとも丹念に歯の養生に気を配っているのか。

「婆さん……」

と銀次郎は声を掛けた。

「へ？」

と、老婆は竈の前に腰を下ろして応じたが、振り向かない。竈に火を熾す積もりなのだ。

「婆さん、名は何と言うのだね」

「名？……おれを口説く肚かね。駄目だよ」

「はははっ」

銀次郎は厩の中で顔をくしゃくしゃにした。

「何がおかしい。これでも女だで」

「あ、いや、婆さん婆さんと呼んでは、悪いと思うてな」

「千……」

「え？」

「千……と言うておる。一、十、百、千、の千と書くんや」

笑みが広がっていた銀次郎の顔から、それがすうっと消えていった。べつに千という名に驚いた訳ではない。僅かながらに崩してはいるが〝言うておる〟という老婆の言葉に「若しや……」というものを一瞬感じたのだ。まさに一瞬であった。

が、それについてはむろん、表には出さなかった。

「じゃあ、お千さんと呼んでよいな」

「すきにしなはれ。けんど、お侍さんがこの婆を、さん付けで呼ばんでも宜しいがな。千、だけでええ」

「判った。掛け行灯の明りだが、奥座敷や広縁にまで届いておらぬな。雨戸は開けっ放しだし、深夜に熊や猪や狐狸が餌を求めて入り込んで来ないか」

「怖いんでっか?」

「ああ、怖い……」

「そしたら、あとで雨戸が動いてくれるかどうか、やっときましょう。はよう風呂に入りなはれ」

「そうだな」

銀次郎は黒兵の鼻面を軽くひと撫でしてやってから、風呂場へと向かった。左方向へおよそ八、九間の所だ。

と、あの真っ黒な巨猫二匹が目玉を金色に光らせて、銀次郎のあとについてきた。

しかもである。早く歩け、と言わんばかりに、シャアッと呼気を放つかのようにして威嚇するではないか。

苦笑しつつ銀次郎は微かに菖蒲の香りが漂いくる板戸をガタゴトと音立てて開

け、風呂場に入った。

畳二枚大ほどの古びた板間――脱衣場――に、縦格子の嵌まった小窓から月明りが差し込み、菖蒲の香りがはっきりとした。籐で編んだ籠が片隅にある。が、浴槽はまだ見えなかった。どうやら板間の先を左へ引っ込んで位置しているようだ。

銀次郎は振り向いたが、巨猫二匹はすでに消えていたので、板戸をガタゴトと閉じた。少しばかり換気の間を空けて。

着ていたものを脱いで籐籠に入れ、大小刀を殆ど無造作に板壁に立てかけた銀次郎は、畳二枚を縦に敷けそうな板間の先へと、足を運んだ。

矢張りであった。

浴槽は左へ折れた奥に位置していた。

「なんと……」

と銀次郎は驚き、ひと呼吸止めたあと両掌を合せて合掌をした。とくべつに深刻な表情、という訳でもない。

浴槽はなんと、かなりの大きさの梵鐘（吊鐘）であった。城の石垣に見られるそれを膝上の高さにまで擂鉢状に巧みに組み上げ、そこへ梵鐘を逆さに嵌め込んだものである。

とても老婆千の手造りとは思えない。無理だ。おそらく腕のよい職人が幾人がかりかで仕上げたものだろう。

銀次郎は石垣を踏み台にして、湯に浮いている〝葉が剣の形〟をした菖蒲の束を端へ寄せ、湯に体を沈めた。実にいい湯加減だった。梵鐘の金属の厚みのせいでいい湯加減が保たれているのであろうか。

浴槽の（吊鐘の）底には板が敷かれていて、足の具合にも大変良い。

「こいつぁ、有り難い。南無阿弥陀仏、南無阿弥陀仏……」

銀次郎は目を閉じ、真心を込めて唱えた。菖蒲の香りが体の内へ染み込んでくる心地よさは、なんとも言えなかった。

ついでに菖蒲について少しばかり触れておく必要があろうか。

遡ること古き時代にあっては菖蒲が『あやめ』とか『あやめぐさ』と呼ばれていたことは、万人の認めるところだ。

平安時代のすぐれた女流日記文学として知られる『**蜻蛉日記**』にも、菖蒲は登場する。

天暦八年頃（九五四年頃）に起草されたとするこの『蜻蛉日記』には、

……菖蒲草生ひにし数をかぞへつつ　引くや五月のせちに待たるるとて　さしやりたれば　うち笑ひて　隠れ沼に生ふる数をばたれか知る　菖蒲知らずも待たるなるかな……

などとある。宮中においては五月五日の端午の節句に、軒に菖蒲をふき薬玉（五色の糸を垂らして飾り付けをした香気袋など）を飾って魔除けとする風習があった。右の菖蒲草おひにし……は、その魔除けの風習に触れた内の一文であると解せる。

『蜻蛉日記』は、藤原兼家という自己中心的な高貴な人物の甘言に応じて妻となったがゆえに、夫の女関係で悲嘆の底へと落ち込んで遂には般若寺に救いを求めることになる作者（妻）の苦悩の日日を描写した第一級の自伝的日記物語である。

ほかには古今和歌集のなかの『恋歌』でも、

ほととぎす鳴くや五月の菖蒲草あやめも知らぬ恋もするかな

とうたわれており、菖蒲と人人との生活は古い時代から切り離せない関係となっていた。

「実に心地よい香りだ。黒兵も入れてやりたいほどだ……」

そう呟いた銀次郎は、格子窓から差し込む月明りに、湯粒を蛍火のように飛び散らして浴槽からあがった。

籐籠の中の着物の上にいつの間にか、折り畳んだ二、三枚の手拭いがのっている。千の気配りであろう。

さらに脱衣場の壁に立てかけてある大小刀を挟むようにして、二匹の黒猫が胸を反らした姿勢で座っているではないか。まるで刀の見張り番のように。

「ははは っ、ありがとよ」

銀次郎が礼を言って湯気を立てている体を手拭いで拭き始めると、大きな黒猫二匹は換気のために板戸を少しばかり空けてあったところから外へ出ていった。

八十九

旅装を解いた気楽な着流しの姿で、銀次郎は囲炉裏を挟み、老婆千の席と向き合って正座をした。老婆千は台所に立ち食器をカチャカチャ鳴らしている。

囲炉裏の真上、天井からは、煤で真っ黒と化した竹の自在鉤が下がり、その鉤にはぐつぐつと音を立てている鍋が引っ掛けられていた。ひと目で馬鈴薯のぶつ切りがたっぷりと入った味噌汁と判る。汁の表面に小さな膏の輪が幾つも浮いてキラキラと光っているところを見ると、何かの肉が底の方に沈んでいるのであろうか。肉を食する文化的習慣がまだ充分に熟していない銀次郎の時代ではあったが、絶対に食さなかったという訳でもない。

実は室町時代後期から江戸時代初期にかけて、西欧人（ポルトガル、オランダ、イスパニア、イギリスほか）が続続と日本（長崎など）を訪れ、彼らの食肉文化は長崎で、そして京でと棲息数が豊かな猪や鹿を素材として花開きかけたのだ。

だが、この花開きかけた食肉文化に待ったをかけた、幕府の強権政策があった。

それが五代将軍徳川綱吉の、**生き物、生命を重んじる百十六条（件）**を総合柱とする有名な**『生類憐みの令』**であった。

「堅苦しいよって、膝を楽に崩しなはれ。飯は楽に食べるのが一番美味しいよって」

老婆千が、薄汚れて見える盆に、飯を盛った碗と漬物の平皿をのせ、台所の奥ていたっ。

からヨタヨタとやってきた。味噌汁のものであろう、空の大き目な椀も二つのっている。

「では、楽にさせて貰おうかな……」

と、銀次郎が正座を胡座に変えた。

二人は向き合って、どちらからともなく笑った。

「お侍さんあんた、傷あとだらけの顔やね」

「うん。傷あとに菖蒲の香りが何とも心地よかった。生き返ったかな」

「おれは酒が好きじゃけんど、お侍さんは呑むかね？」

「好きだが今宵は止しておこう」

「酔ったら、おれに手を出してしまいそうかね。おれは若い頃、美人じゃったからな」

「ふふっ……うん、その心配は確かにある」

「ははっ……なら、飯だけにしときましょか。ほれ馬鈴薯の味噌汁、旨いで。たんと食べなはれ」

老婆千の口調は、土堤ではじめて出会ったときに比べ随分と気楽な調子になっていた。皺深い表情がすっかり緩んでいる。目配りがやさし気だ。〝道楽息子〟とかのことでも思い出して接しているのであろうか。

老婆千のひからびた手が、「ほれ……」と粟稗まじりの飯を盛った碗を差し出したが、銀次郎は受け取らず、座っていた位置を老婆千の右手斜めの傍へ移った。

「ほれ……」

千が飯と漬物を一緒に差し出した。

「いただくよ。ありがとう」

銀次郎は千のひからびた手に合掌し頭を下げてから、それを受け取った。

次に千は、空の椀いっぱいに味噌汁を入れて、「さあ、お食べ……」と目を細め差し出した。

ひび割れて痛そうな手に銀次郎は再び合掌し、「うん……」と深く肯きながら受け取った。胸が痛くなっていた。百姓仕事でひび割れ痛そうな老いた女の手を、これほど間近に見るのははじめてだった。

自分をも含めて**上層の図図しい人間ども**は、貧しい下位の人人がこうして汗水流し必死で働いて得たものを権力で毟り取って、その『血税』で、**のうのうと贅**

沢ざんまいに暮らしているのだ、と思った。

しかもその当事者には『贅沢ざんまいの意識が殆ど無い』のが当たり前のようになっている。『血税でのうのうと生きる事の、どこが悪い』と開き直る恐ろしくお粗末な人間もいたりする。

「すまぬ……」

銀次郎は呟いて粟稗まじりの飯を、頰ばった。

「ん？……どうや、おいしいかね」

「うん、母の味がする。旨い」

「それはよかった……たんと、お食べ」

千は皺だらけの顔に笑みを広げ、小さく二度頷いてから、漸く箸を手にした。

暫く双方無言が続いたあと、老婆が口を開いた。

「あんた、よう喧嘩するのんか？」

「ああ……する」

と、銀次郎は空になった味噌汁の椀と箸を、飯台になっている囲炉裏の縁に置いた。

「斬ったり斬られたりか？」

「うん」

「若い体は命を大事にせんといかん……若い命は飯よりも大事や」

「そうだ……な」

と銀次郎は力なく、うなだれた。

「ひょっとして、幕府のお役人かえ？」

「その通りだ……婆ちゃんは最初から見抜いていたんだろう」

婆ちゃん、になってしまった銀次郎の表現であった。口調もやわらかだった。

「今の幕府の目には下下の**人人の苦しみが見えてへんな**。政が民の存在を全く忘れた**独りよがりな醜い権力**に姿を変えたとき、その権力者には必ず酷い結果が訪れる。きっと耐えがたい程のバチが当たるよな。**民の方を見ようともしない薄汚れた権力者**の傍に、若いあんたは居たらいかん。**民の方を見ている振りをして実は己れのことしか見ていないずるい権力者**の身近に、若いあんたは居たらいかん……この婆の言うこと、判るやろ？」

「婆ちゃん……あんた一体」

何者？　と出かかった言葉を、ぐっと呑み込んだ銀次郎の顔を覗き込むような眼差の老婆の皺くちゃの表情は、それはそれはたおやかで優し気であった。

「すまん、すまん。つい、むつかしい事を言うてしもうた。さ、食べて食べて」

「婆ちゃんの言う通りだ。政の権力が民を忘れたら、おしまいだ」

「そうやで……」

「民の方を見ている振りをして**己れの利害や栄誉のことしか頭にない政の権力者**には、婆ちゃんが言った酷い結果が必ず訪れる。それは時には色色な意味を持つ**死**という結果でなあ」

「そうやで……」

「民が体中の血を吐き出すようにして納めた血税を、ろくな働きもせずに平気で貪り食う**上層階級**（武家）というのは、いずれ避けることの出来ない**終末**にきっと呑み込まれるよ婆ちゃん」

「そう思うかね、お侍さん」

「思う……な。この自分も含めて」

「少しは、まともやね、あんたは。そのあんたに、話して聞かせちゃろかな。よく聞きなはれや。この百姓屋敷はな。かつて近郊十三か村にその名を知られた大変力のある豪農じゃった」

「ほう……」

「主人は足利の血をかなり濃く引いておったらしいわな」

「……」

聞いてほんの一瞬、銀次郎の瞳の奥に凄みが走って消えた。

老婆の話が続く。

「けどな、その豪農の後継ぎが、豪農であることの力を過信しすぎて、ある高貴な武家の姫君に甘言につぐ甘言を発して手を出し、子を生ませてしもうたんや」

「甘言につぐ甘言とはまた、ひどい……それで豪農は、つまりこの屋敷は取り潰されてしもうたのだな」

「そうや。そして可哀そうに、その赤子も放り出されてしもうた。甘言に騙されてこの世に出てきた、無用の子、としてな」

「哀れな……哀れ過ぎる。赤子には何の罪も無いではないか」

「その放り出された無用の赤子が……この婆ちゃんじゃ」

「え……」

「じゃから、このみすぼらしい婆ちゃんの体には、足利の血が流れておるし、その傲慢で高貴な武家の血も流れておる」

「その傲慢で高貴な武家の名は？」

「知らん……」

そう答えるなり、老婆の目から大粒の涙がひとつ、ぽとりとこぼれ落ちた。

「それにしても、いい湯だった。菖蒲の香りが旅で疲れた体に心地よかった」

銀次郎は話題をそらした。

「それはよかった。仏菖蒲の香りが気に入ったということは、あんたの人間性は汚れていない。そう思っていい。このおれが、そう認めたる」

「仏菖蒲というと？……」

「この屋敷の裏庭の小池のまわりに、真冬を除いては、春夏秋とさわやかに生い繁る菖蒲のことや。その小池のほとりにお地蔵様がポツンと一体、優しい笑みを見せて立っていらっしゃってなあ……」

「なるほど、それで仏菖蒲と……」

「そうや……あんた、明日の朝、お地蔵を拝んできなはれ」

「うん、そうするよ」

二人はお互いの目を覗き込むように見合って、微笑んだ。

九十

銀次郎は「ん?」と、布団の中で右の目をこすった。こすったが、右の目に当たっている眩しいものは取れなかった。

大きなあくびを一つして、銀次郎はゆっくりと体を起こし、もう一度あくびをした。よく眠れた心地良さがある。

寝床の右側のヒビ割れた土壁に、差し渡し(直径)一寸ほどの穴が二つ開いていて、その穴から差し込む朝陽が、寝床の枕に当たっていた。

枕などとは言っても、薄っぺらな古い座布団を二つ折りにしたものだ。

銀次郎は、別の一筋の光の尾に気付いて、天井を仰ぎ見た。

ぼろぼろの天井板のところどころが無くなっており、その奥の大和葺屋根が裂けて、そこから眩しい光が寝床の足元に差し込んでいた。

お蔭で六畳大ほどの板間(いたのま)は結構明るい。

銀次郎は、板戸の向こうで食器の触れ合う音がし出したので、腰を上げた。

「おはよう」

先(ま)ず声を掛けてから、銀次郎は板戸をゆっくりと引いた。

囲炉裏の上に燦燦(さんさん)と朝の日が降り注ぎ、その光の中で天井から下がった自在鉤(じざいかぎ)の先で、鍋がぐつぐつと小さな音を立てている。

昨夜の味噌汁の残りだ。何とも言えない良い匂いが、広い空間に満ちていた。

これはたまらぬ、と銀次郎の顔に笑みが広がった。

「よく眠れたかね、お侍さん」

台所に立っている老婆千(せん)が、銀次郎に背中を向けた姿勢を改めずに言った。

白い湯気を立てている竈(かまど)の上の鍋から、杓文字(しゃもじ)で何かを真っ白な皿にすくい入れている。

銀次郎は囲炉裏の前、昨夜と同じ位置に胡座(あぐら)を組むと、〝光の束〟を降らしている吹貫(ふきぬけ)を仰いだ。銀次郎の寝間となった板間(いたのま)には天井があったが、囲炉裏のある広い板間から台所にかけては天井はなく、大和葺屋根まで吹貫だ。が、火を焚いた時の囲炉裏の煙を、屋根の上に出す排煙矢倉が無い。その部分はすでに跡形もなく崩壊して大穴が開いており、そこから朝の日が囲炉裏の上に降り注いでいたのだった。

千はいつ頃に起床して台所に立っているのか、広縁の雨戸と障子は閉じられたままだ。広縁の雨戸も障子も板間や座敷側に設えられているのではなく、庭側（上がり框側）にだった。

「婆ちゃん。天気が良さそうだから、広縁の雨戸障子を開けて明りを入れようか」

銀次郎が〝婆ちゃん〟を抵抗なく用いて腰を上げかけると、千が今度は振り向いてにっこりとし、

「うんにゃ、朝飯を食ってからでええ。屋根の大穴から降ってくる明りで充分や。のんびりとおれの拵えた朝飯を味わいなされ」

と、何やら盛った白い大皿を両手で持ち、よたよたと囲炉裏の前にやってきて、それを銀次郎の目の前に置いた。

「馬鈴薯(じゃがたらいも)と玉葱(たまねぎ)と猪肉(ししにく)の薄切りをな、醬油(しょうゆ)と黒糖（サトウキビの甘蔗汁を煮つめ固めたもの）でことことと煮たもんや。食べてみい」

「こいつぁ、たまらん。いい匂いだな婆ちゃん……それにしても玉葱とか黒糖とかは珍しいやな。江戸ではあまり見ないなあ」

　銀次郎の口調は、侍言葉から脱け出しかけていた。

「などと思っているのは、高慢ちきな侍とかお公家(くげ)だけや。その日その日を食べていくのに精一杯な貧乏百姓は、土を選ばずに育ってくれる野菜類は絶対に見逃せへん。目を光らせて必死で育てるんや。ごちゃごちゃ言わずに、はよ食べなはれ」

　にこにこと優し気に言う老婆千であった。

「へへっ……うん」

「馬にも飼葉(かいば)と水、たっぷりやっといたさかいに」

「飼葉って……備えがあったのか？」

「おい、百姓を馬鹿にすんな」

「ははっ、ごめん。悪気はない」

二人のなごやかな朝餉がはじまった。

銀次郎は己れの精神状態がかなり緩んでいることを、見失ってはいなかった。確りと捉えていたが、今はそれでよい、と己れに言い聞かせていた。

「旨いな、たまらなく旨いよ。この馬鈴薯の煮っころがしは……」

「煮っころがし？」

「ああ、煮っころがし。よく煮えたぶつ切りの馬鈴薯が旨そうな匂いで大皿の上にころがるようにして盛られているから、つい煮っころがし、などと言ってしもうたが、気分を損ねたか婆ちゃん」

「うんにゃ。煮っころがし……ええ名や。婆ちゃんの煮っころがし、これからは誰彼に対して、そう言うことにするわ」

二人は笑い合った。銀次郎は、ご飯のおかわりを婆ちゃんに頼んだ。

「玉葱も黒糖もな、村の東にある広広とした共同畑（共同農場）でとれるんや」

「村人みんなの力で栽培しているんだな」

「そうや。知恵と力を出し合うてな。とくに土を選ばずに大量に育ってくれるもんは、百姓の宝や。みな夢中になる。生きていくためにな」

「うむ」

銀次郎は婆ちゃんと目を合わせ、真顔で深深と頷(うなず)いた。

玉葱が海の向こうから日本に入ってきたのは、寛永四年（一六二七）前後のことと伝えられているが、切ると涙が出て生(なま)を齧(かじ)ると舌にピリッとくる球形のそれを不気味と感じたのかどうか、日本には根付かず散佚(さんいつ)してしまった。本格的に導入されて『玉葱の世界的大量生産国』への道を我が国が歩み出すのは、**明治期**に入ってからのことだ。

しかし、一度でも日本に入ってきた土物(つちもの)（土で育てる野菜などの意）を、その道を専(もっぱ)らとする苦労人の百姓たちがやすやすと見逃す筈がない。

婆ちゃんの玉葱も、おそらくそういった物なのであろう。

蔗糖(しょとう)（サトウキビから取れる砂糖の意）についても、それは言えた。**天平勝宝**五年（七五三）に渡来した唐の名僧**鑑真**(がんじん)（名刹　奈良**唐招提寺**を開基）が齎(もたら)したとする説。消費・需要が急増した室町時代（一三三六～一五七三）には輸入量が著しく増えたものの、国産には至らず、それが本格的に始まったのは**元禄時代**（一六八八～）に入ってからだとする説。

などと諸説がある。

婆ちゃんの黒糖は、はたしていずこの時代から生産の手法を学び取ったものであろうか。

が、今、婆ちゃんと仲睦まじく朝餉を楽しむ銀次郎にとっては、そのようなことは、どうでもいいことであった。

「食った食った。もう入らん……」

銀次郎は粟稗交じりの飯を三杯も平らげ、漸く箸を置いた。

「そんなに美味しかったか?」

「ああ、最高に旨かったよ。飯も煮っころがしも、味噌汁も漬物も……有り難う婆ちゃん」

「そう言ってくれると嬉しいがな。お侍さん、母ちゃんは?」

「母ちゃんは……母は早うに亡くなったのでな。よくは知らん」

「そんなら父親育ちやな」

「いや、違う。乳母に育てられたのだ。その乳母がな、どことのう婆ちゃんに似とるのだ」

「それで判ったわい」

「なにが？」

「この婆に向けるお侍さんの目が、ふっと甘えたような色になるのがな」

「…………」

「これから何処へ何しに出かけるんや？」

「…………」

「言われへん、という訳か。ま、茶でも淹れちゃろ」

老婆千が、よっこらしょ、と腰を上げた時であった。厩の黒兵が何を感じたのか、天井から吊るされた自在鉤に引っ掛けられている味噌汁の鍋が、カタカタと微かな音を立てる程に嘶いた。

叫んだ、と捉えられる程の嘶きだった。それだけではない。蹄で地面を激しく叩き鳴らしたのだ。

「どうした黒兵……」

と銀次郎が立ち上がるよりも先に、老婆千は銀次郎が寝間にしていた板間に入っていった。

きちんと折り畳まれた寝床の脇には、銀次郎の大小刀が横たわっている。

老婆千はその大小刀をわし摑み――そう表現する他ない勢いで――にするや否や、銀次郎の前までそれこそ小駈けに戻って、無言のまま差し出した。

明らかに険しくなっている老婆千の表情だった。

身辺に迫った危機の気配を捉えることにかけては並はずれている銀次郎であるにもかかわらず、このときは何も感じていなかった。

「一体どうしたのだ婆ちゃん」

「午後になってから帰宅することになっていた道楽息子が、どうやら戻ってきたようじゃ」

「え……なぜ判るのだ婆ちゃん」

銀次郎は大小刀を帯に差し通した。

ヒヨッと帯が鳴る。

「こっちへ御出(おいで)……」

老婆千は厳しい表情で銀次郎の腕(かいな)を摑むと、蔦草(つたくさ)に覆(おお)われた広縁へ連れていった。

「ええか。このおれから離れたらあかんで……判ったな」

「うん」

怪訝（けげん）な目をして銀次郎が頷くと、老婆千は昨夜から閉じられていた破れ放題の大障子八枚を先ず開けてから、傷の目立つ雨戸をいきなり素足の裏で蹴り飛ばした。

それは老婆には似つかわしくない、余りにも激しい蹴りだった。

閉じられていた雨戸八枚の内の二枚が、庭先へ吹っ飛んで、目をあけておれないくらい眩しい光が広縁に差し込む。

（あっ……）

目を細めて眩しさを避けた銀次郎が、殆ど反射的に右の手を大刀の柄（つか）へ持ってゆき、腰を下げた。防禦の、いや、反撃への構えだ。

これはどうしたことか。

広い前庭を、数十の『真っ白』な騎馬武者が整然と埋めているではないか。ざわめき、微動まったく無く、整然とである。

しかも異様な身形（みなり）の数十騎であった。『真っ白』に見えたのは、彼らの着衣の色であった。

その余りの整然たる異様に『真っ白』な一団に、さしもの銀次郎も目を見張った。

彼らは全員が揃って、日本神話の神神の衣装とされる衣褌姿であった。古墳時代の高位の武者の姿、と言い改めれば判り易いであろうか。

それは上着である丈が長めの衣と、下半身（両脚）を通す褌（今で言うズボン）に上下分かれていた。丈が長めの衣は腰の部分を幅広の帯で確りと締め、刀は帯執と呼ばれるものによって幅広の帯から水平に垂下る――刃を下向きに――のであって、帯には通さないのだ。また褌（ズボン）はゆったりとした拵えになっているため、戦闘など激しい動きの際にはためいて脚にまとい付かぬよう、膝下あたりで足結と称する金色の紐で括るのだった。

同様に衣の両袖口もゆったり拵えのため手結と呼ぶ紐――矢張り金色の――で締め結ぶ。

このような古の世界を髣髴とさせる衣褌姿に、銀杏髷や小銀杏髷が似合う筈もない。

いま銀次郎と婆ちゃんの眼前に森として整う数十騎は、いずれも古墳時代の美豆良と呼ばれる髪型だった。髪を頭の中央から左右に分けて下げ、耳を隠すかたちで束ねて金色の紐で結ぶのだ。

古代武者集団において、指揮や監督をする立場の**上位者**は、束ねた髪を**耳の下**で結ぶのが決まりで、**配下の者**は束ねた髪を**耳の横**で括った。

「婆ちゃん、この『真っ白』な連中は一体なんだ」

銀次郎は油断なく目の前の集団を睨みつけながら、婆ちゃんに訊ねた。

が、婆ちゃんも〝古代の神神の集団？〟を睨みつけたまま、答えなかった。

彼らは幅広の帯から**帯執**で太刀を水平に下げ、背に弓矢を入れた壺胡籙を背負い、腹前の帯に脇差を斜めに差し通していた。

一様に栗毛の馬――一頭を除いては――に跨がっているのだが、鐙に乗せた両足はなんと革製の靴を履いている。

「母上、少し早めに帰ってきてしもうた。驚かせてすまぬ」

「なにが、すまぬ、じゃ。早めに帰るなら帰るで、配下の者を知らせに走らせればええじゃろ。お前は子供ん頃から確りとした予定を立てられん、なまくら坊主やったわ」

「そう言うな。我ら伝統のこの武者姿では、深夜にしか表街道を走れんことは、母上も知っとるじゃろ」

「ふん……なにが伝統じゃ」

老婆千とやりとりをしたのは、集団の最前列中央、一頭だけ目立っていた白馬に乗った偉丈夫だった。日焼けした眼つき鋭い顔は四十前後というところか。

銀次郎は婆ちゃんにそっと体を寄せてゆき、耳もとへ顔を近付けて囁いた。

「婆ちゃん。あの白馬の男が〝道楽息子〟か？」

「そうや。兇暴やから気を付けや」

「兇暴？……そのようには見えないがね」

「表面だけはりりしい印象じゃけんど、腹の中は手負いの荒くれ獅子や。油断したらあかん」

「わかった……」

銀次郎は頷いて婆ちゃんから、ほんの少し離れた。

すると白馬の〝神話の武者〟は、ゆっくりと広縁に近付いてくるや、馬首を一瞬の速さで後方へ振り向けた。

「皆、それぞれ塒(ねぐら)へ戻ってよし。今日より当分の間、息抜きをせい」

白馬の武者から告げられた栗毛の集団は、一斉(いっせい)に「おうっ」と野太い声を張り上げるや馬首を返し、もと『豪農屋敷』の広い前庭から整然と出ていった。

白馬の武者は、老婆千と銀次郎に向き直った。

厩の黒兵が、銀次郎に迫った身の危険を知らせるかのように嘶(いなな)き、蹄で地面を激しく打ち鳴らした。

「心配するな。しずまれ」

銀次郎は白馬の武者と目を合わせながら、黒兵に告げた。

黒兵がしずかになった。

「ほほう。いい馬のようだな。貰っておこうか」

白馬の武者のその言葉が終わらぬ内に、老婆千が怒鳴りつけた。

「うるさいわ、道楽息子が。このお侍は、おれの大事な客じゃ。無礼があると承知せんぞ」

白馬の武者はその言葉に微塵(みじん)の反応も見せず、馬首を更に広縁の銀次郎へ近付けた。

するとと老婆千が立ちはだかるかの如く、銀次郎の前にまわり込んで、道楽息子とやらを睨みつけた。

しかし老婆千は腰が曲がったうえ小柄だ。

銀次郎と道楽息子は、老婆千の頭越しに、じっと目を合わせた。

「目ざわりや、消えろ」

老婆千の右の手がシッシッと言わんばかりに、手前から掃くようにして馬首の方へと泳いだ。

しかし、相手は笑った。

「母上。この豪農屋敷は朽ち果ててはおるが、この明智三郎助定行が継いでおる住居じゃ。シッシッはひどい」

言い終えて明智三郎助定行の面から笑みが消えた。

銀次郎が、面前の〝神話の武者〟の名を知って、目を一瞬だがギラリとさせた。

明智三郎助の野太い大声が、銀次郎にぶつかっていった。

「おい、幕府の狗、黒書院直属監察官大目付三千石、従五位下加賀守の桜伊銀次郎とやら、よくぞこの崩壊屋敷へ足を運んでくれたのう」

「ええっ」

と驚いた老婆千が、老いた体に似合わぬ勢いで振り返り、銀次郎の顔をまじまじと見つめた。

「あんた、そんなに偉い幕府の役人さんやったんか……大目付三千石やて?……まるで**幕府そのもの**の偉いさんやないか……せいぜい二百石にも行かん下っ端の役人かな、くらいに思うとったんやけど」

「婆ちゃん、明智三郎助殿が言ったことに間違いはないよ。それにしても、婆ちゃんの道楽息子が明智三郎助定行と名乗った事には、こちらも驚いたな。明智家の直系かね」

「違う……」

「ま、直系とか傍流とかは、どうでもいいことだが」

銀次郎がそう言うと、老婆千は銀次郎の傍から離れて板間へ引き返し、囲炉裏の前にペシャンと腰を落としてしまった。

「おいっ」

さらに広縁に馬首を近付けた明智三郎助が、眦（まなじり）を吊り上げた凄い目つきを銀次郎に向けた。

「年老いた母を口先うまく欺（あざむ）いて、ここに一夜の宿を取ったのだな」

「そう疑うなら、己れの口で直接母親に訊ねてみることだ。それよりも……」

「それよりも?……」

「その古代の武者姿、実によう似合（にお）うているじゃねえか。お前（めえ）たち、若（も）しや足利（あしかが）**節朔衆**（せっさくしゅう）のつもりでいるんじゃねえだろうな」

銀次郎の口調が、いきなり崩れた。

「ふん。我が女房に教えてもろうた節朔衆を、忘れず覚えていたか。その通りだ。我らこそ足利節朔衆、つまり足利将軍家の直属親衛隊**奉公衆**の伝統を引き継いでいる者だ」

「ちょいと待ちねえ。いま、我が女房と言うたな」

「森の直（す）ぐ向こうにある**連衆村**（れんじゅむら）で、我が美しく妖（あや）しい妻ヤエより、玉子と芋と大根がたっぷりの雑炊を図図（ずうずう）しく馳走になったであろう」

「あ……」

「思い出してくれたか。我が妻より直ぐに、遠く離れた出先の私に伝書鳩による報告があったわ」

「あの親切で楚楚たる印象のヤエ殿は、亭主は二年前の冬に流行病で身罷った、と言うておったが……だまされたのかえ、この俺が」

「黒書院直属監察官大目付、などと大形な肩書を背負っている割には、女に甘いのう」

「おうよ。俺は女には滅法弱え。それが唯一の弱点でよ」

「おい、桜伊銀次郎。貴様は我らが敬うておった欠くべからざる二本柱を無残にも打ち倒してくれた。この報いは恐ろしい形で必ずあらわれるものと覚悟しておくがよい」

「二本柱とは**幕翁**こと、前の老中首座**大津河安芸守忠助**（東近江国湖東藩十二万石藩主）および悪鬼の侍**床滑七四郎**のことだな」

「そのお二人のお力によって再び、我ら足利の血を引く者は大坂城を拠点に力強く蘇る寸前まで行っていた。それを貴様は打ち砕いたのだ。この恨み、何倍にしてでも返してくれようぞ。**一度でも受けたる無念、一度でも食らった損失、一**

度でも傷つけられたる誇り、それらに対しては命を賭して激しく報復するのが我らが奉公衆の勤めであると思い知れ。たとえ何年かかろうが必ず報復する」

「その仰仰しい古代の武者姿は何を意味する。舞台役者のつもりか？」

「貴様は歴史から何も学んでおらぬな……馬鹿か」

三郎助がそう言った時、

「それこそが足利奉公衆の戦いに備えた伝統的身形なのじゃ。受け継がれてきた伝統的戦闘服なのじゃ」

板間の囲炉裏の前に座り込んでいた老婆千が、大声を放った。

そして、よっこらしょと腰を上げると、再び銀次郎の傍にヨタヨタとやって来て、〝道楽息子〟に言った。

優し気な口調になっていた。

「もう、それくらいでええやろ。早よヤエさんの所へ戻ってやり。この監察官大目付殿は徳川幕府そのものと言ってよい位の高いお侍やけんど、このおれが客として扱うた御人や。この年寄りの目の前で、命のやり取りをすることは許さへん。判ったな、三郎助」

「母上がそこまで言うなら、今日のところは、この男の存在を忘れよう。但し、あくまで今日のところは、だ」

明智三郎助定行はそう言うと、馬首を返して広広とした前庭の外に出て、森の中へと消えていった。

老婆千がホッとした顔つきになって、銀次郎と目を合わせた。

「銀次郎はん、とかやったな。今日のところは、直ぐにもこの場から遠く離れることや。出来るんやったら、江戸へ戻った方がええ。おれからの心を込めての警告や。な、そうしなはれ」

「しかしなあ、婆ちゃん」

「この年寄りは、**三郎助**が血に染まるのも、**銀次郎**はんが斬られるのも見とうない。おれを悲しませたくないんやったら、江戸へ帰っておくれ」

「…………」

「嫌か？……この婆の頼みなんか、あほらしくて聞く耳もたんか」

「いや……判ったよ婆ちゃん。いったんは、この場を去ろう。だが一つだけ教えてくれ婆ちゃん。足利**奉公衆**はまだ本気で幕翁の遺志を継いで、天下取りを狙っておるのか」

「本気や。それが足利奉公衆の定められた勤めなんやから、仕方がない……宿命や」

「そうか……じゃあ、これでお別れだな婆ちゃん。いつまでも元気でな」

「はよ行き……森へ入ったらあかん、あっちの方向へな」

老婆千は今にも泣き出しそうな顔で、もと豪農屋敷の裏手の方を指差した。

「承知した。菖蒲池のほとりのお地蔵様に手を合わせて、立ち去るとしよう」

銀次郎はそう言うと、老婆千の肩を軽く叩いてから、厩へと足を急がせた。

九十一

江戸——表三番町の大番頭(おおばんがしら)六千石旗本、津山近江守忠房(つやまおうみのかみただふさ)邸。
この日——銀次郎と明智三郎助定行がはじめて出会った日——の夕刻に少し前、津山忠房邸はなごやかな明るい雰囲気につつまれていた。
侍女たちが大盆に馳走をのせ、次次と大書院へ運び入れている。

その大書院には、用人（ようにん）の本河委之助（もとかわいのすけ）がひとり居て、馳走や酒の置き場所を侍女たちへにこやかに指示していた。

実は津山近江守忠房は昨日城中にて、幼君家継（いえつぐ）より五百石御加増の内示を受けたのであった。内示を告げたのは老中格御側御用人（おそばごようにん）・侍従**間部越前守詮房**（まなべえちぜんのかみあきふさ）であったが、むろん七代様（徳川家継）の御面前においてであり、執政（最高政治顧問）の新井筑後守白石（あらいちくごのかみはくせき）も同席していたから、正式な『御加増内定通知』であることに間違いはなかった。

加えて今日は、津山忠房の誕生の日なのだ。めでたいことが二重に重なったのである。

忠房は「お祝いの席の御用意が調（ととの）いました」の声が掛かるまで、三間続きになっている居間兼書斎で気分よく『知行所（ちぎょうしょ）田畑成育状況報告書』に目を通していた。それによれば天候不順とか病害虫発生などによる成育不良は見られず、昨年に続けて今年も豊作のようだった。

大名が幕府（徳川将軍家）から領地を与えられた場合、これを『**領地する**』といい、**旗本**が領地を与えられた場合は『**知行する**』と表現する。そして旗本が**知行する**

領地のことを知行所（もしくは知行地）と呼ぶのだった。

　これが御家人に与えられた土地になると『給知』となる。

　旗本は知行所を監理（支配）するために、江戸を離れる訳にはいかない。なぜなら旗本は幕府将軍家の直属親衛隊であるから、いつ何時生じるかわからない『いざ鎌倉』に備えて常に幕府将軍家の至近に存在していなければならないからだ。

　したがって旗本は配下の者をごく少数知行所へ出向させ、現地の村名主らと共に監理（支配）を調えるのである。あるいは、それらの実務を村名主に任せる（請け負わせる）場合もある。

　いま近江守忠房が目を通している『知行所田畑成育状況報告書』は、現地に常在させている配下の者から届いた書面だった。

　と、忠房の表情が広縁に人の気配を捉えて、「ん？」となった。

　一人や二人の気配ではなかった。

　閉じられている大障子はいつの間にやら朱色に染まって、燭台を点す必要がないほど、部屋の中まで赤赤と明るかった。

「空一面の夕焼けか……」

と彼が呟いたとき大障子に、広縁の右手の方から現われた人影が三つ映って、作法美しく静かに座した。

「御殿様。障子を開けても宜しゅうございましょうか」

妻（お園）の声と聞き誤る筈のない、近江守忠房であった。

「構わぬ。入りなさい」

「茜（津山家長女）と艶殿も一緒でございます」

「支障ない……入ったら、障子は開けたままでよい」

「はい。畏まりました」

大障子が開けられ――お園の手で――三人が目に眩しい程の夕焼け色に背を押されて、室内に入ってきた。

大きな文机を挟むかたちで主人と奥方が向き合い、少し後ろに控えた位置に、茜と艶の二人が雛人形のように可憐に並んで座った。

近江守忠房が妻子を措いて、先に艶に声を掛けた。

「どうじゃ艶。この屋敷の雰囲気に少しは馴れたか」

「はい。奥方様、茜様ほか皆様に大事にして戴き、まるで我が家に居るような安らぎを覚えておりまする」

「それはなによりじゃ。遠慮のう我が家と思うて、桜伊家へ戻ってからも末長くいつまでもこの屋敷へ出入りを致すがよい。この私を父とも思い、奥（お園）を母とも思うてな」

近江守忠房は顔に笑みを広げ、目を細めてやさしく言った。

「はい。これからも甘えさせて下さりませ。心あたたまる御言葉まことに有り難うございまする」

艶は三つ指をついて、浅くなく深すぎることもなく美しく頭を下げた。

そして面を上げ、艶はしとやかに述べた。

「この度は茜様より御殿様の御加増について、お聞き致しました。まことにおめでとうございます。また今日は御殿様のご誕生の日。おめでたいことが、二日続きで、艶は心よりおよろこび申し上げまする」

「うむ。艶の言葉、我が娘からのものと受け取り大変うれしく思う。ありがとう」

忠房だけでなく、お園も茜も相好をくずして、室内になごやかな雰囲気が満ち満ちた。

「もうそろそろ宴の席が調います。書院の方へお移りになった方が宜しいかと思います」

お園が漸く口を開いて、忠房を促した。

「そうか、うん……」

頷いた忠房は片膝を立て、腰を上げようとした。

その忠房の表情が、開けられている大障子の向こう、夕焼け色に染まった庭を見てハッとなった。細長い瓢箪形の回遊式池泉の周囲を埋めている灌木の陰から突如、桃色衣装の十名の武者が、いや、庭を満たす夕焼け色を取り除いたとすれば、武者たちの衣装は純白であった。頭からかぶった頭巾は目窓を細く開けているだけだ。背には弓矢を背負っている。

「なに奴っ……」

すっくと立ち上がって一喝した忠房の様子に驚いたお園、茜、艶の三人は背後を振り向いた。

この時にはもう、抜刀した頭巾武者たち十名は瓢箪形の池を身軽に飛び越え、放たれた矢のような勢いで座敷へ雪崩(なだれ)込んでいた。

「曲者(くせもの)……曲者じゃ」

茜が甲高(かんだか)く叫びざま母を護ろうとしてであろう、その背中に飛びついて盾となり、忠房は身を翻(ひるがえ)し床の間の刀掛けの大刀をわし摑みにした。

「曲者……曲者じゃ……」

再び絶叫した茜に対し、先頭切って座敷に踏み込んできた頭巾武者が大刀を振り上げた。

同時に数名の頭巾武者たちが、形相凄まじく大刀を抜き放った忠房めがけて突っ込んだ。

母を護ろうとする茜の背に、頭巾武者が激しい勢いで刃を振り下ろす。狙いは忠房なのだ。間違いない。

「やめて……」

悲鳴に近い叫びをあげて、艶(えん)が茜の背中に飛びついた。

非情の刃が艶の背中を割った。

声もなく艶(えん)がのけ反り膝を崩す。

が、艶(えん)はのけ反りざま、目の前の相手の腰に必死でしがみついていた。

非情の刃の第二撃が、有無を言わさぬ荒荒しさで、艶の肩に深深と突き立てられた。

「銀……次郎様……」

微かに漏らした艶は最期の力を振り絞って、直ぐ目の前の帯に斜めに差し通されている其奴の脇差を引き抜いた。

夢中であった。渾身の力であった。必死であった。其奴の脇差で思い切り其奴の腹を刺し、引き抜きざまもう一度刺してひねり、仰向けにドッと倒れた。

腹に己れの脇差を突き立てられた其奴は、「ううう」……と呻きながら下がり横転。

床の間の前では小野派一刀流をやる忠房の豪快な剣が、たちどころに三名を討ち斃していた。仁王立ちの忠房は相手の血を浴び、まさに**朱色の阿修羅**。

そこへ津山家の手練たちが、怒声と共に飛び込んできた。

九十二

銀次郎は黒兵の手綱を婆ちゃんの手に預けると、菖蒲池のほとりのお地蔵様の前に腰を下ろした。

目を閉じて合掌する銀次郎の直ぐ背後では、黒兵の手綱を持つ婆ちゃんが、頷きながら神妙な面持ちだった。

空は青青と晴れわたり、朝陽を浴びるお地蔵様の表情がやさしかった。鮒なのか鯉なのか、池の面から一尺ばかりも飛び跳ねて、ポチャンと音立てて沈んだ。水面のその輪がゆっくりと広がって、お地蔵様の傍にまでゆらゆらと達したが銀次郎はまだ合掌を解かない。

「もう、それくらいでええやろ。道楽息子が気を変えて、手下を連れ引き返して来たら厄介や。さ、行きなはれ」

銀次郎の背に話しかけた婆ちゃんの口調は、やさしかった。

銀次郎は合掌を解き立ち上がって、婆ちゃんから手綱を受け取った。

「一つだけ教えてくれないか婆ちゃん……」

銀次郎は婆ちゃんの目を確(しっか)りと見て、しかし、やんわりと切り出した。

「なんかいな？……教えられんこともあるで」

「答えられないなら、答えられないとはっきり返事してくれてよいから」

「んなら、聞こか。言うてみ」

「足利節朔衆(あしかがせっさくしゅう)（奉公衆）の意志を強固に抱いているかに見える明智(あけち)三郎助定行、つまり婆ちゃんの息子だけど、私には凜凜(りり)しく頼もしい武者に見えるんだが、その彼が婆ちゃんにとってなぜ**道楽息子**なんだね。その理由(わけ)が知りたいのだ」

「…………」

「答えられないのか、やはり……」

「…………」

「そうか。では仕方がない。この私も婆ちゃんを苦しませてまで、道楽息子の理由(わけ)を知りたいとは思っていないよ」

「すまんなあ……許しとくれ」

「いや、なに……じゃあ元気でな婆ちゃん。いずれまた会える機会が訪れてほしいものだ」

銀次郎はひらりと身軽に黒兵の背に跨がった。

「さらばじゃ。いつまでも元気でいてくれよ婆ちゃん……世話になった」

銀次郎は黒兵の腹を軽く打った。

黒兵が婆ちゃんから離れ難いように、ふた呼吸ほど置いてからゆっくりと歩み出した。

菖蒲池の北側から、背丈の低い梅林を抜けるかたちで、文禄堤の方角へ一本の細道が真っ直ぐにのびている。

黒兵のゆっくりとした歩みがその細道へ入ったとき、

「待ちなはれ」

と、背後から婆ちゃんの声が掛かって、それを理解したのかどうか黒兵の歩みがぴたりと止まった。

銀次郎は馬上で振り向いた。

菖蒲池の北側を足早に回り込んで来た婆ちゃんが、黒兵の頬革を摑み銀次郎を見上げた。

「幕府の凄く偉い御人……銀次郎はん……この名は本当の名やな。偽りの名やないな」

「べつに凄く偉い人、などと思ってはいないよ。が、うん……姓は桜伊、名は銀次郎だ。偽りではない」

「あんた、里は何処や」

「里って？……江戸で生まれ江戸で育ったのだが」

「両親の里は何処なんや、いや、祖父母の里は何処なんや」

「妙なことを訊くのう婆ちゃん。一体どうしたのだ。桜伊家は幕府将軍家に直属する旗本家ゆえ、したがってもう何代にもわたって江戸が里だが」

「なら銀次郎はん。江戸を離れなはれ。それもなるべく早くに……」

「ん？……何故だ婆ちゃん。その理由を話してくれ。なぜ江戸を離れねばならぬ」

「うちの道楽息子が、江戸を潰す。本気で江戸を潰す気や」

「なにっ」

「それが息子の道楽なんや。気性の激しい息子の道楽なんや。息子は己れの力で江戸を叩き潰せると思っちょる。徳川幕府ではなく江戸の町そのものを根こそぎ叩き潰す気や」

「なるほど。足利節朔衆を名乗る息子の道楽というのは、江戸の町を根こそぎ叩き潰すという事だったのか。だが安心しろ婆ちゃん。五十騎や百騎の**美豆良(みずら)髪の武者**じゃあ、江戸の町は叩き潰せぬよ」

「甘い……考えが甘い」

「いや、甘いとは思わぬなあ。幕府将軍家の足元には、『**いざ鎌倉**』に備えて強力な多数の旗本が控えており、しかも諸大名の何万という江戸詰藩臣がこれに加わる。五十騎や百騎の弓矢を背負った**美豆良髪の武者**では、とても太刀(たち)打ち出来ぬよ。江戸の町を叩き潰すことなど無理だ。江戸は巨大な町ぞ」

「甘い……小が大を倒すということもあるじゃろが。過去の合戦においても、小が大を倒す例はあった筈じゃろうが……おれは学(がく)が無いんで難しいことは判らんがの」

「確かにあった。しかし五十騎や百騎が数千、数万の相手を倒した例を、私は知らぬぞ婆ちゃん。あの**美豆良髪の集団**が、巨大な江戸の町を根こそぎ叩き潰せるかも知れないことについて、詳しく打ち明けてくれぬか婆ちゃん」

「それは言われへん。おれは銀次郎はん、お前はんを救いたいだけなんや。だから江戸を離れなはれ」

「なぜ、言われないのだ。怖いのか、兇暴とかいうあの道楽息子が」

「べつに怖いことあらへん。ただ、腹をいためて産(う)んだ息子を裏切ることが出来(でけ)へんだけや。なさけない母親なんや。何もかも打ち明けてしもうたら、もう道楽息子の母親では無(の)うなるさかいな」

「判った婆ちゃん。婆ちゃんの言ってくれたことは一応、警告として受け止めておこう。油断のないようにするよ。が、しかし、己れひとりの身の安全のために、江戸を離れて山里なりへ身を隠す訳にはいかぬ。これでも黒書院直属監察官であるからな……達者で暮らせよ婆ちゃん。さらばじゃ」

銀次郎は黒兵の馬腹を、やや強めに打った。

黒兵は青空を仰いで嘶(いなな)くと、力強く地面を叩いて一気に駆け出した。

老婆千(せん)は一本道が彼方(かなた)で緩(ゆる)く左へ曲がった所で人馬が見えなくなると、お地蔵様の前まで引き返し、腰を下ろして合掌した。

脳裏から銀次郎の精悍な顔が、容易に消えなかった。

老婆千は呟くようにして唱えた。

「……悪趣何処にありぬべき　浄土即ち遠からず　辱けなくも此の法を　一たび耳にふるる時　讃歎随喜する人は　福を得ること限りなし　いわんや自ら回向して　直に自性を証すれば　自性即ち無性にて　すでに戯論を離れたり　因果一如の門ひらけ　無二無三の道直し……」

背後でピキッと小枝を踏み折るような音がしたので、老婆千は振り返った。もしや道楽息子では、という予感がしていた。

やはり、そうだった。三郎助が、間近なところにひとり佇んでいた。

老婆千は、思わず息を呑んだ。我が腹をいためて産んだ道楽息子の両眼は、光っていた。普通でない光り方であった。目尻は吊り上がり、唇が小刻みに震えている。

そのような息子の表情を、いや、心から愛している息子のそのような表情を見るのは、はじめてのことだった。尋常ではない、と思った。

老婆千は、息子に気付かれぬよう、こみあげてくる怯えをそっと呑み下して立ち上がった。息子が一歩を踏み出し、その足の裏で小枝が再びピキッと鳴った。

「母上。余程にあの桜伊銀次郎が気に入られたのですな。まるで実の息子に接するが如く……いやはや、呆れた」

「何を言うんや。あの御人は、このおれの客じゃ。客を大事にするのは足利の大切な思想やろが」

「大事にするのは判るが、母上はその大事の仕方を取り違えられた。これは見逃せぬ」

「どう取り違えたと言うんや。聞こやないか」

「母上は我らを裏切った。それが判らないのか」

「…………」

「銀次郎に対し、〝徳川幕府ではなく江戸の町そのものを根こそぎ叩き潰す〟と告げたではないか。あれは我等組織の重要な行動方針ぞ。それが判らぬのか母上」

「…………」

「つまり母上は、我等にとっての重要な秘密を、銀次郎に教えたのだ。これは明らかに我等組織を裏切ったことになる。そうではないか」

「ぐちゃぐちゃ言わんと、さっさと結論を言わんかい」

「裏切り者に対しては、死あるのみ……」

「結構や。この年になると、死なんぞ怖いことあらへんわい」

「組織の頭領であるこの三郎助の実の母だからこそ、なお許せぬ」

「ふん。舞台役者みたいな台詞を並べよってからに。ごちゃごちゃ言わんと、好きなようにしなはれ。さあ、好きなように……」

老婆千はそう言うと、再びお地蔵様に向かって腰を下ろし、こんどは正座をして合掌した。目は閉じていない。

母の余りの飄飄乎とした態度に、三郎助の両眼に怒りの火がついた。もはや我が母ではない、とも思った。

彼は**帯執**によって腰から下げた大剣を抜き放ち、大上段に振りかぶった。

「……六趣輪廻の因縁は　己れが愚痴の闇路なり　闇路にやみじを踏み添て　いつか生死を離るべき　夫れ摩訶衍の禅定は　称歎するに余りあり……」

老婆千の落ち着いた**坐禅和讃**の祈りの声に、激情をくわっと両の眼から迸ら

せた三郎助の、

「さらばじゃ、母上」

という怒声が、大剣を振り下ろさせた。鋭い一条の光が老婆千の後（うし）ろ首（くび）へと風切音を放って吸い込まれていく。

木の幹を断ち切ったような鈍（にぶ）い音がして、同時に深紅（しんく）の光景が扇状にザアッと広がった。

なんたる息子であるか、明智三郎助定行！　非道……。

九十三

「なにっ」

大番頭（おおばんがしら）六千石、津山近江守（おうみのかみ）邸からの火急の報（しら）せに、玄関口で応対した目付筆頭千五百石、和泉長門守兼行（いずみながとのかみかねゆき）は受けた余りに大きな衝撃で、足元を小さくよろめかせた。

式台に片膝ついて確りと和泉長門守を見つめ重大報告を終えた津山家からの使

者は顔面蒼白で、両の肩をぶるぶると震わせている。顔や着衣に浴びた血しぶきが、津山邸で生じた事件の凄惨さを物語っていた。

「高槻……」

和泉長門守は振り向いて、これより登城するという主人を見送るため玄関控間に正座していた強張った表情の次席用人、高槻左之助（四十八歳）を睨みつけた。普段着の腰には脇差を帯びているだけだ。

「はっ」

と、高槻が正座の姿勢を殆ど崩さぬまま、主人近くまで躙り寄った。この高槻左之助、初實剣理方一流剣法（いわゆる今枝流戦国剣法）の目録者である。今枝流剣法は**剣の理合**を尊しとして、鋭い美しさを特徴とする**豪麗**なる剣法だ。

長門守が命じた。

「高槻。いま聞いた通りの緊急事態じゃ。其方は直ちに**新井筑後守**様のお屋敷へ走り、このことを伝えて参れ。私は津山様邸へ駆け参じるため、本日の登城が大幅に遅れることもな」

「畏まりました」

「剣をやる其方（そなた）だが、途中の用心のため手練（てだれ）の三、四名を連れてゆけ。馬を走らせろ」

「はっ。そのように……」

命を受けた高槻左之助が、主人（あるじ）の前から素早く下がっていった。

姿勢を改めた長門守は、再び使者と目を合わせた。

「其方（そのほう）、手傷は受けておらぬか」

「は、はい。大丈夫でございまする」

「馬で参ったのであろうな」

「馬でございます。御門前をお借りして待たせてございます」

「ならば急ぎお屋敷へ戻り、津山近江守様にお伝えして貰いたい。和泉長門守、これより急ぎ参ると」

「承知いたしました。それでは……」

「うむ」

使者は立ち上がって少しよろめきはしたが、小駆けとなって潜（くぐ）り門の外へと出ていった。

玄関式台の前には、和泉長門守の登城に備えて、家臣たちが待機していたが、津山邸での事件を知ってさすがに顔色を失っていた。

「室瀬……」

和泉長門守は家臣たちの先方——表御門に近い——にいた室瀬仁治郎に声を掛け、「はい」と応じた彼に小さく頷いてみせ、近くへ来させた。このあたりは阿吽の呼吸だ。

和泉家で近習の立場にある室瀬仁治郎は、念流の皆伝者である。

長門守は式台の端まで進んで低いが強い口調で室瀬に告げた。

「今日は私の不在中、この屋敷を留守番の者たちを指揮して護ってくれ。若し侵入者があれば叩き斬ってもよい、また弓矢で応戦しても構わぬ。将軍家お膝元での弓・鉄砲の使用は慎重であらねばならぬが、やむを得まい。閣議へは私が、きちんと報告する」

「判りました。確りと警備いたします」

「頼む……」

長門守が頷いて履き物を履き終えたとき、玄関の奥から高槻左之助が現われた。

身形(みなり)をきりりと調(ととの)え、腰には大小刀を帯びている。

「高槻、新井様邸へ急げ」

長門守は殆ど彼を見ずに声鋭く告げると、高槻の返答を待たずに表御門へと急いだ。

門衛が大扉を左右に開くと、長門守の愛馬の手綱を〝口取役〟に代わって引いていた小柄な高槻仁平次(にへいじ)が素早い動きで馬と共に一番に表御門の外へと飛び出した。

高槻仁平次は、次席用人高槻左之助の長男である。小柄だが、彼もまた父左之助に劣らぬ、今枝流剣法の目録の腕だった。乗馬にも長(た)けている。

その仁平次から手綱を受け取った長門守が、ひらりと馬上の人となった。

「仁平次、厩(うまや)の馬を全て使って、この私に続け。馬なき者は、全力で走って追って参れ」

「承知しました」

答えるなり仁平次は、小柄な体を翻(ひるがえ)して厩へ走り、その後に二、三人が続いた。それを見届けることもなく、愛馬の腹を打った長門守だった。

この時代、長門守ほどの旗本ともなると、馬の二、三頭は飼っている。ただ、長門守は旗本は旗本でも、目付筆頭という上級幕臣にして上級警察の立場でもあることから、様様なかたちの緊急事態に備えて、六頭の馬を備えておくべしとの幕命があって、馬の飼育費用は公庫より支給されていた。将軍親衛隊である旗本と馬（軍馬）とは切り離せぬ関係にあるのだが、銀次郎の時代、馬の飼育はいずれの旗本においても、経済的に大変な負担であった。飼育役や口取役を雇う必要も出てくる。

が、和泉家では馬上手な家臣が多く、飼育も口取も家臣がこなしていた。長門守の愛馬は、乗馬好きな彼が自費で調達したもので、したがって和泉家ではあわせて七頭が飼育されている。

津山近江守邸へ向け、単独馬を走らせる長門守の目は血走っていた。

ぐっと下唇を嚙みしめて……。

和泉邸から津山邸までは馬を走らせると、現在の時間表現で述べるとほんの二、三分であった。旗本街区であるため道は整備されてはいるものの、右に折れ左へ曲がってと一直線ではない。そのため、馬を襲歩（いわゆる競馬速度、分速千メートルくらい）で飛ばすことは出来ない。危険過ぎる。

前方に津山邸が見えてきた。

長門守の到着に備えるように、と命ぜられていたのであろう二名の侍が、通りの中央に飛び出してきた。

彼ら二人の直前で手綱を絞るや、長門守は馬上から身軽に飛び下りた。

「ご案内いたします」

一人が長門守に告げ、もう一人が「お預かりします」と素早く馬の手綱を受け取った。

長門守は小駆けに前を行く津山家の家臣の後にしたがった。

式台の手前で長門守と家臣は、履き物を殆ど脱ぎ飛ばして玄関に駆け込んだ。駆け込んだ、という表現そのままの凄まじい形相に長門守はなっていた。が、本人は気付いていない。

「こちらでございます」

家臣は廊下を走った。右へ左へと折れ曲がった廊下ではあったが、巧みに大小の中庭が造られていて、明るい廊下だった。

本庭の広がりが見えた廊下の角を左へ曲がる寸前で、家臣の足がぴたりと止まった。

「殿の居間兼書斎でございまする」

左へ曲がった廊下の先を目配りで示して囁く家臣の唇は、ひくひくと震えていた。このときになって長門守は、その家臣の耳と頬に切創があるのに気付いた。

幸い軽い。

「うむ……」

と頷いた長門守は家臣と位置を入れ替わって、廊下の角を左へ曲がった。

瞬間。

(ああっ……)

と、悲鳴に近い叫びを、長門守は胸の内で発した。

広縁にも庭先にも、白衣の侵入者たちの、そして津山家の家臣たちの骸や負傷者がたった今、激戦が鎮まったかの如くに横たわり、あるいは悶え苦しんでいた。

あたり一面、血の海だ。

津山家の侍女たちが、着衣を血まみれにしながら負傷した家臣たちの手当に懸命であった。泣き声をあげながら、手当に夢中になっている侍女たちもいる。

長門守は思い出したように幅広いつくりの広縁を走り、十二、三間(けん)ばかり行った左手の大障子開け放たれた座敷の前で、くわっと眦(まなじり)を吊り上げた。

座敷は、血まみれであった。

神神の国からの使者を思わせる白衣に身を包んだ侵入者たちが仰向けとなって、ぴくりとも動かぬ中、うなだれて肩を波打たせる津山近江守と、その妻**お園**および娘**茜**(あかね)のすすり泣く姿があった。

長門守の出現にまだ気付かぬその三人に見守られるようにしてある、合掌した仰向けの艶(えん)の遺体の全身は、広縁に仁王立ちの長門守には見え難(にく)かった。が、長門守は座敷へ足を踏み入れなかった。いや、踏み入れられなかった。艶(えん)が亡くなったという現実、そして艶(えん)の遺体が直ぐ目の先にあるという現実に、彼は耐え難い恐怖を覚えた。銀次郎の顔が脳裏をかすめもした。

彼はおびただしい血で汚れた座敷から、怯(おび)えたようにあとずさって、激戦のあとを物語っている庭を、両拳を震わせながら眺めた。

幾人の侵入者が津山邸へ雪崩(なだれ)込んだのか、長門守にはまだ判らない。

「おのれ……」

津山邸へ入って漸く、長門守の口から激しい怒りの呟きが漏れた。

彼は白足袋のまま庭先に下り、袈裟斬りにされて息絶えている白衣の侵入者につかつかと歩み寄ると、再び「おのれ……」と呟いてから目窓だけを開けている白頭巾を力任せにむしり取った。

「うぬぬ……」

呻きを漏らした長門守は、白頭巾の下から現われた、余りにも若い――十七、八歳――侵入者の素顔に驚き、その髪型に衝撃を受けた。見紛う筈もない神神の国に生きし者をあらわす美豆良髪であった。

「こ奴たち……古墳づくりが盛んなりし時代より、訪れたというのか……馬鹿な」

吐き出すように呟いた長門守は、目の前の余りにも若い顔の骸に対し、短く合掌した。

そして、遺骸の下となっている刀剣を調べてみる目的で、引き抜こうとした。

しかし、背負っている矢筒（壺胡簶）に引っ掛かっているのか、容易に引き抜けない。

長門守は遺骸の下に両手を差し入れ、横向けにしようとしたが、その動きを止めた。

彼は骸の腰帯から帯執で下げるかたちになっている、鞘に注目した。

長門守は帯執と鞘を手で摑み、揺さぶってみた。

だが、びくともしない。つまり帯執と鞘は頑丈に工夫され一体化されていたのだ。つまり鞘は、腰からぷらんぷらんと下がっている訳ではなかった。

「これだけ確りと帯執と鞘が一体となっておれば、居合抜刀も充分に可能だ」

長門守はそう呟いて改めて驚き、溜息を吐きながら腰を上げた。

と、負傷した家臣の手当をせずに、小さな拵えの竹林――瓢簞池の向こう――の脇に立って熟とこちらへ視線を向けている侍女に、長門守は気付いた。着ているものが、津山家の侍女たちが着ている揃いのものとは似てはいるが違った。

長門守が、心得たように小さく頷いてみせた。

するとその侍女は、瓢簞池を回り込んで、落ち着いた動きで長門守の前にやって来た。

そして静かに腰を下ろした。その面は、侍女というよりは、きつい印象の男顔だった。が、女には違いない。着物の胸元が豊かに膨らんでいる。

「見ての通りだ司」

「はい、酷いことでございまする」

男顔に似合わぬ澄んだ綺麗な声の司であった。囁き声ではあったが。

「黒鍬の副頭領として、この酷さを決して忘れてはならぬ」

「襲い来る〝酷さ〟を防ぎ、あるいは撃退することが我らの勤めでありますゆえ、肝に銘じまして……」

囁き頷き合う長門守と、黒鍬の副頭領司であった。

「銀次郎の所在は、まだ把握できておらぬのか」

「申し訳ございませぬ。どうやら銀次郎様は黒鍬に陰ながら見守られることを、避けておられるのではないかと思われまする」

「ならばその先手を打って、常に彼の行方を把握すべきが、黒鍬の勤めではないのか。黒鍬の副頭領のお前に、銀次郎の行動の把握を任せたのは、お前のこれまでの能力を信じたればこそじゃ」

「耳の痛いお言葉でございまする。お許し下さい。とにかく全力を尽くして、銀次郎様の所在を突き止め、目の前の事件についてお伝え致しまする」

「急がねばならぬ。お前の手に余るようならば、大奥で大事な勤めに入っている頭領の黒兵に助けて貰え。うん、それがよい。黒兵に助けて貰うがよい」

「ですが殿……」

「いかがした」

「昨夕あたりより大奥の様子が少し妙である、との情報がお頭様（黒兵）より我らの許へ届けられてございまする。それゆえお頭様は迂闊には、大奥を離れられないのではないかと」

「昨夕あたりより大奥の様子が妙だと？」

「はい。確か殿は昨日、ご登城の日ではなかったと存じますが……」

「うむ、その通り。昨日は登城しておらぬから、大奥のことは……」

「お頭様からの情報では、非常に険悪なる気配が大奥の月光院様お付きの老女（御年寄）絵島様に集中し始めている、とのことでございまする」

「なんと……絵島殿に非常に険悪なる気配がか……」

「絵島様だけではなく、その取り巻きの者たちも、身の危険を感じて戦戦兢兢だとか」

「それはちょっと厄介だぞ……」

と、顔をしかめて漏らしたあと、カリッと歯を噛み鳴らして沈黙に入った長門守であった。眦は吊り上がってはいたが、その目には明らかに苛立ちが満ちていた。

が、彼の沈黙は長くは続かなかった。

「よし、司よ。お前は銀次郎の所在把握に、手勢を倍以上に増やして全力で当たれ。東海道より枝分かれしている小街道にまで踏み込んで探すのだ」

「確認させて戴きますが殿、銀次郎様の所在を摑みましたならば、この目の前の酷い事件について、黒鍬者の口から言葉を飾らずに銀次郎様にお伝えして宜しゅうございましょうか」

「構わぬ。有りのままに伝えよ」

「畏まりました」

「よし、行け」

「は……」

小声によるやりとりが済んで、黒鍬の副頭領司は落ち着いた動きで姿を消し去った。

「いよいよ大奥騒動か……よりによって目の前の酷い出来事に重なるようにして」

呟いた長門守は、大奥はいずれは、こうなるであろうと思っていた。

大奥の濫費（むだづかい）や、御役目で城外へ出た際の大奥女中たちの方正ならざる品行の実態について、すでにかなり調べあげている長門守だった。

しかしこれは、うっかり表には出せなかった。不用意に表に出せば、自分に対して『幾つもの権力』がキバを剝くに違いないと心得ている。

チッと小さく舌打ちをした長門守の目に、思い出したように深い悲しみの色が満ちていった。

彼は艶の遺骸を見たくなかった。見たくなかったが冷たくなった艶を抱きしめてやらぬ訳には、いかなかった。銀次郎からの大切な大切な預り人を死なせてしまったのだ。それもこの津山家の姫を見事に守りきるという、天晴なる死に方だった。

（すまぬ艶、ゆるしてくれ……ゆるしてくれ）

長門守は下唇を噛みしめると、広縁に上がり、艶が眠る座敷へと重い歩みで近付いていった。

九十四

ほぼ同時刻。

大奥の老女（御年寄）**絵島**は、今は亡き先代の第六代将軍・徳川家宣の御正室（御台所）である**天英院**（従一位）が在わす『新座敷』に呼び出されていた。

大奥における天英院の日常的住居（居室）は、明暦の大火で焼失したままの天守閣跡南側に近い『新座敷・上段の間』『下段の間』『御休息の間』の三間である。以上の三間の他に、寝室（切形の間）、化粧（化粧の間）、衣裳および着替え（納戸）、などもむろん備わっている。

必ずひとりで来るようにとの指示であったから、供の女中を従えずに絵島が長い広縁をしずしずと『下段の間』の前まで来ると、若い女中二人が控えていて丁重に御辞儀をした。

絵島は幼君（第七代・家継）の生母**月光院**付の老女（御年寄）である。

大奥における最高位は**上臈御年寄**で、これは茶華道や香道が催された際に将軍や御正室の話し相手を御役目とする場合があって、したがって京の公卿出身が多く、そのため雅やかな飛鳥井、万里小路、姉小路といった名が目立った。

この上臈御年寄を別格とすれば、絵島の地位である老女（御年寄）は、大奥最高の権力者の立場であって、しかも将軍生母（月光院）のお付きであったから、本丸『表』の老中若年寄と雖も、言葉遣いなどには気をつかった。

『新座敷・上段の間』で絵島を待っていたのは、御付の女中の姿無いなか天英院ひとりだった。しかもいつもよりは『下段の間』近くに寄って座っていた。異例だ。

絵島は調った綺麗な作法で、『下段の間』の更に手前（控え位置、**御入側**）で挨拶を済ませると、やわらかな表情で、相手と目を合わせた。

「何かと多忙な其方を不意に呼んで済まぬことでした。さ、絵島、もそっと近くへ参りなされ。御入側に居てよい其方ではありませぬ。さ、こちらへ……」

「勿体ない御言葉、おそれ入りまする」

美しい笑顔とやわらかな口調で応じた御年寄絵島であったが、促されるままそろりと腰を上げ、『上段の間』と『下段の間』の境近くまで進み出て腰を下ろし、再度頭を下げてそのまま動かなかった。

「二人だけじゃ絵島。気楽にしなされ。そうでないと頼み事が出来ませぬゆえ」

「頼み事……でございましょうか」

絵島はそう言いながら面を上げた。

「ここにあるこの鯉素……もそっと近くに寄ってともかく、これを受け取りなされ」

天英院はやわらかな口調でそう言うと、膝前にあった鯉素と漆塗りの文箱を、掌の先でやさしく絵島の方へ、ほんの少し滑らせた。宛名は無い。

鯉素とは古くからの雅言葉であって、いわゆる手紙のことである。

天英院が公卿**近衛基熙**（五摂家の一。関白、太政大臣などに）の姫君**熙子**（照姫）であることについては、すでに触れてきた。

絵島は更に体を滑らせて『上段の間』に近付くと、もう一度しずやかに頭を下げてから、目の前近くにある鯉素と文箱に手をのばした。

大奥最高の権力者として知られている絵島と雖も、天英院の前では息苦しくなるほど、言葉の選び方、身の動かし様の一つ一つに気を配った。

絵島は月光院付、つまり月光院の最強の右腕である。その月光院は将軍の（幼君の）**生母**ではあったが六代様（徳川家宣）の**側室**だ。

一方の天英院は五摂家の一、名門近衛家の姫君であって、六代様の**御正室**である。また、後水尾上皇は祖父にあたる。

天英院と月光院では位にも差があった。天英院は正徳三年に**従一位**の叙位を受けて**一位様**と称されるようになったが、将軍生母であり側室である月光院は従三位叙位に止まった。が、月光院はなにしろ将軍（幼君家継）の生母である。この立場は強い。揺るがぬ強さといってよい。

これに対し天英院は幼君家継の**嫡母**（てきぼ、とも）の立場――六代様（家宣）の遺言により――にあった。この場合の嫡母とは幼君家継の**後見人**という解釈でいいだろう。

『将軍の生母』と『将軍の嫡母（後見人）』……この二つの存在（二人の存在）が天英院派と月光院派という派閥形成に結びつかぬことの方が、おかしい。

この時代、権力が蠢くなかで生きる女たちの『**呼称**』は、肩書以上に大きな意味を持っている。

亡き六代様（家宣。幼君家継の父）の正室であった熙子は『**御台所**』と称され『**一位様**』と呼ばれたのだが、『**御台所**』の呼称は歴代将軍（全、十五将軍）の正室の中で十一人しかいない。二代様（秀忠）正室**達子**、三代様（家光）正室**孝子**、四代様（家綱）正室**浅宮**、五代様（綱吉）正室**信子**、六代様（家宣）正室**熙子**、十代様（家治）正室**五十宮**、十一代様（家斉）正室**寔子**、十二代様（家慶）正室**楽宮**、十三代様（家定）正室**敬子**、十四代様（家茂）正室**和宮**、十五代様（慶喜）正室**美賀子**の十一人である。

この正室十一人をじっくりと繙けば、皇族・公卿など上級家格に出自が集中していると見えてくるが、これは単に『幕政に絡む政治政略的な事情』だけではなく、**宮廷文化を決して絶やさぬという皇族・公卿側の確りとした信念**が正しく機能していたからだと判ってくる。つまり伝統深い**宮廷文化を絶やさぬに相応しい**

絶対的力量とその力量に正対する武門の血筋(ちすじ)の高さというものを、皇族・公卿側は『嫁ぐ相手』として**冷静に厳選**していた、と読めてくるのだ。そう。**冷静に厳選**して。単に上級武門の力に圧(お)されてばかりいた訳ではない。

一方の月光院は**庶民階級から出た**側室であったが、将軍の生母であるという絶対的立場にあって異例に近い『**将軍家の家族扱い**』とされ、**三の御部屋様**と呼ばれていた。力関係の立場で述べれば、天英院の『御台所』に次ぐ位階の高さであったと言っても言い過ぎではないだろう。

天英院から文箱と鯉素を受け取った絵島は、穏やかな表情と手つきで、ひとことも言わず鯉素を静かに文箱に納めた。

天英院も何事も言わず、絵島の手元を見守った。

絵島は何のたじろぎも見せず、環付の紐(ひも)を結び、その結び目を紙で巻き止め封印をした。これで受取人以外は絶対に見ることの出来ない『親展(機密)』扱いの手紙となる。

天英院が満足そうに目を細めて頷いた。そして口を開いた。

「絵島……」

「はい」

「その手紙をこれより至急、愛宕の久明寺に届けて貰いたいのじゃ」

「畏まりました。久明寺の創了ご聖人様に直接お手渡し、ということで宜しゅうございましょうか」

聖人とは、高僧に対する敬称を意味しており、創了は天英院の学問・茶道の師であった。

「それでよい。但し、出立および下城の際は余り目立ってはならぬ。供の者は総勢三十名前後におさえなされ。供侍と女中の数の案配については絵島の一存に任せましょう。けれど侍の数を多くし過ぎて、物物しい様で創了ご聖人様をお訪ねするようなことがあってはなりませぬ」

「心得てございまする。それからこの絵島の口より創了ご聖人様にお伝えすべき格別の御言葉がございますれば……」

「それはありませぬ。手紙だけをご聖人様の手にお渡しするだけでよい」

「承知いたしました」

「頼みましたぞ。あ、それから時間があれば、たまにはゆるりと何処ぞで食事でも楽しみなされ。私が認めましょう。そのための帰城のいささかの遅れならば、この私が許します」

「有り難うございまする。きっと皆も喜ぶことと存じまする」

「それではな……」

天英院は立ち上がると、ひっそりとした笑みを残して『新座敷・上段の間』から出ていった。出ていったとは言っても幾つもの座敷を設えた天英院の住居である。絵島が先程この座敷に入ってきた、広縁へと出る訳ではない。

その広縁へ、絵島はしずしずとした歩みで下がった。

表情はまったく変わっていない。大奥最高の権力者としての、それが落ち着きなのであろうか。

九十五

愛宕の久明寺で創了ご聖人様に御台所（天英院）の文と御報謝を手渡し了えた絵島は、ご聖人様よりすすめられた茶菓を「このあと立ち寄らねばならぬ所がまだ二件控えておりますれば……」とにこやかに丁重に辞して、久明寺を出た。

絵島が言った通り、彼女はまだ二件の立ち寄り先を持っていた。しかし、その二件については、「……何処ぞで食事でも楽しみなされ……」と言った天英院すら知らぬことであった。

その二件の内の一件が、総勢三十二名の行列の先に見えてきていた。備後国(びんごのくに)(広島)三次(みよし)藩五万石の下屋敷である。

乗物(駕籠)がその下屋敷の御門前に静かに下ろされると、供侍の一人が素早く乗物に近付いて片膝をつき、その供侍に背を向けるかたちで一人の侍女が然り気(さりげ)ない表情で立った。地味な腰元衣裳に髪を〝島田崩し〟に結った女だ。目つきの鋭い、口元の引きしまった色浅黒い調った男顔(おとこがお)だった。

この腰元の名を**倫**(りん)と言った。**絹すだれ**で面(おもて)を隠して**滝山**(たきやま)の年寄名(としよりめい)で月光院の身辺警護に就いている黒兵の配下である。**倫**もまた、黒兵の指示のもと大奥で月光院の身辺を護っていた。腕は相当に立つ。

絵島が乗物からゆっくりと出てきた。

すると、もう一人の供侍が紫の風呂敷で包んだ〝何か〟を手に、うやうやしく絵島に近寄って、それを手渡した。

「倫……」

絵島に小声を掛けられて、「はい」と心得た様子で振り向いた倫は、三、四歩絵島に寄って、差し出された風呂敷包みを受け取った。

その中身は、三次藩下屋敷に棲まう**ある女性**の好きな、八丁堀『松屋』の煎餅と、五十両の金子だった。

絵島が下屋敷表御門に向かって、静かに歩き出した。

その絵島を護るかのように、ぴたりと寄り添ったのは、倫ひとりだった。

二人が潜り門へと近付いてゆくと、番所の窓が少し開いて「あ……」という声がし、あたふたとした人の気配が漏れ伝わってきた。

絵島と倫の二人が潜り門の前に立つよりも先に、微かな軋みの音を立てて御門扉（大扉）が左右に開けられた。

「こ、これは絵島様。よ、ようこそ御出なされませ。ただいま**瑶泉院**様にお伝えして参ります」

そう言いつつ、その場にうやうやしく腰を下ろした老若党であった。突然あらわれた大奥の実力者絵島に小慌てになってはいるが、すでに面識の機会を幾度となく踏んでいるのであろう表情はうろたえていない。親しみの目の色さえ見せている。

「今日はよろしいのです宇平。これより急ぎ立ち寄らねばならぬ仕事先を抱えておりますゆえ、この場にて**三の御部屋様**（月光院）より預かって参りました用を済まさせてくだされ」

宇平はこの下屋敷に四人いる若党の、頭の立場にあった。若党とはいっても、財政よろしくないこの時代の小藩下屋敷の若党などは、下男仕事も兼ねているのが普通だ。

宇平は腰を上げ、確りと絵島と目を合わせた。

「はい。承知仕りました。そういう御事情でございますれば……」

「これを其方の手より瑤泉院様に、三の御部屋様から、と御手渡しして下され。御門前より立ち去るこの絵島の無作法について、絵島が重重にお詫び申していたとお伝えして下されてのう」

「その点については、お任せ下されませ。この宇平が粗相なく……ご安心下さい」

「頼みましたぞ」

絵島は紫の風呂敷に包まれた、八丁堀『松屋』の煎餅と金子五十両を宇平の手に預けたあと、彼に一分金（元禄一分金。元禄八年～宝永七年鋳造）をそっと握らせた。こういった場合、相手が嫌がらぬ限り、面倒を引き受けてくれた相手にきちんと謝意をあらわすことの大切さを、絵島はよく心得ていた。こうした大奥の実力者絵島の心根のやさしさは、若い女中たちの間でひっそりと評価されている。

宇平ひとりに見送られて、絵島の行列は静かに三次藩下屋敷の御門前を離れた。

絵島は月光院より「一位様の（天英院様の）御用で愛宕の久明寺を訪ねるのであれば、さほど離れておらぬ三次藩下屋敷へ、私の用で瑤泉院様をもお訪ねしておくれ」と頼まれたとき、「若し一位様の耳に入るようなことになりますると宜しくない事が生じは致しませぬか」と懸念したのであったが、月光院は聞き入れなかった。

瑤泉院が、江戸城で最高格式の『座敷**大廊下**』として知られた**松之廊下**で高家筆頭・従四位下侍従**吉良上野介義央**に斬りつけた無分別大名**浅野内匠頭長矩**（赤穂藩五万石余の当主）の美しい賢夫人**阿久利**であることについては既に触れてきた（巻二）。

阿久利の名が、夫の斬りつけ騒動によって、髪を落とす前の名であることについても。

それにしてもだ。『座敷大廊下』である**松之廊下**は**尾張**、**紀伊**、**水戸**の徳川御三家および加賀百十九万石大大名**前田家**の御用部屋が並ぶ**最高格式の大廊下**なのである。よりによって、それら重鎮の御用部屋がある**最高格式の大廊下**で刃を抜き放つとは、浅野内匠頭は一体どのような育てられ方をしてきたのであろうか。**忍従・忠誠**はこの時代の有識武士の、常識であり教養ではなかったのか。しかも浅野内匠頭は、平侍ではないのだ。多数の家来とその家族の頂点に立つ、いわゆる『扶養の義務者』なのである。

ましてや江戸城というのはその巨大な構築物の全体が**『将軍家の住居』**とも言えるのではないのか。その『将軍家の住居』を、血で汚したのであるから、時の五代将軍徳川綱吉が拳をわななと震わせ激怒したのも無理からぬことである。

夫内匠頭（即切腹）のその暴挙によって、美しい賢夫人阿久利（瑤泉院）に耐え難い苦悩と恐怖がのしかかった。

主人(あるじ)が将軍の住居(すまい)である『殿中』で斬りつけられた吉良の家臣たちは、怒髪天を衝いた将軍綱吉の怒りに触れぬようひたすら忍従(にんじゅう)の中に身を置いたが、しかし中には「おのれ、浅野め……」という気性激しい家臣たちも出てくる。

その情報が、阿久利に伝わらぬ筈がない。

彼女は髪を落として瑤泉院となっても、吉良家の家臣たちを避けるようにして、実家のある備後国（広島）の三次藩へ身を移したり、あるいはまた江戸の三次藩下屋敷へひっそりと戻ってきたりと苦労を重ねた。

絵島の乗物が三次藩下屋敷から小さくなる程に遠ざかったとき、一度は屋敷内へ戻った宇平が、ひとりの女性と共に御門の前の通りに再び現われた。

その女性——瑤泉院であった。彼女は遠ざかった絵島の乗物が通りの角を折れかかったとき、丁寧に頭を下げ宇平もそれを見習った。

乗物に身を任せて目を閉じている絵島は、瑤泉院が御門前に現われたことにむろん気付いていていない。

移動している乗物に供侍が近付いて少し腰を下げ、

「正面に見えて参りました十輪寺の境内を斜めに抜ければ、かなりの近道になりまするが……」

と乗物の中へ告げた。

「おお、十輪寺のう……判りました。境内に入らせて戴きなさい。供の女中を先に十輪寺へ急がせ、御報謝二十両を丁重にお渡しなされ。腰低く丁重にのう」

乗物の中から、絵島が答えた。

「畏まりました」

応じた供侍は、すぐさま倫に近付いて小声で告げた。

「正面の十輪寺の境内を斜めに抜ければ、例の目的の場所まで相当な近道になる。絵島様の御了承を戴いた。十輪寺の御住職にこの御報謝を誰ぞに届けさせ、通過の御許しを得て貰いたいのだが」

供侍は懐から金子を取り出した。どうやら、この行列の勘定役であるらしい。

聞いて、倫の目つきが険しくなった。

「あの深い森の境内を斜めに？……絵島様が、そう申されたのですか」

「いや、私から申し上げたのだ。かなり近道になると」

「絵島様は大奥にとって大切な御身分……あの深い森に入るのは感心致しませぬ」

「だが、絵島様のお許しを戴いたのだ。私の言うことに従ってくれ」

倫は唇を真一文字に引き締めて勘定役を睨みつけたが、歩みを四、五歩速めて、

「藤……」

と、すぐ前を行くやや大柄な侍女の背中に、抑え気味に声を掛けた。この藤も、黒兵の配下で倫の下に付いていた。

藤はしなやかに振り返りざま、するりと滑るようにして倫と肩を並べた。

「これより勘定役様の指示に従って動きなされ」

「承知しました」

小声のやりとりを終えた藤は、乗物の横に張り付いている勘定役に寄っていった。

二人のやりとりは短かった。勘定役から金子を受け取った藤は、特徴のある速い歩み方で倫の横を抜け、正面に見えている豊かな森の境内を持つ十輪寺を目指した。

普通の侍女には見られぬ、〝小走りに近い普通の歩き方〟の藤に、侍女たちの誰も驚かなかった。藤が黒鍬の者であるという点については、侍女たちは心得ている。

藤は直ぐに戻ってきた。倫に向かって(終えました……)と小さく会釈をしてみせたが、勘定役に対しては会釈も言葉も無かった。藤の上司は倫である。倫への報告を終えるだけでよかった。それが黒鍬だ。

倫が小さく顎の先を振ってみせると、藤は行列の先頭へと移っていった。

行列は十輪寺に向けて粛粛と進み、三門を潜った。

森に覆われた境内は広大であったが、講堂、金堂、鐘楼、経蔵、僧坊ともによく揃っており、いずれもこぢんまりとして美しく調っていた。

僧坊の前には若い僧侶三人がいた。

行列は僧坊の前で止まり、乗物の御簾掛け窓が供侍の手でうやうやしく開けられ、若い僧侶たちと顔を合わせた絵島は、円熟の妖しい笑みを口許に浮かべ、丁重に頭を下げた。

若い僧侶たちも御辞儀を返した。

絵島を乗せた駕籠（乗物）は、御簾を下ろして再び進み出した。境内の森を南東へ斜めにのびている道は、その幅八間余り。よく手入れされた明るい道だった。

しかし道の両側に続く樹木は高さこそさほどでもなかったが、枝枝をびっしりと重ね絡ませて、鬱蒼として暗かった。

総勢三十二名の行列は眩しい程の明るさの中を、やや速さを増して進んだ。供侍や侍女など随伴する者の表情が、それまでの硬さを忘れたように明るくなっていた。

行列の速さが更に、少し増した。

随伴する者たちの明るくやわらかな表情は、何か楽しいことでもこの先に待ち構えているのであろうか？　いや、それほどには行列の雰囲気は緩んではいない。〝大奥の行列〟としての威厳は充分以上に保たれてはいる。

と、倫が険しい表情で、つつうっと勘定役に近寄り小声で言った。

「近道と仰いましたが、それにしては長い道のりではありませぬか」

「いや、それでもこの道は近道であると聞いている……」

「聞いている？……では、ご自身一度も歩いたことのない道なのですね」

「う、うむ……ああ」

「誰からお聞きになったのです。近道であると……」

倫（りん）の声が小声から囁きに変わった。

「そのようなこと、侍女のお前にいちいち打ち明ける必要はない」

「侍女は侍女でも、それは表向きのこと」

「黒鍬の腕利（うでき）きとは、むろん承知している」

「それだけではありませぬ。私は絵島様の身辺警護を任されている。あなたはその役ではない。御勘定役です」

「す、すまぬ。これほどの道のりとは思わなんだ。事前に、も少し確認しておくべきだった」

「教えて下され。誰からこの道を近道と聞かれたのです？」

「それは言えぬ」

「言えぬ？……なぜです」

「言えば恐らく私は……腹を切ることになる」

「なんと……」

倫の目に凄みが奔った時であった。行列の先頭付近で「何者じゃ」という声が生じ、行列が止まった。倫にはその声が藤のものと判った。

「島、衣、庫、護りに就け」

倫が叫びざま行列の先頭へ走ったとき、三人の侍女がそれまで乗物の両側についていた供侍たちを突き飛ばす勢いで、絵島の護りについた。いずれも女黒鍬だ。

行列の先頭に駆けつけた倫の表情が思わず「うっ」となった。

すでに懐剣を抜き放った藤が向き合っているのは、異様な相手だった。

きちんとした身形の——そう、二百石か三百石の旗本を想わせるような——二本差しであった。軽く両脚を開いて立ち、両手はいわゆる懐手で、面相は〝笑っていた〟が硬く生気が皆無であった。

それもそのはず。『笑尉』（能面の一つ）をぴたりと顔に張り付けていたのだ。それも本格的な出来ばえの薄ら笑いの能面『笑尉』であったから、不気味と言えば不気味であった。

「何者じゃ。面を取れ」

藤が叫んで詰め寄ろうとするのを、「止せ」と倫が押し止め、自分が藤を庇う位置に立つや相手に三、四歩迫った。

さすがに相手は懐手を解いて、軽く下がった。しかし倫を恐れての下がりようではない。

倫は相手の能面『笑尉』を熟っと睨みつけ、その下に隠されている素面を読み取ろうとしたが、それは矢張り容易ではなかった。

けれども相手の落ち着きようから、年齢は三十半ばくらいかと想像した。

倫は口を開かなかった。無言で対峙した。

刻がジリジリと過ぎてゆく。

と、様相が不意にがらりと変わって、倫は懐剣を抜き放ちざま反射的に藤の位置まで下がっていた。

『笑尉』の背後に、森の中から現われた六名が居並んだのだ。その六名も身形正しく、また能面で顔を隠していた。

「七尉……の敵」

と呟いて倫は総毛立った。とても太刀打ち出来ない、という恐怖が背すじを走っていた。

倫（りん）が呟いた『七尉』とは、目の前に居並んでいる七名が被（かぶ）っている能面の全てを指していた。

能面には、『老いと若さ』、『品格の豊かさ・乏しさ』、『人の感情・感覚の機微』、『神秘性・霊性』、『天性と地性（神性と俗性とも）』など、人間のいろいろを表現するため工夫が凝らされている。

その工夫は、四脈の『系』に沿ってなされ、桃山時代頃までには完成したとされていた。

その四脈の『系』とは、**鬼神系**、**尉系**、**女面系**、**男面系**の四つの系である。そして**尉系**とは、『小（こ）尉』『皺（しわ）尉』『石王（いしおう）尉』『阿古父（あこぶ）尉』『朝倉（あさくら）尉』『**笑尉**』『三光（さんこう）尉』の七つの表情の能面を指していた。

専門家でも能面の分類はかなり難しいようだ。全ての『系』の能面を合わせれば、圧倒的な格調を迸（ほとばし）らせる四十四表情の能面となるが、これとて決定数ではないらしい。四十四表情のうち三面（個人所有？）を除いては**東京国立博物館**に揃っている筈なので、機会があれば是非とも訪れて戴きたいと思う。身の内に震えを覚えるほどの芸術的輝きの高さに、思わずひれ伏し唸ってしまうのではないだろうか。

「我らの行列に何用あって道を塞いでおるのじゃ」

倫は腹に力を込めてきつい声を発しながら、〝ああ、お頭様（黒兵）に同道をお願いするべきであった……〟と悔やんだ。

お頭・黒兵の凄まじい戦闘能力を熟知している倫である。

と、『笑尉』が能面の向こうで、ぼそりと言った。

「安心いたせ。我ら**尉系七名**は、行列を襲うつもりはない」

相手がはじめて、尉系、という表現を用いた。

倫は眦を吊り上げて応した。

「ならば何故、我らの行手を塞いでおる。面を取って答えよ」

「静かに致せ……暫くの間、静かに。ならば何事も起こらぬ」

「おのれ……」

倫が怒りに任せて一歩を踏み出すと、『笑尉』が刀の柄に手をやって、

「止せ。無駄だ」

と、がらり声の質を変えて凄んだ。

そこへ絵島が落ち着いた足取りでやって来た。それまでは供侍から、

「お乗物から出てはなりませぬ。間もなく倫（りん）が終わらせましょうゆえ」

と、止められていたのだ。

倫（りん）と肩を並べて異様な面相の相手を見た絵島であったが、驚きもたじろぎもせず悠然の態（てい）であった。

「倫（りん）、目の前の御方（おかた）たちは何者でいらっしゃるのか」

御方たち、**いらっしゃるのか**、など丁寧語を用いた絵島の口調は、悠然たるものだった。

「何者であるのか名乗ろうとは致しませぬ。暫くの間静かにしておれば何事も起こらぬ、と申すばかりでございまする。まことに無礼な」

「なるほど静かにのう。では、そう致しましょう」

「え？」

「この道は私（わらわ）とも交流ある近在の大名家の家臣たちが頻繁（ひんぱん）に利用する道じゃ。好むと好まざるとにかかわらず、この光景は必ずそれら家臣の目にとまりましょう。

緊張している皆に一休みを伝えて安堵させてやりなされ」

絵島はそう言うと、くるりと身を返し乗物の方へ戻っていった。

一瞬、呆気に取られたように絵島の背を見送った倫であったが、すぐに傍の藤に甲高い大声で命じた。

「今お聞きしたことを皆に伝えるのじゃ。急げ」

「はい」

藤が素早く行列の後方に向かった。

『笑尉』が面の奥ではっきりと舌を打ち鳴らしたのは、この時だった。

そして七名の『笑尉』『小尉』『皺尉』『石王尉』『阿古父尉』『朝倉尉』『三光尉』は、それこそ霞の如く森の中へ消え去った。

絵島の乗物に張り付いていた供侍が、倫に駆け寄ってきた。

「絵島様が、何事もなかったように目的の場所へと、仰せだ」

「なんと。この場所でかなり刻を奪われましたが、予定通り木挽町へと?」

「皆も楽しみにしているのだ。倫、その方もではないのか。ともかく絵島様の申されるように、其方が用心深く先頭に立ち木挽町へ向かうのだ」

「畏まりました」

供侍が乗物の方へと戻ってゆき、行列は再び進み出した。

倫は七名の〝尉系能面〟の出現を（おかしい……只事ではない）と思い続け行列の先頭に立った。供侍に、剣の腕前たよりない容姿端麗な者ばかりを選んだことが、倫の心細さを煽っていた。しかし、『木挽町へ立ち寄るのであるからゴツゴツとした印象の剣の達者を供侍に付ける必要はない。やさしい容姿にすぐれた若侍を手配りするように……』と倫にそっと命じたのは絵島であった。

行列は何事もなかったように、木挽町とかに向かって進んだが、先頭に立ってまわりに注意を払う倫の緊張と苛立ちは鎮まらなかった。時間を取られ過ぎたことに、彼女は大きな不安を覚えていた。このままの状態で木挽町に立ち寄れば、定められた帰城の刻限ぎりぎりになりかねない、と。あくまで銀次郎時代として眺むれば、木挽町には、**官許の大芝居四座**の中でも人気の**山村座**と**森田座**があった。大芝居という表現は、**興行権を与えられた**（官許を得た）ことを指して言ったらしい。四座の内の**中村座**は堺町に、**市村座**は葺屋町に位置し、木挽・堺・葺屋の**三町**は**四座の俗称**として江戸市中に知られ、「ちょいと行かねえかえ、木挽へよ」という感じで用いられたりしていた。

絵島の行列がいま向かいつつあるのは木挽町五丁目に芝居小屋を構える、**山村座**であった（木挽町五丁目は、現在の銀座七丁目十四番地界隈であるから古地図を手に散策してみるのも面白い）。

寛永十九年（一六四二）に山村小兵衛によって創設されたという説、正保元年（一六四四）に山村長兵衛が興したという説などがあるが兎も角、銀次郎の時代の**山村座**は大変な人気の歌舞伎劇場であって、今流で言えば『**初代市川団十郎が舞台に立った名門劇場**』だった。

その**山村座**へ大奥筆頭御年寄絵島の行列は、次第に近付きつつあった。

このことが江戸城を激震させる未曽有のそれこそ〝大惨事〟につながっていくことになろうとは、絵島もそして山村座側も気付きさえしていなかった。

「遅い……遅くなり過ぎた」

彼方に山村座がチラリと見え出したとき、倫は思わず目つき鋭く呟いていた。

（天英院様の御用だけならば……三次藩下屋敷へさえ立ち寄っていなければ、これほどの時間は要さなかった）

これはまず過ぎる、と倫(りん)の歯がキリッと噛み鳴った。三次藩への腹立たしさが込み上げてきて、亡き浅野内匠頭への怒りへと姿を変えさえした。

浅野内匠頭事件は、美貌の賢夫人**瑤泉院が事件後に預けられた**備後国(びんごのくに)（広島）の三次藩にまで悲しい影を覆いかぶせている。

三次藩は安芸国(あきのくに)広島藩浅野家の**支藩**として、寛永九年（一六三二）に五万石でもって成ったもので、初代浅野長治(ながはる)→二代浅野長照(ながてる)（延宝三年・一六七五）、三代浅野**長澄**(ながずみ)（元禄四年・一六九一）と支藩の運営と継承はほぼ順当だった。

瑤泉院が事件後に預けられた三次藩は、右の**長澄の時代**である。そして彼女はこの**長澄**に預けられたかたちで、つつましくひっそりと生涯を終えていた。

この三次藩であるが、まるで**瑤泉院**の後を追うかのようにして、四代藩主**浅野長経**(ながつね)（十一歳）の継承後わずか六か月で**廃絶**となっている。原因は幼い藩主の突然の病没であった。

では瑤泉院が預けられていた三次藩浅野家の下屋敷というのは、現在の地図で東京のどのあたりになるのであろうか。

これは比較的わかり易い。

港区赤坂六丁目の本氷川坂と氷川坂に挟まれた氷川神社。この地に三次藩の下屋敷があった。現在の社殿は八代将軍徳川吉宗が造営したものと伝えられており（都文化財に指定）、朱印地（年貢・課役などの免除地）二百石が与えられていたようである。

それは兎も角、絵島の行列はいよいよ山村座へと近付いていった。それは行列の目的地というよりは、絵島の目指す場所であった。倫が承知しているのは〝目指している〟というその一点だけであった。絵島が山村座と事前に連絡を取り合っているのかどうか、山村座の誰に会うのが目的なのか――見当はついていたが――倫は知らなかったし、知らされていなかった。その意味では、倫のこの行列においての御役目は、山村座からは外されていた。

絵島と山村座とのつながりを仕切る御役目の者（大奥女中）は、行列の中に目立たぬよう別にいた。目立たぬように、というのは絵島の望みであったから――指示などではなく――その御役目の女中は他の者と全く変わらぬ衣裳であった。自らそれを御役目に相応しいとして選択した他の皆と同じ衣裳であった。

その御役目の御人が行列の後ろから歩みを速め倫と肩を並べて、囁いた。

「倫、今日はいささかヒヤリと致したのう。女黒鍬が行列の中に潜んでおったゆえ、この梅尾はさほど不安には思わなんだが……」

「これは、梅尾様……」

倫は軽く腰を折ったが、歩みは休めなかった。

表使という職位にある梅尾である。職位は上から八番目の序列ではあったが、**表使**は大奥において**外務審議官**のような立場にあり、実は御年寄に次ぐ権力者であった。本丸表との**関所**（境界）でもある『**錠口**』を監理する立場にあって、また**絵島の指示**を受け、大奥に必要な一切の資財の購入を司り、官僚（男役職者など）らとの交渉・応接の権限をも有していた。しかも梅尾は絵島に最も気に入られている。

倫は小声で恐る恐る言った。

「梅尾様……」

「ん？　なんじゃ……」

「今日はいささか不安でございまする。言葉を飾らずに申し上げますが、山村座で一休みの楽しみを味わうには、いささか時間が足らぬような気が致します」

「そのようなこと、女黒鍬の其方が心配する御役目ではない。山村座での人気役者相手の一休みは、大奥の外へ出た時の我らの唯一の楽しみなのじゃ。それに絵島様は山村座での一休みに馴れていらっしゃる。時間塩梅の呼吸については、確りと心得ておられる」

「は、はあ……」

「それに絵島様には、表使のこの梅尾が付いておるのじゃ。刻の経過については私も気を付けよう。安心いたせ」

「はい。判りました。御役目にあらざる者が余計な心配を致し、申し訳ございませぬ」

と、倫は梅尾との話を打ち切った。この人に話しても仕方がない、とはじめから判っていた。

山村座には江戸の女たちが騒ぐ美男看板役者**生島新五郎**がいて、絵島と生島が道ならぬ激しい恋に陥っていることは大奥の若い女中たちの間では半ば公然の秘密だった。倫は、定刻ぎりぎりに帰城することが次第に多くなっている絵島の〝山村座あそび〟（倫はそういう目で眺めている）に危機感を抱き始めている。絵島と生島の付き合いが余りにも燃えあがっているからだ。けれども大奥の若い女中たちの殆どは、絵島の生島に対する熱烈な想いに理解を示し憧れてもいた。震えあがるような恐ろしい結末が待ち構えているとも知らずに……。

倫（りん）は、絵島も生島も、燃えあがり易い純粋な激情の人、という目で冷静に観察し続けてきた。その点はさすがに鍛えられた女黒鍬であった。

山村座の賑（にぎ）わいが目の前に近付いてきた。

「絵島様が参りましたこと、山村座の座元へ告げてきましょう」

倫（りん）は梅尾（うめお）に対し、そう言い終えぬうちに、絵島に次ぐ大奥権力者から離れ、足早に歩き出していた。

今回の遊びは相当まずいことになる、という懸念が胸の内からどうしても消えなかった。

（凄まじい手腕（しゅわん）をお持ちでありながら、たおやかな容姿とやさしく豊かな肉体（からだ）に恵まれておられるお頭様（かしら）（黒兵）ならば、絵島様の烈（はげ）しい女の部分に理解を示されても、その遊び方の拙（まず）さについては厳しく拒否されるに違いない……）

倫（りん）は、敬い信頼しているお頭様（かしら）（黒兵）の顔を思い出しながら、そう思った。

近付いてくる大奥の行列に気付いたのであろう、山村座の座口より待ち構えていたかのように四人の男が笑顔で姿を現わした。

今や倫もよく知る山村座の座元**山村長太夫**、人気看板美男役者**生島新五郎**、同じく人気役者（梅尾好みの）**滝井半四郎**、そして狂言作者**中村清五郎**の四人であった。

この四人、やがて自分たちに訪れる悲惨な運命に、まだ気付いていない。

九十六

東近江国・旧湖東藩十二万石であった地に、霧雨が降り出していた。

それまで明るかったり暗かったりを繰り返していた空が、すっかり濃い灰色の雲に覆われてしまっている。

夜の帳がおりたような、と言う程でもないが、城下の家家では明りを点しているところもあった。

だが刻限はまだ、昼四ツ半頃（午前十一時頃）だ。

静けさがこの上もなく似合う、調った美しい城下町だった。城も石垣も通りも家家も、清楚で清らかであった。

賑わいに満ちることを遠慮しているような、抑えているような、ひっそりとした城下町だった。まさに静けさがこの上もなく似合う……。

けれども伝統的なと称してもよいその静けさは、数日前より掻き消されていた。湖東藩主であった幕翁こと大津河安芸守忠助（前の老中首座）とその一派が討たれて以来、湖東藩は改易（お取り潰し）となり、現在は天領すなわち幕領となっている。

その天領を見下ろす高台の**旧**湖東城から、鋸や鑿、鉋などを用いる音、職人たちの大声、材木のぶつかり合う鈍い音などが混じり合って城下町に降り注いでいた。

城中の**旧**殿舎を解体して、それを建築材料の一部として用い、**幕舎**の建設が始まっているのだった。幕舎とは天領監理のために不可欠な『代官役所』および将軍あるいは幕府高官がこの地を訪れた際に必要な『**宿殿**（宿館）』を指している。

工事の音は霧雨がやや強く降り出しても、なり止まなかった。

一刻も早く城中より幕翁のニオイを掻き消さんと苛立っているかのように。

と、城下の中央通りと称してよい大通りに、一頭の黒馬が二本差しを乗せて入ってきた。

城下町は広大な田畑に取り囲まれている。その田畑を背にするかたちで、黒馬がゆったりとした歩みで、町中に入ってきたのだ。

見事に隆隆たる馬体の黒毛ではあったが、騎乗の二本差しは着ているものは継ぎ接ぎだらけでところどころ破れ、塗一文字笠の下にある顔は濃い不精髭に覆われていた。容貌を想像することさえ出来ぬ程に。

ただ、隆隆たる馬体の黒毛を『黒兵』だと判る者がいれば、その馬に跨がる二本差しは桜伊銀次郎に相違ない、とおそらく見抜ける。

そう……まさにその通りであった。

霧雨で人の往き来ほとんど無い城下の大通りを、黒兵は旧湖東城へと次第に近付いていった。町はひっそりとした様子であったが、それに反し城内における普請の音は響き渡っていた。

黒兵は曽つて一度駆け上がった大手門下の、石組の階段坂の前まで来ると歩みを止めてヴヒヒッと鼻を低く鳴らし前脚の蹄で地面を二、三度打った。

「いいのだ黒兵。上がらなくともよい。それにしても無駄使いをしおって……」

馬上の銀次郎は、顎の不精髭をひと撫でして呟き、石段の上方を仰ぎ見てチッと舌を打った。

城内での工事が『宿殿』と『代官役所』の普請であることを、銀次郎は勿論のこと承知している。幕翁が使っていた旧殿舎をほんの少し改造して利用すれば無駄に公金を使わずとも〝事足りる〟と思っていた銀次郎だった。

だが老中若年寄会議は、『幕翁の過去』の全てを拒否する姿勢が非常に強かった。

幕府閣僚たちのその気持、判らぬでもない銀次郎であったから、黒書院直属監察官大目付としての立場で口出しすることは控え、こうして御役目旅に重きを置いてきた。

「婆ちゃん、どうしているかのう黒兵……」

銀次郎は旧湖東城の石垣を見上げながら、老婆千の顔を脳裏に思い浮かべた。

まさか、あのやさしかった老婆千を〝道楽息子〟明智三郎助定行が斬殺するなど、針の先ほども疑っていない。

銀次郎は馬上で、左手の方角――大通りの奥方向――へ小さく首を振った。

一町ばかり先の通り左手に、軒から古い提灯を下げている『うどん　そばの店』があった。客の出入りは全く見られないが、戸口は半分開いているし暖簾が下がっているから商いはやっているのだろう。

「うどんでも食べるか。朝飯を食していないので腹がへったわ……」

銀次郎が濃い不精髭のなかで、ぼそりと呟くと、それを理解した訳でもあるまいが黒兵は馬首を左へ振って歩き出した。

老婆千の住居を出たあと銀次郎は、京に入って古着屋を訪ね、それまでの旅の衣装を貧乏浪人風に改めていた。

明智三郎助定行の尾行、追跡を警戒するためであったが、その後の様子が気になっている旧湖東城を訪ねる積もりでもあったからだ。黒書院直属監察官大目付三千石の立場で、仰仰しく訪ねたくなかったのだ。代官に誰が任命されるかは、まだ決まっていない。今のところ、この地は『幕閣支配』というかたちになっており、普請が完了次第、代官が派遣される。どのような人材が派遣されるかは、今のところ秘中の秘だ。

「どう……」

銀次郎が黒兵の首すじを軽くたたくと『うどん　そばの店』の前で馬は歩みを

止めた。

「さあてと……」

馬上から下りた銀次郎は筋肉のふくらみ殊の外たくましい黒兵の肩（前脚のつけ根あたりから背甲にかけての頑丈な広い範囲）を、二度三度と撫で下ろしてやりながら付近を見まわした。手綱を括り付ける適当な樹木はないか、と。

すると、店口から暖簾を搔き分けて、頭が綺麗に禿げている老爺が、ひょっこり顔を出した。

「店の裏手の松に、つないでおきなはれ」

そう言って老爺は、銀次郎の返事を待たずに顔をひっこめてしまった。

苦笑した銀次郎は黒兵の手綱を引いて、店の裏側にまわった。

なるほど、よく育った枝ぶりのよい松が一本あった。

「腹拵えをしてくるのでな、ちょっと待っていてくれ。あとで水と飼葉をたっぷりとな……」

銀次郎は手綱を松の小枝に軽く引っ掛けると、黒兵の頰をさすってやりながら告げた。

そこへ店の老爺が、裏口の木戸を開けて現われた。

「ご浪人さん。ここから店に入んなはれ。馬に水と飼葉はやっときますよってに」

「ほう、飼葉の備えもやっているのかね」

「なあに、備えというほどの事は出来まへんけど、城下で店やってる者の殆どは百姓兼業や。一頭や二頭の馬の飼葉くらいなら、なんとでもなります」

老爺はそう言うと、店の内に向かって「おい、婆さんや。治助の所へ行って飼葉をちょいと貰ってこいや」と叫んだ。元気な大声だ。

店の内で婆さんとかの返事があって、静かになった。

「うちの婆さんは馬や大八車の扱い馴れてますよってに任せといたらええ……さ、ご浪人さん、入りなはれ」

「そうか……すまぬな」

老爺に促されて銀次郎は裏口を入り、焼き魚の匂いがする手狭なごちゃごちゃとした調理場を抜けて、五つ六つの小床几が並んだ店土間に腰を落ち着けた。塗一文字笠を被ったままに。

小役人風の三人が隅の床几に座って、何やらひそひそと囁きながら蕎麦を啜っている他には客はいない。城内での普請のために幕府から派遣された、小役人たちなのであろうか。

老爺がその小役人たちをチラリと眺め、小声で銀次郎に訊ねた。

「何にしはりますか、ご浪人さん。うどん、蕎麦の他に飯も酒もありますさかい」

「うどんと飯をな」

「へい……」

老爺は頷いて調理場へ入る際、また小役人たちの方をチラリと見た。

その小役人のひとりが、ひそひそ話を止めて、銀次郎へ視線を振った。

そして、眉をひそめた。

「おい、そこの薄汚いお前。何処から来た」

其奴は横柄な言葉を、いきなり銀次郎に投げつけた。手に箸を持ったままだ。

銀次郎は黙っていた。

すると老爺が調理場から出てきて横柄な其奴の傍へ行った。右手に二合徳利を、左手に湯呑みを三つ重ねて持っている。

「冷やですけんど御役人さん。ま、味わって下せえ」

「うん？　お、よし」

件の横柄な小役人風の表情が更に横柄な表情を拵え、偉そうに頷いてみせた。

「普請で忙しい中、いつもよく来てくれますさかいに……」

老爺はにこやかに御世辞を言って三つの湯呑みに酒を満たすと、深深と頭を下げ調理場へと消えていった。

銀次郎は腹の内で苦笑して、店内を見まわした。

城を真正面に見る一等地の『うどん　そばの店』であったが、拵えは江戸の場末に見られる飯屋の印象だった。

老爺が一尺角くらいの盆に、うどんと飯と小皿をのせて銀次郎の前にやってきたとき、表口から顔の色艶の良い大柄な老婆が入ってきた。前掛けをしていたから、どうやらこの店の女房らしい。

「治助が今、馬に水と飼葉をやっとるさかいに……」

老婆は亭主に向かって、そう言い言い調理場へ姿を消した。

うどんと飯と漬物を床几の端に置いて、老爺が囁(ささや)いた。

「ご浪人さん、何処から来はりましたんや」

答えて銀次郎は、ジロリと老爺を睨(ねめ)つけ、箸を手に取った。

「西の方……」

「酒、持ってきまひょか」

「いらぬ……あ、それよりも」

銀次郎は手にしたばかりの箸を休めると、袂(たもと)から元禄豆板(まめいた)（元禄小粒のこと。元禄八年～宝永三年鋳造）三つを老爺の掌(て)に握らせて小声で言った。

「これで支払いは充分に足りるな？……治助とやらにも忘れずにやってくれ」

「こ、こんなに沢山……へえ、治助には忘れずに必ず……やっぱり酒を持ってきまっさかいに」

老爺は囁き終えて、あたふたと調理場へ戻っていった。

鼻先で小さく笑って、銀次郎の食事が始まった。うまい、と思った。小さなあぶらの輪をほんの少し浮かべている、うどん汁の味が格別だった。出汁(だし)がよくきいていた。うどんと飯をな、という注文の仕方をしただけであるのに、碗の底の方に鴨の肉がかなり沈んでいる。どうやらこいつが旨さの原因か、と思いながら銀次郎は箸でつまんだそれを、口の中へ放り込んだ。

うどんをたいらげた銀次郎は、残ったうどん汁を飯にぶっかけて、漬物とともに勢いよく掻き込んだ。朝餉を食していなかったこともあって、なんとも言えない美味しさであった。

老婆が、一尺角の古い盆に酒と湯呑みをのせて、銀次郎のところへやってきた。呑む積もりはなかったが、銀次郎が声低く老婆に礼を言うと、

「相手にしたらあきまへんで……」

と老婆は囁き、調理場に消えていった。相手にしたらあきまへんで、の相手とは、どうやら三人の小役人風を指しているらしい。この店には銀次郎の他には、彼らしかいないのだから。

その三人が充分に腹を満たしたのか、腰を上げて店から出て行こうとした。

「おい」

まだ箸を手にしている銀次郎がはじめて野太い声を出した。

小役人風三人の歩みが、銀次郎が腰を下ろしている床几の後ろで止まった。

「飲み食いした銭を置いてゆけ」

「なにっ」

「無礼な。この薄汚い溝鼠め」

「ちょっと表へ出ろ」

三人の小役人は酒が入っているせいもあってか、居丈高に怒鳴り散らして店の外へ出ていった。

小さな溜息を吐いて、銀次郎も店を出た。

調理場から老夫婦が小慌てに現われて、「あ、あの……」と銀次郎の背中を追った。

表はいつの間にか霧雨が止んで薄日が差し、小役人風三人は肩を怒らせて待ち構えていた。

三人の内の一人が、怒鳴るようにして言った。

「おい浪人。被りものを取って、薄汚い不精髭の面をようく見せい」

「飲食した銭を支払って、大人しく帰るんだな」

「被りものを取れ、と言うておるのだ。これは命令だ」

「この地は天領となって、これからは過去の姿形を様様（さまざま）に変えて発展してゆくのだ。幕府の役人は城下の人人に対し礼儀正しくなくてはいけない」

「なにっ」

「騒ぎを起こせば、間もなく出向いて来るであろう幕府代官による天領統治が、うまく運ばなくなる可能性もあるぞ。城下の住民は大切にせい」

「おのれ、判ったようなことを言うな。被りものを取れ、被りものを」

「この地にはつい最近まで強力な反幕勢力が存在したのだ。それについては、お前たちも知っておるだろうが、その反幕残存勢力が何処ぞに潜（ひそ）んでいたならどうする。城下の人人はその残存勢力に味方するかも知れぬぞ……」

　三人の小役人風は思わず顔を見合わせた。

「幕府代官による統治がうまくいかなかった場合、幕府の強力な警察権力がこの地を訪れ、その原因を徹底的に調べ、其方（そなた）たち三人に訳もなく辿（たど）り着くだろう。そうなれば城下で騒ぎを起こした其方（そなた）たちは即刻、斬首だ」

　銀次郎の話し方は穏やかであったが、三人は揃って顔色を変え生唾を呑み込むと、店から出て来た老夫婦に近寄り、黙って銭を支払った。

「うん。それでいい。早く普請場に戻って、御役目に励め……直ぐにだ」

銀次郎は静かな口調で、彼等の尻を叩いた。

三人は後ろを振り返りもせず駆け出し、老夫婦がニッと笑った。

九十七

店内へ戻った銀次郎は、再び床几に腰を下ろして、酒を湯呑みに満たして手に取った。せっかく老主人が気配りしてくれた酒である。無駄には出来なかった。

銀次郎が湯呑みを一気にあおると、調理場に引っ込んでいた老爺がにこにこ顔でまた現われた。右手の指の間に徳利二本を挟み、左手で湯呑みをつまんでいる。おそらく自分の湯呑みだ。

「ほんまに助かりましたわ。お客はんを嫌な目に遭わせてしもて、すんまへん。さ、呑んどくなはれ。私も付き合わせて貰いますよって」

老爺はそう言うと、銀次郎と向き合って床几に座り、空になった銀次郎の湯呑みへ酒を注いで、自分の湯呑みも満たした。

「よく来るのかね。あのような不快な連中」

「とんでもありません。普請で江戸から見えはりましたお侍さんたちは、皆さん大人しい人ばかりですわ。無作法な人は見かけまへんし、嫌な噂も耳に入ってくることはありまへん」

「そうか……それならいいが」

「ご浪人さんは、江戸の人ですか？」

「いや、古里なんぞ生まれた時からない。諸国をうろつき回っている浪人暮らしよ」

「そうでっか……あ、私は清吉、古女房はナスと言いますねん」

「俺は桜伊銀次郎だ。銀次郎なんてえのは、博徒みたいな名だが、本名だ。銀さんと気安く呼んでくれていい」

「とんでもないことで。そいじゃ、銀次郎様、呑みまひょ」

二人は湯呑みを軽くカチッと触れ合わせると、口もとへ運んだ。

老婆ナスが、大根と烏賊の煮付けを皿に盛ってやってきたが、ニッと笑っただけで直ぐに調理場へ戻っていった。

「ところで清吉よ」

「へい」

湯呑みに三杯目が満たされるのを待って、銀次郎は清吉の目を真っ直ぐに見た。

「城下の者たちは、この地が天領になったことを、恐れたり不安になったりしておらぬか」

「浪人暮らしの銀次郎様でも矢張り気になりはりますか」

「なるな。貧乏生活の浪人だからこそ、余計に気になる」

「天領になったと判っても、城下の者(もん)に不安の広がりなんぞは、ありまへん。この地から逃げ出した者がいる、という噂も耳に入ってきまへん。今迄とそれほど生活が変わらへんかったら、誰もあたふたと慌てたりしまへんやろ。慌てたりしたところで、己れのとくになる事なんぞ何一つありまへんよってに」

「うむ……ま、そうよな」

「それよりも気になっていることがあります」

「気になっていること？」

「これは私だけでなく、城下の者(もん)たち皆が首をひねっている事やと思いますねんけどな」

「聞かせてくれ……」

銀次郎は口調やわらかく促して、徳利を清吉の方へ差し出した。

清吉が湯呑みをグイッと空にすると、銀次郎はすかさずトクトクトクと徳利を鳴らしたあと、「で？……」と清吉の方へ上体を傾けた。

清吉も銀次郎の方へ、体を傾けて口を開いた。

「御嬢隊と呼ばれている連中のことなんですわ」

「おじょうたい？……なんだね、それは」

「御嬢様の御嬢という文字を書くんですけんどね。いや、なに、城下の者が誰言うともなく勝手につけた名前なんですわ。そやから正式な名前なんぞ知りまへん。あ、いや、ひょっとしたら御嬢隊こそが正式な名前、ということもありますわ。なにしろ、この湖東城へ現われるのは年に三回ほどでしたさかいに城下の者には、よう判りませんのや」

「現われる？……何処から現われるのだ。その御嬢隊とやらは」

「尚冬岳から来ているんじゃないやろか、と城下の皆は言うてますけどな。これもあてにはなりまへんわ」

「御嬢隊と、なおふゆだけについて、もう少し詳しく聞かせてくれぬか。なおふゆだけの字は判るか？」

「そりゃ判ります。少し遠いけんど地元の山やさかいにな」

清吉はそう言うと、左の掌（てのひら）を窄（すぼ）めて、そこへ徳利の酒を垂らした。

何をするのか、と銀次郎が訝（いぶか）し気（げ）な目で清吉の顔を眺めていると、清吉は右手の人差し指の先を左の掌（てのひら）の酒で二度、三度と濡らし、床几の上に、**尚冬岳**と書いてみせた。

下手な文字の上に、酒不足でかすれた部分が多かったが、銀次郎には充分、**尚冬岳**と読めた。

銀次郎は清吉に訊ねた。

「何ぞ謂（いわ）れのある山なのか？」

「さあ……私（わたし）らは学（がく）がありまへんから、よう判りまへん。だいいち御嬢隊が其処から湖東の城下に現われていたのかどうか、確証はありまへんよってに……あくまで噂ですよ、噂……噂に過ぎまへん」

「では次に、御嬢隊について、知っているだけのことを聞かせてくれ」

「ご浪人さん……」

「ん?」

「本当に、ご浪人さんでっか?」

「どういう意味だ」

「なんとのう、とんでもない役所の重い立場にある御役人はんみたいな、貫禄(かんろく)がありますがな」

「おいおい……」

「それにその目つきや。ときどきえらい凄(すご)みを放っておりまっせ、ご浪人さん。まるで稲妻が走ったような感じの目つきや」

「よしてくれ、よしてくれ。俺は何でもトコトン知りたがり屋の正真正銘の素浪人だよ。だから、つい目つきが、きつくなる。すまん、すまん」

「そうでっか。ま、ご浪人さんは怪しい人ではなさそうやから、何でも話してあげまひょ。御嬢隊と言いますのんは、髪を女みたいに結(ゆ)うてるところから、城下の誰かが言い出したんやと思うんですわ」

聞いて銀次郎の両の目が、瞳の奥深くで鈍く光った。

「女みたいな髪とは、どのような？」

清吉の両手が、額へと運ばれた。

「髪をな、額の中央から、つまり頭の中央で左右に分けて、肩のあたりまで梳き下ろしましてな。その梳き下ろした髪を耳の横で束ねるかたちで金色の紐で結び、上下二つの輪を作りますんや。そりゃもう、女に見える輪でっせ」

聞いて銀次郎の顔色が、清吉に知られぬよう、胸の内で激しく変わった。そして彼は、なんとなくモヤモヤとした疑念に押されるようにして湖東の地を訪れたことが〝つながった〟と思った。それは背すじに悪寒を覚えるような、重い衝撃だった。

銀次郎は出来るだけ平静を装って、清吉に訊ねた。

「で、その輪の髪の御嬢隊というのは、何ぞ武器を所持しておるのか」

「背中に弓矢を背負い、刀は腰に巻いた太めの帯から、丈夫そうな紐でぶら下げていますんや。ご浪人さんのように帯に刀を差し通している者は一人もいまへん」

「ふうん……」

「でな、ご浪人さん。その御嬢隊が妙な服を着てこの城下に入って来る時の姿が凄く綺麗なんですわ」

「凄く綺麗？」

「先ず百騎ぐらいの騎馬武者が二列で行進し、湖東城近くまで来ると一斉に抜刀しますんや。湖東城に永久の忠誠を誓うみたいにして、刀の切っ先を真っ直ぐに天に向けましてな」

「ほう……」

「すると、その騎馬武者の後ろに続く徒歩の三百人ほども、騎馬と同じように抜刀して切っ先を天に向けますのや。その動作が見事に揃うておりましてな。それはそれは綺麗で、この日ばかりは城下の住民大勢が沿道に並び見物するんですわ」

「なるほど……それほど綺麗に動作が揃っているということは、かなり訓練されているな」

「そ、訓練されてますわ。厳しい訓練をなあ。あの御嬢隊は強いでっせ」

「なのに、この地は天領になってしまった……」

「そら仕方おまへんわ。御嬢隊は常にこの城下に駐屯している訳ではおまへんよってにな。大きな声では言えまへんけどな。もし御嬢隊が駐屯していたら、幕府側はコテンパンにやられていたかも知れまへんで」

「そんなに強そうに見えるのかね、御嬢隊は」

「見えます。見えますけど、見え過ぎですわ。若い頃に足軽の経験があるこの私に言わせますとな」

「え、お前さん、足軽の経験があるのかね」

「へえ、若い頃の短い経験に過ぎまへんけどな。突撃訓練なんぞ、何度も何度も、ようさせられましたわ。その私から見ますと御嬢隊は余りにも綺麗に統率され過ぎや。過剰に統率されているみたいに見えましたわ。私の目にはね」

「綺麗に過剰に統率され過ぎた部隊には、どのような問題があると、お前さんは見ているのかな」

「統率者が鉄砲玉や矢を浴びたら、小者はバラバラになって一気に浮き足立ちまっせ。これは間違いおまへん」

「なんとまあ、旨(うま)いうどんを食わせる店の爺(と)っつぁんから、こんなに面白い話が聞けるとはなあ……ところで御嬢隊が拠点(きょてん)としているとかの尚冬岳(なおふゆだけ)は、どの辺(あた)りにあるのかな」

「教えてあげまひょ。ちょっと外へ……」

銀次郎は老爺清吉に促されて、店の外に出た。

霧雨を忘れさせるような明るい空になっていた。陰気な灰色の雲は遠くへ去り、青空が頭上に広がっている。

「あれです。あの山が尚冬岳(なおふゆだけ)ですわ。城下の者(もん)は誰一人として行ったことはありまへんけどな」

「頂(いただき)が三本の槍(やり)の穂先(ほさき)のように尖(とが)ったかたちをしている山かね」

「そうそう。尖った三本の穂先のような……」

「ここからは随分と遠いなあ。それに大変険しそうな山だ」

「尚冬岳は何時(いつ)の頃(ころ)からか、怨念岳(おんねんだけ)とも呼ばれていますんや」

「なにっ。怨念岳(おんねんだけ)?」

と、銀次郎は驚いてみせた。

「へえ。理由は知りまへん。けんど、かなり古くからそう呼ばれてきたことは確かですわ。険しい山らしく、猟師も薄気味悪がって近付かない、と聞いています」

「怨念岳とも呼ばれているとなるとなあ」

「ご浪人さんは先程、何でもトコトン知りたがり屋、と言いはりましたけど、怨念岳、いや尚冬岳へは近付かん方がよろしいで」

「判った。近付かぬようにしよう。それに、あの遠さでは簡単には行けそうにないしのう」

銀次郎は深深と頷くと、老爺の背を押すようにして店の内へ戻った。

九十八

その日、銀次郎は城下はずれの小さな旅籠(はたご)の二階に、早目の宿を取った。

年とった番頭に案内された二階の小部屋の窓からは、遥か彼方(かなた)の青空の下に、尚冬岳がくっきりとその姿を見せていた。

この客間の真下には、厩が二頭分あった。黒兵はその厩に入っている。

窓ぎわに座った銀次郎は尚冬岳を眺めながら、腕組をして考え込んだ。

（清吉の言う御嬢隊は、明智三郎助定行が率いる集団と同一の組織、つまり足利節朔衆（奉公衆）であることに間違いはない。双方、連絡も取り合っている筈だ。幕翁一派の残党の有無が気がかりだったが、矢張り相当数の力が残っていたか……こうなると、江戸の警戒も厳重にせねば……）

胸の内で呟き、ふうっと溜息を吐き出した銀次郎は、手枕で仰向けに寝転んだ。古畳がミシッと鈍い軋みを発した。

と、階段を上がってくる足音が伝わってきた。

その足音を聞き分けて、銀次郎の表情が思わず「ん？」となる。足音が、心做しか不自然なのだ。この宿で最初に出会った、年とった番頭ではなさそうである。

そして、人の気配が、客間障子の向こうで止まった。

「失礼いたします……」

若い女、と聞き誤る筈のない、澄んだやさしい声だった。

「構わぬよ。入りなさい」

銀次郎が応(こた)えると、相手は再度「失礼いたします」と言いながら、障子をゆっくりと開けた。

やはり若い女だった。十五、六歳といったところか。色白の目のぱっちりした丸顔に、まだ幼さを微(かす)かに残しているところがあった。

きちんと正座をして娘は言った。

「ご浪人さん、御風呂が沸きました。よろしかったら、お入り下さい」

「お、早いな。空はまだ明るいぞ」

「一番風呂を、どうぞお楽しみ下さい」

「そうか……そうだな、よし」

銀次郎は申し訳程度に造られている小さな床間(とこのま)の壁に立てかけられている、大小刀を手に取ると、「案内してくれるか」と娘と目を合わせて微笑んだ。

娘は頷いて腰を上げ、「どうぞ……」と前(さき)に立って歩き出した。とは言っても階段は目と鼻の先だ。

娘は左足を引き摺(ひず)っていた。長い不自由さに馴れ切った引き摺(ひず)り様(よう)、ではなかった。原因は最近生じたものか？

銀次郎は娘の背中にやさしい口調で訊ねた。

「足を傷めておるな。どうしたのだ」

「平気です。なんともありません」

「言って御覧。長く不自由してきた引き摺り様、という印象でもないが」

「平気です。なんともありません」

娘は同じ言葉を繰り返したあと、「ご浪人さん、背中を流させて下さいね」と続けた。

「いや、体は自分で洗うよ。有り難う」

「そうですか……」

娘ははっきりと両の眉を落とした。がっかりした様子、と銀次郎には見てとれた。

二人が階段を下りると、老番頭が心配顔で待ち構えていた。

「ご浪人さんは背中を流してほしくないそうです」

「そうか。よしよし」

　老番頭に小声で頷かれた娘は、食器が触れ合って音立てている板間の長暖簾の向こうへと消えていった。おそらく長暖簾の向こうは、調理場なのであろう。

　老番頭が、銀次郎に申し訳なさそうに頭を下げ下げ囁いた。

「どうも申し訳ありません。気分を害されたら許してやって下さい」

「気分を害す？……いや、べつに……背中を流させてくれ、と申し出たあの娘に、体は自分で洗う、と返しただけだが」

「そうですか。出過ぎた心配を口に致しました。すみません」

「おい、一体どうしたと言うのだ。なんだか意味あり気な様子だが……」

　と、銀次郎は声を落とした。

「へえ……」

「若しや、あの娘の足の不自由さに、何ぞ深刻な原因でもあるのじゃないのか」

「へえ……実はこの私、**耕助**と申しますんですけど、この旅籠へお情けで雇てもろたのはごく最近のことでして」

「ふうん……で？」

「それまでは、湖東城そばに在った『**八幡屋**』という呉服屋の大番頭をしておりました。地方の城下の呉服屋ですよってに、江戸の呉服商と比べられては話にならんほど小さい商いでしたけど、それでも藩御用達の店をさせてもろておりました」

「あの足の不自由な娘、ひょっとして、その藩御用達の店の娘ではなかったのか？」

「はい。実は、その通りなんです。私はあの娘が、いえ、お嬢様が生まれた時から可愛くて可愛くて、大番頭の仕事を忘れてしまうほどに、お嬢様の成長に付き添うてきました」

「余程に可愛かったと見えるな……」

「それはもう……我が孫かと思うほどに……」

「そのお前さんがなぜ、この旅籠へお情けで雇われておるのだ。それよりも何よりも、藩御用達の店の娘が、なぜこの宿にいるのだね」

「幕府の力によって、幕翁様の一派が湖東城の内外から一掃されたあと、城中および城下の武家屋敷などが全く無人状態となった日が、十日間ほど続きました。それはもう恐ろしいほど、ひっそりとして静まりかえった日が続いたんですよ」

「うむ……容易に想像できるのう」

「その静かな空白と言っていい間に、**五人連れ**の賊に深夜『**八幡屋**』が襲われまして、旦那様ご夫婦と小番頭(こばんとう)の三人が斬殺され、私も背中を、逃げようとしたお嬢様も後ろから左脚の脹(ふく)ら脛(はぎ)から下を斬られまして……私の傷は軽かったのですが」

「うぬ……そのような酷(むご)いことがあったとは……金品も持っていかれたのであろうな」

「それはもう、商いを立て直すことが出来ぬ程に、ごっそりと……」

「恐ろしいほど静まり返った十日間と申したが、城は全く無人であった訳ではあるまい。少人数とは言え、留守番の幕府役人が居た筈だ。直ぐに被害を届け出たのであろうな」

「はい。それはもう……致しました」

「留守番の役人は、きちんと受理してくれたのであろう?」

「受理はして戴(いただ)き、大変同情もして下さいましたが、何とも言えぬほど苦し気な御様子の実直そうなお役人たちでございました。それはそれは熱心に毎日、城の内外を少人数で検て回り、疲れ果てている様子を城下の私どもは皆承知しておりますから、余りあれこれと泣き事が言えませず」

「うむ……それにしても、脹ら脛を斬られた年若い娘が、背中を流させて下さい、と自分の方から泊まり客に申し出るのはどういう訳だ。泊まり客の皆が皆、やさしく大人しい者ばかりとは限らぬではないか」

「お嬢様は昔のように早く普通に歩けるようになりたい、と真剣なのでございます。泊まり客の背中を流すのを思いついたのは、それで貰う僅かな駄賃を貯めて京の偉い外科の御医者様に診て貰うのだと……お嬢様がお客様の背中を流すのは、着物を着たままですし、私も傍に付き添ってちょっとした手伝いをしております」

「なんだ。そうであったのか」

と、銀次郎の不精髭に覆われた表情が少し緩んだ。

だが彼は直ぐに腕組をして、「京の偉い外科の御医者様……か」と考え込んだ。

暫くして「外科なあ……」と呟いたが、また黙り込んで腕組をしたまま考え込んでしまった。

本草学いわゆる広義の漢方医学に秀れる医師は決して少なくない銀次郎の時代ではあっても、信頼できる外科医を即座に見つけることは、とくに地方では楽ではない。

銀次郎は考え続け、『八幡屋』の元大番頭耕助は、固唾をのんでその様子を見守った。

賊に脹ら脛を斬られた年齢の若過ぎる娘のために、銀次郎はいま旗本青年塾で学んできた膨大な量の講義の中の、ある部分を思い出そうと懸命であった。講義の名は『最新紅毛流医学史』であったが、教本は無く早口な講師による月に三回の集中講義であったため、塾生たちは講義内容を正確に書き取るのに大変な苦労を強いられたものであった。

旗本青年塾は、甲、乙、丙、丁、戊と学業の出来・不出来により、五組に分けられていた。その分け方の基準を簡単に判り易く述べれば、

甲……非常に秀れている。とくに論理的思考力に極めて秀れている。

乙……秀れている。論理的思考力も秀れている。

丙……まあ、秀れている。論理的思考を苦手とはしない。

丁……普通（標準）である。論理的思考能力は目立たない。

戊……普通より下である。論理的思考能力にも劣る。

大雑把に右の五組に分かれているなかで、桜伊銀次郎は常に**甲**組の三傑に入っていて、年に二回ある**判定試験**においてもその位置が不安定に揺らぐことはなかった。動揺が最もひどいのは、**判定試験**の度に**丙**組（まあ、秀れている）と**丁**組（普通）の間を往ったり来たりと上下する塾生が目立つ事だった。彼らは『往復男』とか呼ばれて仲間から揶揄されたりはしたが、それは大変明るいものだった。何故なら塾の青年旗本たちの思想が、『我らは将軍家の近衛兵』という点にあったからだ。**文官**ではなく、**武官**としての誇りが強かった。『**いざ鎌倉**』が勃発すれば、『将軍家をお護りするのは我ら直参旗本』という意識が強固であった。それだけに**戊**組にあっても小野派一刀流の目録者であったりすると、尊敬とか注目を集めたりした。

「伊良子……そう、**カスパル流外科**の伊良子道牛先生（一六七一～一七三四）だ」

何かを思い出そうと懸命な様子であった銀次郎の口から、不意にボソリと人の名前が出た。**伊良子**道牛……いい意味で余りにも印象の強過ぎる名前である。

果たして、実在の人物なのであろうか？

銀次郎は、老番頭に向かって頼んだ。

「すまないが、お前さん。厩（うまや）へ行って馬の鞍（くら）から下がっている革袋の中に、手紙を書く一揃えが入っているので、取ってきてくれないか。私はひと風呂、浴びてきたいのでな」

「承知しました。筆と墨汁と巻紙で宜（よろ）しゅうございますか」

「革袋の中の白木の箱に皆揃って入っている。その箱を取ってきたら二階の私の部屋に置いておいてくれ。手紙を書く時には声を掛けるから」

「あの……お嬢様のために、何処ぞへ手紙を書いて下さいますので？」

「詳しいことは、あとで話す。とにかく、ひと風呂浴びさせてくれ」

「こ、これは失礼いたしました」

老番頭の耕助は、頭を下げ下げ外へ出ていった。

九十九

「ああ、いい湯だ。たまらぬなあ。御天道様(おてんとさま)（太陽）が頭の上にある内に戴く風呂ってえのも、いいもんだわ」

二、三人は入れそうな広めの浴槽にひとり漬(つか)って、思わず大きな欠伸(あくび)を放ってしまった銀次郎だった。鍛え抜かれた肉体であるとはいえ、馬で走り続けた体は、さすがに腰から下が疲れ切っていた。考えてみれば、床滑七四郎(ゆかなめりななしろう)を討つために江戸を発(た)ってからというもの、今日に至るまで殆どが賢馬黒兵の背にあった。下半身に重い疲労があるとはいえ、走り続けと称してもよい黒兵は、もっと疲れているであろうと気遣う銀次郎だった。

「ここで一日ゆっくりと、黒兵も休ませてやろうか」

呟いた銀次郎は両の掌(てのひら)を、湯の中から出して暫く熟(じ)っと眺めた。

「今頃どうしているかな……」

再び呟いて、その掌(てのひら)で湯を掬(すく)い、顔に勢いをつけて浴びせる銀次郎だった。

いつまで経っても、両の掌に残っている黒兵（黒鍬頭領）の圧倒的に豊かなやさしい乳房の感触は消えることがなかった。江戸に待たせている艶には申し訳ないとは思うのだが、これだけは、どうしようもない。

「湯加減いかがですか」

背中側にある格子窓の外で、不意に女の声があった。あの娘だな、と銀次郎には直ぐに判った。

「うん。いい湯だ。有り難うよ」

「まだ御日様が高いですけど、お風呂あがり、一杯なさいますか」

「いや、ちょっと手紙を書きたいのでな。番頭さんと一緒に私の部屋まで来てくれぬか」

「この私もですか？」

「そうだ。いや、なに、心配することはない。悪い手紙を書く訳ではないから、何の心配もない」

「あのう……」

「とにかく私の部屋で、番頭さんを含め三人でゆっくりと話そう。いいな」

「は、はい。判りました」

娘の気配が、格子窓の外から離れるのが銀次郎に伝わって、ゆっくりと遠ざかっていった。

銀次郎は小柄で不精髭を剃るつもりであったから、耳の下あたりまで湯につけて目を閉じた。湯面を境に上下に分かれた表情が、真剣になっていた。

（カスパル流外科の**伊良子道牛**先生なら、あの娘の足の不自由は治せる。きっと……）

銀次郎は胸の内で、そう確信した。

伊良子道牛先生とは、一体何者なのであろうか。

そして、カスパル流外科医術とは？

これに関して語るには、時代を銀次郎の時代から慶安二年（一六四九）まで遡る必要がある。

当時、**徳川幕府**（三代様・徳川家光）と**オランダ**との間には、刺刺しい雰囲気があった。

その原因として、次のような二点があげられる。

先ず、『日本には金銀財宝が唸っている島島がある』という噂を信じたオランダ東インド会社（オランダ連邦議会商社と言いかえた方が判り易いかも）の船二隻『カストリクム号』および『ブレスケン号』が、幕府の許可なく密かに列島近海を宝探しで航海しまくったこと。しかも暴風雨にやられて二隻は離れ離れとなり、『ブレスケン号』は漂流同然の航海の末、接岸上陸地点で船長ほか九名が幕府官憲に捕まってしまった。

もう一点は、正保四年（一六四七）六月二十四日に、通商目的のポルトガル船二隻が突如として長崎に来航したこと。長崎には人工島である出島（面積三九六九坪）が幕府の唯一の貿易拠点として設けられていたことは、よく知られている。この出島には曽つてポルトガル人貿易商が詰めていたのだが、幕府は寛永十六年（一六三九）ポルトガル船の長崎への来航を禁止。以降出島はオランダ商館員が居留する所となっていた。

そこへ突如、ポルトガル船二隻の長崎来航である。過去にスペインに支配されていたオランダはスペイン人のみならず、ポルトガル人、イギリス人への対抗意識が相当に激しかった。だが幕府が『通商拒絶』でポルトガル船を無傷で長崎から追放したのは、来航から二か月も経過してからで、これがオランダ側の癇に触わった。なぜ二か月間も長崎に、と。

こうして日蘭著しく不機嫌状態に陥った訳だが、出島をオランダ商館員の居留地とさせて貰っているオランダ側が先ず軟化して事態修復に動き出し、**特使一行**が幕府を訪れることとなった(慶安二年・一六四九)。

この**特使一行**に同行して来日したのが、日本の『外科医術史』にその名を残すことになる、オランダ人外科医(ドイツ人説もあり)**カスパル・シャムベルゲル** Caspar Schambergerであった。

外科医術に熟達した彼は日本滞在中、幕府要人たちの診察治療にあたり、また秀れた日本人医師たちに**カスパル流外科医術**を惜しみなく伝授して、江戸期における外科医術の発展に大きく貢献した。

江戸期における**カスパル流外科医術**の発展(流れ)を、著者の拙い判断で整理すれば、左頁の表のようになるのではないだろうか。**伊良子道牛**の位置もよく判ると思う。

湯からあがった銀次郎が二階の客間に戻ってみると、老番頭の耕助とあの娘が

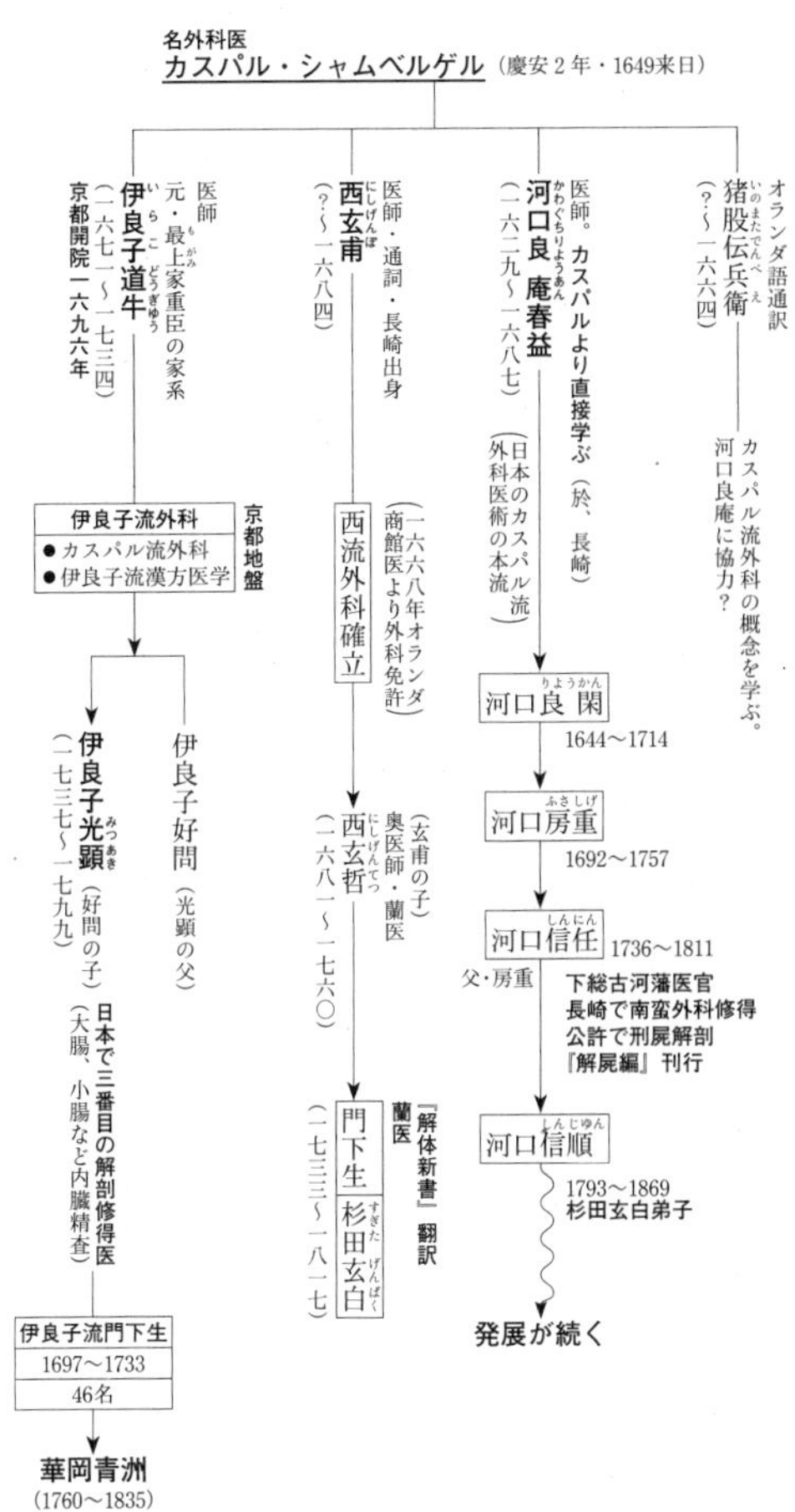
名外科医
カスパル・シャムベルゲル（慶安2年・1649来日）
医師
元・最上家重臣の家系
伊良子道牛
（一六七一～一七三四）
京都開院一六九六年
医師・通詞・長崎出身
西玄甫
（?～一六八四）
医師。カスパルより直接学ぶ（於、長崎）
河口良庵春益
（一六二九～一六八七）
（日本のカスパル流外科医術の本流）
オランダ語通訳
猪股伝兵衛
（?～一六六四）
カスパル流外科の概念を学ぶ。
河口良庵に協力？
伊良子流外科
●カスパル流外科
●伊良子流漢方医学
京都地盤
西流外科確立
（一六六八年オランダ商館医より外科免許）
河口良閑
1644～1714
伊良子好問
（光顕の父）
伊良子光顕
（一七三七～一七九九）
（好問の子）
日本で三番目の解剖修得医
（大腸、小腸など内臓精査）
（玄甫の子）
奥医師・蘭医
西玄哲
（一六八一～一七六〇）
河口房重
1692～1757
河口信任　1736～1811
父・房重
下総古河藩医官
長崎で南蛮外科修得
公許で刑屍解剖
『解屍編』刊行
『解体新書』翻訳
蘭医
門下生
杉田玄白
（一七三三～一八一七）
河口信順
1793～1869
杉田玄白弟子
発展が続く
伊良子流門下生
1697～1733
46名
華岡青洲
（1760～1835）
が門下生に

畏まって座っていた。

二人は不精髭が無くなった銀次郎の素面に一瞬驚いたあと、ホッとしたように顔いっぱいに笑みを広げた。

銀次郎は娘に言った。

「そんなにきちんと座って、足は痛まないのかえ。投げ出してもいいんだよ」

「いいえ。大丈夫です」

「そうかえ……」

銀次郎はやさしい笑みを拵えて、二人の前で胡座を組み、手にしていた刀を脇へ横たえた。

老番頭の耕助が膝前にあった、筆・墨汁・巻紙などの入った白木の箱を、そっと銀次郎の方へ押し滑らせた。

「うん……」

小さく頷いた銀次郎は二人に対して、ああだこうだと語らずに早速手紙を書き出した。

宛先は、京都所司代水野和泉守忠之（就任・正徳四年〈一七一四〉～享保二年〈一七一七〉）

であった。京都所司代は幕府の重臣である。末は大坂城代から若年寄、老中に出世する老中心得の地位だ。朝廷および公家、あるいは二条城に目を光らせて監理監督する高位の立場にあるだけに、誰もが簡単に会える人物ではない。

その人物**水野和泉守忠之**にすらすらと文を書き終えて、銀次郎は静かに筆を置いた。

「これは京都所司代宛ての手紙なのだがな……」

銀次郎が文を丁寧に折り畳みながら言うと、老番頭耕助は目を剝いて驚いた。

年若い娘は、京都所司代について詳しい知識がないとみえて、きょとんとしている。

銀次郎は、その娘に言葉やわらかく訊ねた。

「お前の名は、なんと言うのだね」

「みち子です」

娘はそう告げながら、自分の顔の前に、みち子、とたどたどしく指先を滑らせ書いてみせた。

「ほう、**子**付き名か。珍しいのう」

「変ですか」

「とんでもない。とてもいい名だよ。うん、いい名だ。かぐや姫のように可愛いお前の印象に、たいへん似合っている。気に入ったよ、みち子」

銀次郎が『竹取物語』の主人公の名を出すと、娘はよく知っていたとみえて頬をポッと染め目を細めて羞じらった。

銀次郎は老番頭耕助と目を合わせると、文を差し出し言った。

「この手紙を持って、みち子と共に京都所司代を訪ねなさい」

「ええっ、私とみち子が京都、京都所司代へですかあ」

老番頭は、また目を剝いて驚いた。

「そうだ。この手紙を持ってゆけば、所司代水野和泉守忠之様に会うことが出来る」

「な、何のために、私とみち子が、そのように偉い人に会わねばいけないのでございましょう」

「押し込み強盗に傷つけられた足の治療のためだ」

「へ？」

「京になな、伊良子道牛先生という外科治療にたいへん秀れた医者がいらっしゃるのだ。オランダ外科医術を修得した先生だ。弟子や年若い医生を大勢抱えていらっしゃるだろうし、いきなり訪ねてもおそらく会えまい。しかし、所司代**水野和泉守忠之**様が動いて下されば、間違いなく伊良子道牛先生に診て貰えよう」

「ですが、診て貰えたとしても、私共には御支払いすべき蓄えというものがございません」

「金のことは心配しなくともよい。金よりも、みち子の不自由な足を治してやることの方が、余程に大事だ。みち子はこの先、長い長い人生を歩まねばならぬからな」

「あ、あのう……何故にそこまで、初めて会ったみち子のためにして下さいますので？」

「湖東城から幕翁を追い払っておきながら、城下に充分な治安維持のための役人を置かず、**空白の時**というものを拵えて賊を動かせてしまったのは、幕府の責任だ。その責任を私に取らせてくれ。今は素浪人の身分の私も、かつては幕翁対策にいささか関わっておったのでな。みち子に、すまぬという気持でいっぱいなのだ」

「そういう事でございましたか。夢を見ているような、有り難い気持でいっぱいでございます。感謝いたします」

老番頭耕助はそう言うと、深深と頭を下げ、みち子もそれを見習った。

「路銀や向こうでの滞在費も心配しなくてよいぞ」

「そのお金（かね）、どのようにして御浪人様にお返しすればよいのですか」

みち子が面（おもて）を上げるなり、心配そうな表情で切り出した。

「それはな。みち子が少しでも社会の役に立つ人間になれるよう、努力してくればよい。それだけでよい。判るか」

「はい、少しでも社会の役に立つ人間になれるよう、頑張ります。弱い人を助けることが出来るような人間になることを約束致します」

「おお、それじゃ。それでよい」

銀次郎はにっこりと微笑んで、頷いてやった。

老番頭耕助は、まだ頭を下げた状態で、頻（しき）りに目がしらを指先で押さえていた。

銀次郎がみち子に言った。

「みち子。私は医学のことはよく判らぬが、ちょっと足を見せて御覧。傷跡が深刻かどうかくらいは見当がつくのでな」

「は、はい。御浪人様も切り傷跡だらけのお顔ですもんね」

みち子が思いがけないほど明るく言い放ち、「こ、これ……」と老番頭耕助が小慌て気味に顔を上げた。

銀次郎は苦笑しつつ、みち子が伸ばした足を胡座の上にやさしく引っ張り乗せて診た。

「うむ。脹ら脛は刃が皮膚の上を浅く走っただけのようだが、斬り下げて勢いのついた切っ先が、足首後ろの筋（今で言うアキレス腱）をやや深く傷つけたのだな。あくまで見当に過ぎぬが」

「無理して歩こうとすると、強い痛みが腰のあたりまでビリッと走ります」

「足首後ろの筋が、損傷した状態のまま皮膚の下で硬直してしまっているのだろう、その硬直した筋を丁寧に解きほぐして治療すれば、治るのではないかと思う」

「聞いていると、痛そうな治療ですけど……」

「なあに。かぐや姫のように可愛いみち子のためなら、オランダ流外科の名医で知られる伊良子道牛先生は痛くない治療方法をきっと一生懸命に考えて下さるよ。恐れずに京へ発ちなさい」

「はい。発ちます」

みち子は答えて、口元を真一文字に引きしめた。

銀次郎は老番頭耕助へ視線を移した。

「お前さん、字は書けるかね」

「これでも潰れた藩御用達の『八幡屋』で商いを差配しておりました。字は確りと書けます」

「ならば伊良子道牛先生に治療して貰った結果を私に知らせてくれ。今は素浪人の分際だが、宛先を江戸の早飛脚止めの桜伊銀次郎と書いてくれれば必ず着く。手渡した文の裏側に私の名を判り易い字で認めてあるから、覚えておいてくれ」

言われて老番頭耕助は文を裏がえし、「はい。判りました」と答えた。

この耕助が早飛脚便で、江戸へ戻った銀次郎宛てに、京からとんでもない事を報せてこようとは、さすがに予想も出来ていない銀次郎であった。

一体耕助は、どのような内容の文を銀次郎宛てに出すことになるのか、それはかなりの時が経ってからの事である。

一〇〇

銀次郎は翌朝早く、誰にも見送られる事なく、黒兵と共に宿を発った。

御天道様はまだ姿を見せていなかったが、浮雲の一つさえ無い東の空は、すでに濃い蜜柑色に輝き出していた。

いい蹄の音を立てる黒兵の歩みは、ゆったりだ。

「気持のいい天気になりそうだな、黒兵よ」

馬上で僅かに体を左右に揺らせている銀次郎は、手綱を持たぬ方の手で賢馬の首すじを撫でてやりながら、遥か彼方を熟っと眺めた。

そこには、山頂近くの東側の山肌を、朱色に染めている『険しい三本槍の山』――尚冬岳（怨念岳とも）――が聳えている。しかし、その峻険さで銀次郎を圧倒するには、双方の間はまだ隔たり過ぎていた。

御嬢隊は余りにも綺麗に統率され過ぎや。過剰に統率されているみたいに見える。

統率者が鉄砲玉や矢を浴びたら、小者はバラバラになって一気に浮き足立つ。

『うどん そばの店』の老爺清吉の言葉が、宿を発つ前から銀次郎の脳裏で表われたり消えたりを繰り返していた。

「婆ちゃんの〝道楽息子〟(明智三郎助定行)が率いていた一隊と、御嬢隊とかが無関係とは迚も思えない。こいつあ、もう一度……」

呟いた銀次郎は手綱を軽く絞って黒兵の歩みを止めると、上方の方角へ上体を捻った。迷っているような表情だ。

「面倒でも婆ちゃん家へ引き返してみるか。新しい何かが摑めるかも……いや……」

が、銀次郎は呟きを途中で切って首を小さく横に振ると、黒兵の腹をそっと打った。

黒兵が尚冬岳の方角に向かって、再び歩み出す。

銀次郎は温かくやさしく接してくれた婆ちゃんが、〝道楽息子〟の手にかかったことをまだ知らない。

知れば銀次郎の激しい気性が、どう爆発するか。知らぬままの方が、よいのではないか。

城下町を抜けた黒兵は田畑に挟まれた街道へと入ってゆき、やがて旧湖東城の普請場の音はすっかり銀次郎の耳に届かなくなった。

見わたす限り緑を敷き詰めた実り豊かな田畑は、蜜柑色の輝きを次第に銀色と化してゆく眩しい朝の日に覆われ出していた。それと共に虫の鳴き声が囂しさを増し、馬上の銀次郎はその虫の音を声を楽しんだ。

ご浪人さんは先程、何でもトコトン知りたがり屋、と言いはりましたけど、尚冬岳へは近付かん方がよろしいで。

老爺清吉は心配して言ってくれたが、その尚冬岳へ銀次郎の意志は突き進んでいった。弓矢を背負った美豆良髪の武装集団が尚冬岳あたりから旧湖東城下に現われていたと知った以上、銀次郎の気性として見捨ててはおけなかった。

「黒兵、少し走ろうか」

銀次郎は黒兵に告げると、上体を前に傾けて黒兵の右耳の後ろをポンポンと二度叩いた。

黒兵は承知しましたと言わんばかりに鼻を低く鳴らすと、背中の筋肉を膨らませるやたちまち走り出した。まだ一人の百姓の姿も見当たらない銀色の幅広い田園街道を、黒兵が速歩（分速およそ二二〇メートルくらい）から駈歩（分速およそ五五〇メートルくらい）へ、そして襲歩（競馬速度。分速およそ一〇〇〇メートル以上）へと、ぐんぐん速度を上げていく。

「いいぞ、いいぞ黒兵」

銀次郎は吹き飛ばされぬよう黒兵の背に体を張りつけ、まだまだ近付いてこない遥か彼方の〝三本槍の山〟（尚冬岳）を睨みつけた。田畑が、並木が、人糞小屋が、剛弓より撃ち放たれた矢のような速さで、後ろへ後ろへと流れてゆく。田園街道が前方で左へ曲がり出した。その先が、よく見通せない。

と、全力疾走していた黒兵の左右の耳が不意にせわしなく動いたかと思うと、自分の意思で急激に速度を落とした。

「おっと……」

異変を感じた銀次郎も、馬脚に強い負担が掛からぬよう、手綱を軽く手前に引くかたちで絞った。

街道を曲がり切った直ぐ其処に、子猫を抱いた二、三歳の幼女がこちら向きに立っていた。その幼女の左手にひと目で豪農と判る長屋門付きの屋敷がある。

「千重っ……」

長屋門の内で甲高い叫びがあって、赤ん坊を抱き胸元を開けた若い女が通りへ飛び出してきた。今の今まで赤ん坊に乳を与えていたと見える。

銀次郎は馬上から身軽に飛び下りると、黒兵の首すじをひと撫でしてやってから、千重と呼ばれた幼女とその母親らしい若い女に近付いていった。

「申し訳ありません。お馬の脚を止めてしまいましたようで、お許し下さい」

女は片腕で赤ん坊を抱き、一方の手で開けた胸元を合わせると、丁寧に頭を下げた。

「いや、なに、驚かせてしまったかな」

「お急ぎのところ、とんだ邪魔をしてしまいました。本当にすみません」

「田畑の広がりが実に美しい静かな村だが、よく整備された街道ゆえ時に速馬が走り抜ける事もあろう。幼子ひとりを通りで遊ばせておくのは、危険かも知れぬ」

「はい。仰る通りでございます。何処其処の速馬が色色な連絡で、十日に一度くらいは往き来致しますので、気を付けてはおりましたが……」

「うむ、速馬がのう……」

銀次郎は穏やかな表情で聞き流し、微かに頷くだけとした。

「あの、お侍様。お急ぎのところ御迷惑かも知れませんが、宜しければ熱いお茶でもいかがでございましょうか。一服していって下さい」

「熱い茶か。それは有り難い。厚かましく少し世話になろうかな」

「どうぞ。さ、どうぞ……」

若い母親は漸くホッとした笑みを見せると、幼子千重とかの手を引いて銀次郎を促し促し長屋門を入った。

銀次郎は黒兵の手綱を引いて、若い母親の後に続いた。長屋門はその両側に羽を広げたように長屋（武家屋敷では家臣・下僕の住居となる）を持っているところから、そう名付けられている。

しかし、この豪農屋敷の長屋門が両側に設えていたのは、牛舎や厩、大八車や耕作道具の納屋などであった。表通りから眺めるとなかなかに立派な拵えの長屋塀ではあったが裏側（内側）へまわると農家の光景だった。

「ほう。たくさんの牛や馬を飼育しているなあ」

長屋門を潜るなり銀次郎は足を止めて、ちょっと驚いてみせた。

長屋門の右手側は牛舎で、左手側は厩で始まっていた。

「はい。百姓仕事に欠かせませんから、牛は二十頭、馬は十五頭飼っています。小作たちがいつでも自由に使えるようになっています。それで長屋門は夜を除いては開けっ放しに……」

「牛馬の使用料は小作たちから取っているのかね」

「いいえ。小作たちには牛馬も耕作道具も必要なものは、無代で使わせております」

「そうか……外から眺めると二段の基礎石の上に、綺麗な白い土塀が見事に拵えられていてまるで武家屋敷のようだが、長屋門を一歩入ると百姓仕事の逞しい匂いが満ちておるなあ」

「庄屋を致しております私共も安穏に日日を過ごしてよい世情ではありませんか

ら、小作たちと一緒に、百姓仕事に汗を流しております」

「いい事だな。働く苦労を味わってこそ金(かね)の有り難さというものが判るのだ。武士は百姓の働く姿をもっと見習わなくてはならぬなあ。偉そうな事を言うこの私は素浪人だがね」

そう言って銀次郎は苦笑を漏らし、長屋門の内柱（控柱(ひかえばしら)）に黒兵の手綱を軽く結び付けた。

「この位置で馬を休ませてやっても差し支えないかな」

「はい結構です。下働きの者に水と飼葉をやるよう言っておきます。さ、どうぞ奥へお入り下さい」

「うん……」

銀次郎は黒兵の頬をポンとやさしく叩いてから、若い母親に促されるまま長屋門の下を抜け、すっかり朝陽(あさひ)が溢(あふ)れている明るい庭へと出た。

飾り気の無い広大な庭であった。逞(たくま)しい〝百姓の匂いが満ちた庭〟とでも表現すればよいのだろうか。その証拠に、庭の斜め右手彼方はなれた所にある大きな井戸端で、五、六人の小作人風が牛三頭の土で汚れた脚を、井戸水で濡らした藁(わら)

玉で洗ってやっている。

　ときどき穏やかに笑い合っている小作人風たちのその声が、そよとした風にのって銀次郎の耳にまで漂ってくる。

　小作という言葉は、庄屋（名主。田畑の所有者）と名子（小方。豪農などに仕える百姓）との間の耕作地賃借関係から生まれた**『子作』**という意味から来ていた。

　ただ田畑などの耕作地に限らず、耕作に不可欠な牛馬や樵職人が働く山林などでも賃借関係の生じる事もあって、前者の場合は**牛馬小作**、後者の場合は**山小作**などと称した。

　封建社会においては、前述した**賃借関係**はいわゆる**人的支配関係**と同義であると解しても差し支えないだろう。人的支配関係と同義であるという事は、**人**（百姓）**としての自由度**および**耕作としての自由度**に、著しい**不自由さ**（制約）が加わるということになる。小作問題を深く掘り下げてゆくと、**田畑永代売買禁止令**（寛永二十年〈一六四三〉三月）などが登場して面倒なむつかしい課題にぶつかるので、この物語ではこの辺で止め先へと進もう。

「あの日当たりの良い広縁でお休み下さい。今お茶を淹れてきますので……」

若い母親は広縁の方へ掌をひらりと泳がせると、千重をその場に残し、いそいそと大きなどっしりとした庄屋屋敷の土間口へと急いだ。半町ほど（五十メートル余）も先の……。

銀次郎は、はじめ殆ど気にしていなかったその大きな庄屋屋敷を、思い出したように改めて眺めた。

そして「あ……」となった。二つの目に驚きが広がっていた。

「似ている。そっくりだ……」

呟いて銀次郎は思わず呼吸を止めていた。それは鈍い衝撃、と言っていいものだった。

土間口も広縁も屋敷の形も、いや全体の造りそのものが、婆ちゃん千の傷みひど過ぎる、もと『豪農屋敷』そのままだった。違っているのは、ここの屋敷はひどい傷みなど全く見当たらず堂堂と重重しく存在していることだ。

「一体どういう事だ……」

再び呟いた銀次郎に、子猫を抱いた幼子千重がおずおずと近寄って来て、眩しそうに彼を見上げた。銀次郎は背中に朝陽のやわらかな温かさを感じながら、

「行こうか」と不自然に笑って手を差し出した。鈍い衝撃はまだ彼の胸の内側で、騒がしく蠢いている。

銀次郎が差し出した手を、頷いた幼子の小さな手が確りと握った。千重に片手で抱かれるかたちとなった子猫は、幸い大人しく眠っている。

まるで父子のような二人は広大な緑の広がりを呈している庭を斜めに横切って広縁に向かった。

向かった、と表現しなければならぬほど、矩形（長方形）の広大な緑の庭だった。長辺は軽く二町に迫る長さでは、と思われる。

広大な一面の緑の広がりは、白い小さな花を咲かせているところから、春の七草の一つ繁縷草らしいと銀次郎には判った。春の七草とうたわれているが、白い小さな花を四月頃から十月頃まで咲かせる越年草で、やわらかく癖のない雑草のため小鳥や鶏が好んだ。また穏やかな漢方的性質を有することでも知られており、乳房の張った産後の母親の乳を出やすくするため、催乳薬としても用いられた。

もう一点。繁縷を煎って乾燥させ緑の粉末とし、これに塩を添加して拵えた『繁縷塩』はなかなかの口腔清涼剤として歯磨に使われ、長の御役目旅に出る武士には役立った。銀次郎もむろん所持している。

二、三十羽はいそうな鶏が元気に動き回っている中を、銀次郎と千重はところどころに転がっている玉子を踏まぬよう気を付けながら広縁に寄っていった。

「広い庭だねえ」

と言いながら銀次郎は千重を抱き上げて広縁の框（かまち）に腰掛けさせ、自分もその隣に腰を下ろした。すると千重がモゾモゾとした幼い動作で小さな尻を滑らせ、銀次郎にぴったりと体を寄せた。

（この子……若（も）しや）

銀次郎が胸の内でそう思ったとき、「まあまあ、この子ったらお客様にそんなに引っ付いて……すみませんねえ」と若い母親が白木の盆に茶菓をのせてやってきた。赤子は家族にでも預けたのか抱いていない。

銀次郎は彼女には応（こた）えず、子猫を抱いたまま熟っと自分の足もとに視線を落としている千重の頭を、二度、三度そっと撫でてやった。

「どうぞ……」

「有り難う」

銀次郎は湯飲みを手に取った。茶葉のいい香りがしていた。ひとくち飲み、ふたくち啜ってあたたかな茶葉の香りが胃袋へと落ちてゆくと、銀次郎の心は和んだ。

「うまい。いい香りだ」

「この屋敷の裏手の畑でとれたものです」

「百姓は逞しいなあ。何でも拵えてゆく……」

「天と地の御機嫌次第で、豊作になったり不作になったり。むつかしいものです。一日一日が真剣勝負みたいなもので……この家の者は庄屋の立場に甘えず、私と義母を除いては皆、田畑に出て真剣勝負に挑んでいます」

「なるほど。真剣勝負なあ……それに比べれば二本差し（侍）なんてえのは、毎日あそんでいるようなもんだ」

「そのような人ばかりではないでしょうけど……」

「赤ん坊はどうした？」

「奥の間で婆ちゃんが……義母が見てくれています」

「この千重は、おとなしいのう。子猫を確りと抱いて、余程に可愛いと見える

「……」

「元気で、やんちゃな子だったのですけど、私の出産直後に夫が心の臓の病で亡くなってからはすっかり元気をなくしてしまいました。それからは子猫にたいへん愛情を注ぐようになってしまって……」

「なに……そうだったのか。お前さんも若いのに、夫を亡くしてしまって辛いな」

「それはとても寂しいですけれど、義父も義母も亡くなった夫の姉や妹たちも大変やさしい人たちなので助かっています。何の不安も不自由もなく毎日を過ごしています」

「そうか、それはよかった。お前さんは、近在の生まれなのか？」

「近在……と言うには少しばかり遠いですけど、あの遠い彼方に聳えております三本の槍の穂先のような山……尚冬岳と言うのですけど、あの険しい山の手前側麓にある村の庄屋の末娘なんです」

そう言いながら、彼方の尚冬岳を指差した若い母親はそっと微笑み「私、千代と言います」と名乗った。そして子猫を抱く幼子と自分の名の字綴りまでを告げた。

「千代に千重か。武家の出のような名だな」

銀次郎はそう言って、妙になつかしく感じる**婆ちゃん千**の皺深かったやさしい顔を、脳裏に思い浮かべた。すでにこの世の人ではない**千**の顔を……。

若い母親、千代の表情が真顔となった。

「庄屋から庄屋へと嫁いだ私ですけど、私の実家も嫁ぎ先のこの家も、遠い御先祖は武家でした。とくにこの家の御先祖様はかなり立派な武士だったようで」

聞いて銀次郎は黙って頷くだけとした。ほんの少し前に知った**婆ちゃん千**、そして今まさにその名の字綴りまで知った千代に千重……ともに**千**の文字でつながっているところに、銀次郎は胸騒ぎを覚え出していた。なにしろ屋敷の拵え、雰囲気までが、**婆ちゃん千**の住居とそっくりときているのだ。

これ以上胸騒ぎを膨らませたくない、という気持が強くなり出してきた銀次郎だったが、その気持を押し上げているのが他ならぬ、自分にぴったりと小さな体を寄せてくれている千重なのであった。

「さてと、そろそろ行くとするか……」

銀次郎は腰を上げた。

「え……もっとゆっくりなさって下さいまし。あ、あの、お昼には家族皆、畑から戻って来ますから一緒に膳を囲んで下さいませんか」

「いや。いささか急ぎ旅なのでな。またの機会があれば遠慮なく甘えさえてもらおう」

「せっかくの御縁でございますのに……残念でございます」

千代は寂しそうに笑った。遠い御先祖は武家、と言ったその武家の印象をチラリと覗（のぞ）かせた表情だった。

「すまぬ。ではな……」

銀次郎が広縁から離れようとすると、框に座っていた千重が〝抱っこ〟を求めるかのように、両手を彼の顔を狙うかのようにして差し出した。

銀次郎は迷わず千重を子猫と一緒に抱き上げた。

「また来るからな。そのときは、ゆっくりと遊ぼう」

千重はこっくりと頷いた。

銀次郎は約束するかのように、自分の頰を幼子の頰に押し当てると、広縁から下りて草履を履いた千代の胸に幼子を返した。

その際、右の手の甲に千代の豊かに張った胸が、やわらかく触れた。

一瞬銀次郎は、黒鍬の凄腕女頭領（黒兵）を想い出した。

「千重も赤ん坊も大事に大事にしなされよ」

「有り難うございます。**繁縷がゆ**を毎日のように食しておるからでしょうか。乳がよく張って出過ぎるほど出るものですから赤子は丸丸と太って元気そのもので……」

銀次郎は**繁縷がゆ**というのをはじめて知ったが、それについて訊ねればまた話が長引くと思ったので「じゃあな。世話になった……」と、母子に背を向け長屋門の方へ歩き出した。**七草がゆ**みたいなものであろう、と勝手に想像して。

「お気を付けられまして……」

千代の声が銀次郎の背中を追ったが、母子は広縁の傍からは離れなかった。

戻って来る銀次郎を認めた黒兵が、再び全力疾走に備えるかのように、前脚の蹄で地面を二度、三度と軽く打って低く嘶いた。

行くぞ、と銀次郎は騎馬の人となって声をかけた。

一〇一

銀次郎は実り豊かな村二つを黒兵で走り過ぎ、三つめの寂れた小さな村に入ったところで「どう……」と手綱を絞った。

尚冬岳がかなり近付いてきていた村の、出入口となる境界付近には、塗り剝げのひどい真紅の大きく立派な**三輪鳥居**が辺りを圧するかのように建ち聳えていた。寂れた小さな村には余りにも不似合いな鳥居だった。

三輪鳥居とは、ひときわ高く聳える中央の鳥居の両袖に（左右に）、**脇鳥居**と称するやや高さと幅の拵えを抑えた鳥居を附属させている形のものを指す。

好例――と言うよりは一番の例――として奈良・大神神社の鳥居が挙げられる。

八世紀天平文化の拠点として栄えた**平城京**や、八世紀から九世紀にかけての約四百年間**山城国**（京都府南部）に置かれた国政の中心地平安京などから、このように遠く離れた寂れた地に三輪鳥居を見るのは、御役目旅続きの銀次郎にとって初めての経験だった。

銀次郎は少し先に人の背丈ほどの石柱が立っているのに気付いて、馬腹をツンと軽く打った。

黒兵がヴルルと鼻を低く鳴らして、三輪鳥居をゆっくりと潜った。

鳥居には伊勢内宮・外宮に見られる**神明鳥居**、鎌倉・雪ノ下の鶴岡八幡宮（鎌倉八幡宮とも）にある**明神鳥居**、奈良・春日大社の**春日鳥居**、滋賀・大津坂本の日吉大社に見られる**山王鳥居**（破風鳥居とも）ほか、主なものとして十数形態があるとされている。

人の背丈ほどの石柱にゆったりと次第に近付いてゆく黒兵の背上で、界隈を見まわした銀次郎は「ひど過ぎるな……」と呟いた。どの田畑にも百姓たちの姿はなく土は乾き切って、いや、枯れ切って緑あざやかな農作物の実りは全く目に入ってこない。

彼は石柱の前で馬上から下りた。

石柱には『**尚冬岳一ノ関**』と彫られていたが、かなり古くからのものとみえ風化が著しく、文字は辛うじて読める程度であった。

「尚冬岳一ノ関……一ノ関とはどういう意味か。関所の跡なのだろうか」

呟いて銀次郎は、黒兵の手綱を引いて歩き出した。

遥かに左手の方角、田畑の白い枯地の向こうに数戸の百姓家が、肩を寄せ合うようにして集まっていた。

銀次郎は、近道になるのだが無残に枯れた畑地へは踏み込まず、遠まわりとなる雑草さえも茶色く枯れ伏している畦道を、黒兵の手綱を引いてその数戸の百姓家を目指した。人の気配があるのかどうか、さすがの銀次郎にも判らぬ隔たりだった。

だが次第に近付くにしたがって、ひどい荒屋だと判ってきた。界隈に人の姿は見当たらない。

けれども右手彼方の森の向こうに隠れていた、別のやはり数戸の百姓家が現われ出した。これは荒屋には見えない。

しかも四、五人の幼子たちが元気に駆け回っているのが認められたので、銀次郎の表情が「お……」と緩んだ。微かだが子供たちの黄色い叫び声も伝わってくる。

長い畦道を暫く進むと農道と交わったので、銀次郎は「黒兵、少し走ってくれるか……」と告げて、ひらりと騎乗の人になった。

黒兵がゆるやかに走り出す。

荒屋が次第に目の前に迫ってきた。馬を走らせると移動の速さがさすが格段に違う。傍まで近付いてみると荒屋には矢張り人の気配が全くないと判った。荒屋というよりは、百姓家の形を辛うじて止めているに過ぎない。それほどひどい荒れ様だ。藁葺屋根などはどの家家も殆ど崩落してしまっている。

「どう……下りて一軒一軒を検てみよう黒兵」

銀次郎は手綱を絞って黒兵の背から下り、「休んでおれ」と首すじをポンポンと叩いてやると、一軒一軒の百姓家を検てまわった。どれも〝青天井〟だった。間違いなくかなり前から人は住んでいないと判る。建物の外見だけでなく、内部も乾いて枯れ切っており、一匹の虫の気配さえも感じられない。また鍬や鋤など農具の一つも見当たらない。

つまり〝枯れ〟を通りこし火事になれば一たまりもない乾燥状態にあった。

「ひど過ぎるな……」

領主の許しなく田畑を捨て、他の土地へ逃避することは困難な封建社会である。

次に銀次郎は黒兵に跨がり、森を背にするかたちで集まっている百姓家を目指した。

尚冬岳が真正面に見えていた。間近に眺めると威厳と不気味さを漂わせているような険しい山容だった。

近付いて来る黒い馬に、元気に駆けずり回っていた子供たちが気付いて、動きが止まった。身じろぎ一つしないで、熟っとこちらを見ている。

「黒い馬だ、黒い馬だ……」

一人の幼子が甲高い声で叫ぶや、「わあっ」という叫び声と共に幼子たちは散り散りになって、それぞれの百姓家へ逃げ込んでしまった。そう、まさしく逃げ込んだのだ。

銀次郎は、少し苦笑して思った。

「こちらの百姓家はどれも確りと建っているなあ……それに豊かそうだ」

呟いた銀次郎はその〝小さな集落〟の中へと入ってゆき、手綱を絞って馬から静かに下りた。

〝小さな集落〟は九戸の百姓家がコの字形に集まっており、そのコの字形に囲まれた広広として明るい内庭のようなところ一面に、またしても繁縷（はこべ）草が青青と繁っていた。しかも数十羽もの真っ白な鶏が放し飼いにされている。

それよりも銀次郎が驚いたのは、この〝小さな集落〟の百姓家のどれもが一寸違わぬ同じ『曲り家拵え』であったことだ。

（どっしりとして綺麗な百姓家ではないか……）

と、銀次郎が思った時であった。その綺麗な百姓家から一人また一人と、野良着姿の女たちが外に出て来た。六十前後くらいの印象の白髪の一人を除けば、他の女たちは走り回って騒いでいた幼子たちの母親を思わせる若さだった。

六十前後くらいの白髪の老女が銀次郎に近付いてきた。歩みはゆっくりとしていたが、べつに銀次郎を恐れている様子はない。老女と呼ぶには、確りとした目つきであり、足腰しゃんとした姿勢だった。が、老女には相違ない。

銀次郎は女たちに取り囲まれた。

「失礼じゃがお前様、なに用あってこの村に御出（おいで）なされたのかのう」

老女がそう切り出した。

銀次郎は聞いて、百姓女の口調にしては、刀の切っ先のような冷やかさがある、と思った。

「いや、俺は旅の者で、通り抜けるつもりだったのだが、ちょいと馬を休めてやろうかと思ってな……」

銀次郎は言葉をやや崩して返した。柔和な笑みを見せることを忘れなかった。

「通り抜ける？……ここを通り抜ければあの尚冬岳へ行き着くほかはないのじゃが、お前様あの尚冬岳へ一体何をしに行きなさる」

そう言い言い六十前後に見える白髪のその女は、今にも押し掛かってきそうな尚冬岳を目つき鋭く指差した。

老女らしくないその鋭い目つきに、これはまずい、と銀次郎は思った。

「え？……ここを通り抜けるってえ事は、あの険しそうな嫌な感じの山へ行ってしまう他ないのか。こいつあ困った。一体何処で道を迷ったのか」

嫌な感じの山という表現をわざと用いた銀次郎は、困惑の表情を拵えて軽く舌を打ち鳴らした。なかなかによく出来た演技であるという自信があった。嫌な感じの山という表現をわざと使ったのは、相手の反応を探りたかったからだ。

「お前様は何処の御人なのじゃ。そして何処へ行こうとしてなさる。見れば額や頬、顎に刀傷のあとをいっぱい付けてごじゃるが……」

　銀次郎はここで思い切り、表情を崩した。

「ははは……どうやら婆様には正直であった方がよさそうだな。俺は江戸の浪人だが、浪人と言っても食うに困っていたから、押し込みや盗賊の真似事をやったり、博打場を荒して博徒共と派手な斬り合いをやって生きのびて来たのだが、どうにも食えなくなってきた。何しろ江戸には俺と同じような浪人が、ゴマンといるのでな」

「政治が悪いからじゃ。何かあると直ぐにお家取り潰し、とくる。そのような非情な政治の積み重ねが、浪士を生み出し、社会を歪ませているのじゃ」

「浪士に陥っても、別の生き方を求めて正しく一日一日を過ごしている者も多い。それに婆様よ、何かあると直ぐにお家取り潰しというのは、もう数十年以上も昔の過去の政治においてだよ。とくに**三代様**（徳川家光）は祖父**神君家康公**への崇敬心（敬い尊ぶ気持）が強い余り、ご気性も手伝って**御代始めの御法度**と称された**改易政治**で諸大名ばかりか幕僚たちまで震えあがらせちまった。しかし、そのような**恐怖政治**は今はねえと思っていい」

「お前様。まるで幕府のお役人のような口をきくねえ」

「俺は江戸の浪人だあな。それくらいのことは話せるし、その程度の学はあるつもりだよ。いくら盗賊に陥った身でもな」

「お前様の親の代は、きちんと御役目を持った武家だったのかえ」

「ああ、そうだ。御役目を持ち、禄を得ていた。だが、亡き父親が大きな不始末を仕出かし、お家取り潰しとなっちまって、今のこの俺があるのさ」

「それ御覧。何かあると直ぐに、お家取り潰しじゃないか」

「それも、もう昔のことだよ。この俺が六、七歳頃のな」

「ふーん……で、遠く東の彼方にある江戸の浪人、つまりお前様は何の目的あって、この辺りに現われてうろついているんだえ。この村は田畑の広がった見晴らしの利く一本道の突き当たりの位置にある。そして、この村を通り過ぎれば、先程言うたように、あの山が待ち構えておる」

白髪の老女はそう言って、再び尚冬岳を指差した。

銀次郎は思い切って言った。

「江戸を出てな、湖東城へ向かったのだ。いつの間にかよ、湖東藩が天領となっちまった噂は、江戸の浪人たちの耳にむろん入っているし、湖東城で大がかりな工事が始まったという話も耳に届いている。浪人にとっては、そういった状況は仕官の口が掴めるかも知れねえ絶好の機会なのだ」

湖東城、湖東藩の名が銀次郎の口から出ると、老女の目が険しさを覗かせ、他の女たちの表情も暗く動いた。

「それで、仕官の口は掴めたのかね」

「いや、駄目だった。城番役人に、けんもほろろに追い返され、その結果道に迷ってここにこうしている訳なんだな」

「ぼたもちでもつまんでいくかね」

「え？……」

「ぼたもちでもつまんで梅茶を啜ってゆきなされ。さ……」

老女はそう言って銀次郎に背を向けると、さっさと歩き出した。

銀次郎は離れてゆく老女の背中と尚冬岳を見くらべ、そして湖東城の方角を振り返ったが、老女以外の女たちがまるで監視するかのような眼差しを見せて動かないので、黒兵の手綱を引いて歩き出した。

一〇二

老女はコの字に集まった九戸の百姓家の、どれにも入らなかった。
コの字に集まった百姓家の間を抜け、裏手に繁る森——栗の木が目立つ——の中の一本道へと入っていった。道幅二間(けん)はある綺麗に拵えられた道だ。幾らも行かないうちに広広と切り開かれた明るい場所に出、そこに堂堂たる構えの百姓屋敷(豪農屋敷)が、訪れた銀次郎にそれこそ挑み掛かるような雰囲気で建っていた。

(あっ……)

思わず銀次郎は声にならぬ叫びを発していた。目の前にそれこそ立ち塞(ふさ)がるようにしてある百姓屋敷は、またしても明智(あけち)三郎助定行の**老母千(せん)**が棲(す)む崩壊寸前の百姓屋敷に酷似していた。また此処へ来る迄の途中で茶菓の世話になった庄屋の住居(すまい)——多くの牛馬を飼い子猫を可愛がる幼子千重(ちえ)がいた——にもそっくりであった。違うところと言えば、後者の庄屋の屋敷が長屋門を持つ塀で敷地が囲まれていた点だけだ。

「ささ、入りなされ。遠慮はいりませんよ江戸の盗賊さん」

「は、はあ」

と、銀次郎が苦笑。

「馬の手綱はその辺の木立にでも、引っ掛けておきなされ」

そう言い残して老女は、間口の広い土間口を潜った。

（それにしてもまあ、なんと栗や柿の木が目立つことよ……）

銀次郎は呟きながら、怖がる様子もなくトコトコと向かって来る数え切れぬほどの鶏の群れを横切るかたちで、巨木と称してよい程に育った柿の木に近寄っていった。

「待っておれ」

黒兵に囁きかけ、頬を二、三度撫でてやってから、銀次郎は老女が消えた土間口へと足を運んだ。

土間口の奥の方は外から眺めると暗い色をしていたが、入ってみると意外に明るかった。

銀次郎は高い天井を仰ぎ、幾つもの竈が並んだ台所を眺め、広い板間の囲炉裏——そこに老女がいた——に視線を移した。さほど大きな囲炉裏ではなかった。

（矢張り……そっくりだ）

と、**婆ちゃん千**の顔を思い出す銀次郎だった。

「何をしていなさる。こっちへ来て、囲炉裏の前に座りなされ江戸の盗賊さん」

白髪の老女はそう言い言い、掌を銀次郎に向けひらひらと泳がせた。

「その江戸の盗賊はやめてくれないか。これでも元は侍だぜ」

銀次郎はやわらかな崩し言葉で言って板間にあがり、大刀を帯から取って老女を左斜めにして腰を下ろし正座をした。

手を伸ばせば老女の肩に届く近さだ。

「では、名前を教えなされ盗賊さん」

「銀次郎だけで勘弁してくれ婆ちゃん」

銀次郎は思い切って、婆ちゃん、を使ってみた。

「婆ちゃん？……ふん、なれなれしい御人じゃな。が、まあ、宜しい。ここは庄屋の住居でな。私は庄屋紀左右衛門の女房千衣じゃ。千の衣と書きます」

老女千衣は囲炉裏の灰に刺さっていた火箸一本を手に取ると、灰の上に大きく千衣と書いてみせた。それがなかなかに美しい字綴りであったので、銀次郎は胸の内で（ほほう……）と感心した。

「いい名前……実に、いい名前だよ。千衣……うん、とてもいい」

「ふん、調子のいい銀次郎さんとかじゃ。私はのう、若い頃は自分でも自慢の美しさじゃったわ。それはそれはのう。千衣という名は、だから似合うておった。しかし、今はこの皺だらけじゃ」

「…………」

銀次郎は応えるにも、表情を拵えるにも、いささか困った。確かに、老女千衣の面立ちには、過ぎたる昔の美しさは残っていなかった。

「梅茶じゃ。私の手作りでな。こちらは栗の実を乾燥させて粉抹の保存食にし、それを餡にした、ぼたもちじゃ。梅茶によく合いよるから、試してみなされ。それとも酒の方がよいかの」

「めっそうも……うれしく頂戴するよ」

銀次郎は膝前に差し出された梅茶を口にした。（うまい！……）と思った。絶品の味と香りであった。銀次郎のその瞬間の表情から察した老女千衣は目を細めてはじめて皺深い顔に笑みを広げた。

「構わんから膝を崩しなされ。堅苦しく座っていたら味がよく判らんでな」

銀次郎は言われて従った。胡座を組むと気分が安まった。

「栗ぼたもちも、お食べ……」

「うん」

銀次郎は握り飯ほどの栗ぼたもちを口にしたが、高価な砂糖は使っておらず、栗が持つほのかな自然の甘さだけだった。それがよかった。心が温かくなった。

「それにしてもよ。庄屋の屋敷だというのに、いやに静かだな婆ちゃん。しかも男衆の姿が妙に見当たらない。女と子供ばかりみてえだ」

「気になるのか」

「そりゃあ気になる。やっぱりな」

「男衆は総出で検地に出かけておる。十五歳以上の者は皆な」

「検地?……検地というのは勘定奉行が管轄する役人仕事の筈だが……」

「そのような常識は心得ておりますわさ。今回の検地は村内の**私的な出来事**として、村人の意に任せるから勝手にやれ、と任されたのじゃ」

「村内の私的な出来事？……どういう意味なのですか。差し支えなければ知りたいが」

「べつに差し支えなんぞない。お前さんは湖東藩がいつの間にか天領になった、と先程もらしなすったが、その通り……少し前、この界隈で湖東藩と幕府の激しい争いがあったのじゃ。幕府は藩主幕翁様の御料地すべてを天領にせんとし、湖東藩はそれを阻止しようとして、戦国の世以来の激しい争いが生じましたのじゃ」

「え？　そのようなことが……江戸で浪人生活をしている俺は幕・藩の衝突までは知らなんだよ婆ちゃん」

「対決した双方の規模は、ま、戦国の世に比べりゃあ、そりゃあ随分と小さかったからのう。その意味では静かな衝突と言えなくもないけんど、血で血を洗った激突は惨たらしいもんじゃった。村の女たちの目には、そう映ったわね。幕府側はたいそう強かった。なんでも秘密に組織された松平一族の選りすぐり部隊だったそうじゃ。鉄砲もたくさん持っておった」

「ふーん」

銀次郎の脳裏に、伊勢桑名藩十一万石**松平定重**や、その配下で江戸藩邸主君御護役（身辺警護）中老の**愛知三郎助古信**の顔が脳裏に浮かんだが、表情の内側で抑えた。

「その衝突で湖東藩の足軽に駆り出されていた村の男衆が大勢亡くなってのう銀次郎殿」

「此処へ来る途中で幾つもの廃屋や枯れた田畑があったが……」

「それが男手を闘いで亡くした貧しい村の成れの果てじゃ。あっという間に百年も二百年も前に潰れ消えたようになってしまう。で、沢山の田畑が持主不在の状況に陥ってしもうた。これは勿体ない事じゃから、その田畑を村人に公平に再配分するための検地なのじゃよ」

「残された女子供は？」

「数多い栗や柿、梅や桃の木に恵まれたこの林の奥にある共同集落に移って、ひっそりと助け合いながら生きておる。大きな池を囲むようにしてある集落でな。合戦を忘れさせる静かな美しい場所じゃ。其処がこの村の中心地でな。合戦死を免れた大勢の男衆も其処に世帯を構えておる。百姓としての男がな」

「どの田畑の土も随分と枯れて見えたが……」

「今年は雨が少なかった。だから米麦は駄目なんで、悪土(あくど)に強い芋類(いもるい)を埋(う)めてある。もう暫くすれば、小さな芽吹(めぶ)きがあるじゃろ」

銀次郎は黙って頷き、桃の木までが林の奥にあると知って驚かされた。そして、自然の変化というものに対する百姓の強さというものを改めて思い知った。

桃は日本においては『古事記』や『日本書紀』にも登場しているから、古くからある果実の木である。もっとも**栽培**(さいばい)という表現が似つかわしくなるのは江戸時代に入ってからだ。それとて、改良に改良を重ねた現代(いま)の桃のように、大玉でもなく素晴らしい甘さもなかったことだろう。

「おお、そうじゃ」

と老女千衣がいきなり思い出したように、体を銀次郎の方へ傾ける仕草を見せ、顔を覗き込んだ。

「この村に至るまでの街道の途中に、庄屋の屋敷があったじゃろ」

「ああ、この家とそっくりな拵えの屋敷がね。そこでも厚かましく茶菓の世話になってしまったよ。千重という可愛い幼子と、赤ん坊に恵まれたばかりの千代という若い母親がいてね……」

「その村に嫁いだ千代は、この年寄りの孫娘じゃ。嫁ぎ先の庄屋は、この村の庄屋と違うてごく争い事の嫌いな大人しい庄屋でなあ。千重も赤ん坊もこの年寄りの曾孫じゃわ」

「そうではないかと思っていた。それにしても、この村の庄屋と違うて争い事の嫌いな大人しい庄屋、とはどういう意味なんだ」

「そんなこと気にせんでええ。すぐに判るよ、お前さん……いや、銀次郎さん」

皺深い瞼の奥にある老女の双つの目が、ギラリと凄みを走らせたので、銀次郎は胸の内で思わず身構えた。

しかし、その身構えを突き破るような鋭い言葉が、老女の口から迸り出た。

「おい若僧。千衣、千代、千重と知って、もう一人思い当たる人間がおるじゃろう」

「何のことだ」

銀次郎は平静を装って、とぼけた。

「この村の男衆は古くより鳩を使い慣れているのじゃ。ここまで言うても、とぼけるか」

「はて？……婆ちゃんの言っている意味がもうひとつよく判らぬわ。遠まわしではなく率直に言ってくれ」

「ふん、千という名の年寄女を知らぬとは言わせぬぞ」

「……………」

「どうやら返す言葉に詰まったようじゃな。どれ程の隔たりがあろうとも、よく訓練された鳩を飛ばせば、求めている情報は直ぐに届くのじゃ。それを知らぬ訳ではあるまい。そうじゃろう、黒書院直属監察官大目付三千石、従五位下加賀守の桜伊銀次郎殿」

遂に老女千衣の口から出たその言葉に、さすがの銀次郎も眦を吊り上げざるを得なかった。彼は老女千衣の目を睨み返した。

「さては明智光秀と羽柴秀吉が天正十年（一五八二）に激突した大山崎の連衆村は、この地とつながりがあるのだな」

「つながりがある、どころではないわ。一心同体の切っても切れない間柄じゃ」

「では連衆村の長である明智三郎助定行の老母千は、婆ちゃん、いや、お前さんの血縁者なのか」

「血がどうのこうのは、どうでもいいことじゃ。どれほど離れていても我らは常に強固な一心同体。これ以外の言葉で語る必要はない。よって千のような裏切りは許されない」

「待てっ。千のような裏切りとは、どういうことだ」

「幕府の上級幕僚に対し、しかも最も憎まねばならぬ相手つまりお前様に対し、連衆村の長の母である立場にある千が、あろうことかその相手を過剰に接待し、過剰に語って色色と教えてしまった。これは明らかな裏切りじゃ。よって連衆村の長は息の立場を封印して、千を処罰した」

「処罰だと?……どう、処罰したのだ」

「斬首じゃ」

「なにっ」

銀次郎は脇に横たえた大刀を摑むや、座を蹴って立ち上がった。

この時だった。

屋敷のすぐ裏手で、法螺貝が鳴り響いた。力強い朗朗たる響きだった。村の十五歳以上の男衆は皆、私的検地に出掛けている筈だ。では、村に残った女が、法螺貝を吹き鳴らしているのであろうか。

老女千衣が目つき険しく言った。

「本来ならば『**尚冬岳一ノ関**』と彫られた石柱をこえて立ち入った幕府の人間には、無数の火矢を浴びせていたところじゃ。幸いにも今、気性激しい村の男衆は検地に出掛けて留守をしておる。直ぐに此処を立ち去りなされ。これがこの年寄りのお情けじゃ」

「**連衆村**の婆様を斬首したのは本当か」

「本当じゃ……早く去れ……今の法螺貝で男衆が駆け戻ってくるぞ」

「おのれ……」

「立ち去れ下郎。**尚冬様**の怒りがこの年寄りの身の内で吼え出しておる」

「**尚冬様**だと？」

「うるさい。手作りの梅茶を与えたこと迄が、この婆のお情けと知れ、お情けと……」

それはもはや男声の如き怒声であった。そして〝婆〟は年寄りとは思えぬ勢いで立ち上がった。

銀次郎は漸く、老女千衣に背を向けて土間に下り立った。

一〇三

銀次郎は黒兵を放たれた矢のような速さ——襲歩（競馬速度、分速約千メートル）——で走らせて『尚冬岳一ノ関』の石柱の外へいったん出ると、そのまま森の中へと走った。

そして日が沈んで夜空に満月が浮かぶと、森を出て黒兵を静かに歩ませ、『尚冬岳一ノ関』の石柱の前まで戻った。

見わたすと、昼間まったく窺えなかった百姓家の明りが、彼方に散らばっていた。かなりの数だ。

「年寄り千衣は思わずかどうかは判らぬが、確かに尚冬様……と言ったな」

呟いて銀次郎は月明りを浴びている『尚冬岳一ノ関』の石柱を熟っと眺めた。

黒兵がさかんに耳を動かしている。何かを感じている、というよりは警戒しているかのようだった。

まさに賢馬だ。

銀次郎の耳の奥には、猛猛(たけだけ)しく轟(とどろ)いた法螺貝の音がまだ残っていた。

馬上で銀次郎は身じろぎもせず石柱を見続けた。しかし頭では、別のことを探ろうと懸命だった。

「尚冬様とは一体……何だ」

ぼそりと呟く銀次郎だった。何者だ、とは呟かず、何だ、と呟いたところに銀次郎らしくない苛立ちが感じられた。

「聞き間違いなどではない……尚冬様、と老女千衣は言った。激しい口調で」

呟いたあと、ふうっと息を吐いて、彼は皓皓(こうこう)たる満月を仰いだ。いまごろ一羽の鳥影が、月下をすうっと村の方角へと飛んでゆく。若(も)しや伝書の鳩では？

銀次郎がその鳥影を目で追いつつ、もう一度、溜息を吐く。

鳥影は、彼方の森の中へと吸い込まれるように消えていった。

銀次郎は眩しいばかりの月を仰ぎ見ながら考えた。

(連衆村(れんじゅむら)の明智三郎助定行は、足利(あしかが)将軍家の直属親衛隊奉公衆の伝統を引き継いでいる、と誇らし気に自ら言い切った。尚冬様とは一体何なのだ。奉公衆につながる何者なのか？)

どうも判らぬ、と銀次郎はチッと舌を打ち鳴らした。苛立ちが込み上げてくる。若(も)しも尚冬様なる者が、床滑七四郎(ゆかなめりななしろう)のような恐ろしく不気味な力を持っている者を指しているならば、銀次郎の闘いは再び振り出しに戻りかねない。

(待てよ……尚冬様の怒りがこの年寄りの身(み)の内(うち)で吼え出しておる、と言い放った老女(千衣)の激しい口調には、その尚冬様を敬っている節(ふし)があったな……だとすれば、尚冬様が実在の人物だとすれば、床滑七四郎よりももっと上位に当たる人物だ。そうに違いない)

そこまで考えて銀次郎は「よし……」と頷いて、手綱を軽く引いた。

黒兵が馬首をかえして、歩み出した。

「急がずともよいぞ、ゆっくりと行け」

そう言いながら、銀次郎は黒兵の首すじを軽く叩いた。

「検地から戻った男衆は、殺気立っているのであろうか。いずれにしろ、あの千

衣の村も、すなわち**奉公衆**なのであろう。それ以外には考えられない」

銀次郎は馬上で軽く上体を捻(ひね)り、彼方の黒黒とした森に抱かれ点点と散らばっている百姓家の明りを眺めた。私的検地で男衆が留守であってよかった、とも思った。その彼らが、**御嬢隊**と呼ばれるような美豆良結い(みずらゆ)の髪型をしているのかと想像すると、背すじに寒いものが走って思わず脳裏に、明智三郎助定行の冷厳な態度、いや、風貌が甦(よみがえ)った。

（まさか奴も、この村の私的検地に駆けつけて来ていたのではあるまいな……）

銀次郎はそう思いつつ、背に冷たいものを覚えながら、彼方の黒黒とした森を、暫くの間熟(じ)っと眺めていた。

ついでだから江戸幕府の検地について、参考までに簡単に触れておこう。

江戸時代の検地は勘定奉行が統括し、その統括者の命令を検地奉行が受けて下役たち（目付役、帳付役、竿取役といった……）を伴ない現地へ赴き検地をしたのだった。

しかし、その検地技術というのは豊臣秀吉が実施した手法に、ほぼ沿ったものだった。

つまり秀吉時代の検地技術は、それなりに秀(すぐ)れていたということになる。しかし江戸幕府は秀吉時代の検地（技術）を**古検**と称し、江戸幕府が実施した検地を**新検**と言って区別（差別）した。これらの検地にはもちろん村人も駆り出されて協力し、検地によって作成された検地帳（土地台帳）は庄屋文書として（村方文書として）大切に保存することが命じられた。

また大名領においても藩主の指示での検地があったりしたが、その場合でも統括者（勘定奉行）の存在を無視することはかなわず、何かと伺いをたてるといった気配りは必要とした。いつの世も政治には生臭い匂いはつきもので、検地を御役目とする役人の中には賄賂を得て不正検地をした者もいたらしく、そのため統括者である勘定奉行や検地奉行の姿勢はかなり厳しかったようだ。

「見えてきたぞ黒兵。歩みを静かにな……」

銀次郎が小声で告げて、黒兵の首すじを片手で撫でさすった。

彼の言葉が判る筈もないが、黒兵の歩みが緩やかになった。

月明りの下、少し先に〃千代の庄屋屋敷〃が黒黒と見え出していた。台所か風呂場の格子窓が開いたままなのであろうか。薄明かりがポツンと一つ宙に浮かんだようにして見えている。

銀次郎は老女千衣が言った〝この村の庄屋と違うて争い事の嫌いな大人しい庄屋〟の屋敷を訪ねようとしているのであった。丁(ちょう)と出るか半(はん)と出るかであった。やさしい印象の若嫁千代であったが、なにしろ老女千衣の孫娘だ。すぐにも伝書の鳩が祖母宛てに（千衣宛てに）飛ばされる危険は充分にある。

かわいい千重が住む屋敷は、幸いにも表門の両開き扉の片側を、まだ開けていた。恐らくこの刻限になっても一部小作たちの出入りがあるのだろう。

黒兵が昼間鶏が走り回っていた一面繁縷(はこべ)草の広い敷地内へと入ってゆくや、ヴルルッと鼻を鳴らした。静かな月の夜だ。来たぞ、と告げているようなものだ。

銀次郎は手綱を右へツンとさせ、馬首を板戸閉ざされた土間口へ近付け、ひらりと下りた。

案の定、頑丈そうな板戸に設けられた潜り戸の小扉が、カタコトと音を立てた。

安全のための、からくり錠でも解いているのであろうか。

小扉を開けて外に出てきたのは、きちんとした身繕いの六十前後くらいの男だった。がっしりとして大柄で月明りを浴びた顔は、日焼けしたと判る色浅黒い精悍(せいかん)な印象だった。それに広めの帯に鍔(つば)付きの小刀を通している。

「夜分に突然、失礼いたします」

銀次郎は先ず、丁寧に腰を折った。

相手は隆隆たる馬体の黒兵にチラリと視線をやると、

「若しや我が屋敷の殆ど皆が田畑に出掛けて留守だった昼間に見えられた御方でしょうかな」

と、やわらかな口調で訊ねた。すると彼の背後で透かさず、

「はい。お義父様。間違いありません。昼間の御方です」

と声があって、幼子千重の手を引いて千代があらわれた。

すると驚いたことに、母親の手を振りほどいた千重が、両手を上げトコトコと銀次郎に近寄った。

抱っこ、を求める千重の仕種であったから、おとな三人は月明りの下で共に驚いた。

だが銀次郎はその驚きを消すや、小さな千重の体を抱きあげた。まるで父と子だ。

千重の祖父に相違ない腰に小刀を帯びた人物の表情が、驚きをこえて茫然とな

った。

ほんの少しして呼吸を整え我を取り戻した双方は、改めて丁寧に名乗り合って手短に挨拶を終えた。

一〇四

幼子千重の祖父は、つまりこの家の主人である庄屋は、**六道久右衛門**と称して姓と名を許されており、嫁の千代が銀次郎に明かした『……この家の御先祖様はかなり立派な武士……』を裏付けているかのようだった。

広い板間には大きめの囲炉裏二基が、一間ばかり間を空けて設えられており、この点が銀次郎がこれまでに見てきた老女千衣の屋敷とも、〝道楽息子〟の**老母千**の崩壊寸前屋敷とも、違っていた。

六道久右衛門は夜分に訪ねて来た銀次郎に対し、上機嫌だった。

矩形の囲炉裏の角を挟むようなかたちで、久右衛門と銀次郎は胡座を組み二人だけで座り、幼子千重は銀次郎の胡座組の膝の上で横向きに眠っていた。小さな両手が、銀次郎の着物の胸襟を確りと摑んでいる。余程に離れたくないのであろうか。

「さ、もっとやって下さい……」

「はい、遠慮なく……」

久右衛門に勧められ銀次郎は空になった湯呑盃――茶碗様のもの――で何杯めかの酒を受け、相手へも返した。

「それにしても父親を急な病で亡くして以来、あれほど人見知りをするようになっていた幼い千重が……不思議な人ですな銀次郎殿は」

そう言って久右衛門は、幼い孫千重を眺めた。目を細め、可愛くてたまらぬ、という感情が表情いっぱいにやさしくあふれている。

銀次郎は微笑むだけに止め、静かに湯呑盃を呷った。

もう一方の囲炉裏には六道家の家族や下僕たち十人ほどが集まって、静かに、しかし和やかに夕餉を進めていた。その様子を離れた位置で感じている銀次郎は、赤子を持つ身でありながら夫を失った千代が、皆に大事にされているとよく判った。

「嫁に申し訳なくてのう……一家の柱であるこの儂が、長男の隠れた病に気付かなくて……朝早くから夜遅くまで働かせ過ぎたのが原因じゃ」

茶碗盃を手に、久右衛門が口元を少し歪めて漏らした。

銀次郎は深深と頷くだけにした。胸の内で引っ掛かっている大事なことを訊くために、この六道家を訪れた銀次郎だった。

それを訊くまでは、喋り過ぎてはならぬ、と用心していた。

矩形の囲炉裏のもう一方には、天井から自在鉤が二本下がっており、それぞれに大鍋が掛かっていた。ぐつぐつと夕餉時らしい音を立て、白い湯気をくゆらせている。

いい匂いが銀次郎のところまで漂ってくる。近くの清流でとれたらしい岩魚三尾の塩焼きで久右衛門の酒の相手をしていた銀次郎は、いささか空腹を覚え始めていた。

と、千代がこちらを振り向き、銀次郎と目が合ってにっこりと微笑んだ。

「いま、あったかいのをお持ちします」

「あ、はあ……」

銀次郎が言葉短く応じるよりも先に、千代は大鍋の方へ向きを変えていた。

自在鉤に掛かる大鍋から、杓子で掬い取った料理を大皿二枚にたっぷりと入れて、千代がにこやかに銀次郎と久右衛門の前へ持ってきた。

余りに旨そうな匂いの湯気が立っているので、銀次郎の目尻が思わず下がる。

「お口に合いますかどうか、私流の煮染めです。お肉は猪、鶏、兎などを、野菜類は昨年秋まきして今年とれたとても美味しい牛蒡を主に、この村でしか獲れない里芋ほか色色と入れてみました。たくさんありますから、よろしければおかわりして下さい」

「これはたまりません。たぶん、おかわりは戴きます」

銀次郎は相好を崩して言うと、

「はい。遠慮なく言って下さい。あ、千重はこちらに……」

千代が両手をよく眠っている千重の方へ差し出そうとすると、

「これ、止しなさい。おこしてしまうのは可哀そうじゃ。銀次郎殿を父親と思うて甘えて眠っているのかも知れんから」

と言い言い、嫁の手をやんわりと制した。

千代は銀次郎に「本当にどうもすみません」と言い残し、申し訳なさそうに下がっていった。

銀次郎は空になっている久右衛門の湯呑盃を酒で満たすと、

「あの……」

と囁くように切り出した。そして表情がすうっと、真顔に変わっていく。

銀次郎を見返した久右衛門が「ん？」と、怪訝な目つきになった。

「夜分に突然訪ねて来ました非礼を顧みずにこのようなことをお訊ねするのは、更に非礼の上塗りとなりますが、久右衛門殿はいつも鍔付きの小刀を帯びていらっしゃいますので？」

「あ、これですか……」

と、久右衛門は腰の小刀をとると右脇――銀次郎が手を伸ばすと届く――へ横たえた。

「いやいや、この庄屋久右衛門の毎日は、百姓に徹しておりますよ。闘いの道具なんぞを身につけるのは、ごめんです。二度と合戦や闘い事に加わってはならぬ、というのが六道家の家訓になっていますからね」

そう答える久右衛門の声も、隣の囲炉裏を囲んでいる家族を憚ってか小声だった。

「二度と合戦や闘い事に加わってはならぬ家訓……ですか」

「そうです。六道家は遠い昔、足利将軍家直属の護衛隊長の家柄だったそうです。おそらく御役目として多くの敵を殺傷してきたのでしょう。古い家系を溯ってゆきますとある時代で突然、家名の横に、**近衛幕僚解任・不戦庄屋**へ、という小さな付記が見られます」

「ほう……**近衛幕僚解任・不戦庄屋**へ、ですか」

「六道家に今も残っている古文書などを検ますと、どうやら六道家の御先祖様は刀槍弓矢で殺し合う毎日が嫌になり、与えられていた高い地位を自ら放棄したと思われます」

「なるほど……」

銀次郎は深深と頷いて付け加えた。

「ならば、その**不戦庄屋**の今の主人である久右衛門殿が、腰に鍔付き小刀を帯びて私の前に現われたのは、夜分に訪ねて来た私を賊とでも思われてですか」

「その通りです。広大なこの地一帯を統治していた湖東藩は徳川幕府の手によって改易され、天領となってしまいましたが、藩領から天領に変わる〝僅かな空白の間〟に、湖東城下で浪人どもからなる押し込み強盗によって幾人もが殺され私財が根こそぎ奪われるという悲惨な事件が起きました」

「はい。それについては私の耳へも入ってきました。湖東城下を通り抜けて旅しましたから」

銀次郎は、さらりと応じた。

「で、賊に備えてと刃物を腰にしたのでしたが、失礼しました。いやあ、不快な重さですなあ、腰に帯びた刃物というのは」

久右衛門は更に声をひそめて言うと、自分の湯呑盃に自分で酒を注ぎ足して、一気に呑み干した。銀次郎もそれを見習ったあと、穏やかな口調で訊ねた。

「この屋敷前の街道を東へ向かいますと、尚冬（なおふゆ）岳という荒荒しい感じの山が立ち塞がっておりますが、若（も）しや何ぞ曰付（いわくつ）きの山なのではありませんか。どうも異様な雰囲気を感じますが……」

「異様な雰囲気を感じられて当然です。尚冬岳は**足利直冬**（あしかがただふゆ）様の激しくおどろおどろしい怒り、悲しみ、恨み、などが籠もった山なのですから。山の中腹には直冬神社もあります」

「あしかがただふゆ？……」

「お……存じませんか？」

と、久右衛門は自分の顔の前に指先で、直冬、とだけ書いてみせた。

銀次郎は面目なさそうに首を横に振った。

「恥ずかしながら、すぐには脳裏に何者なのか浮かんできません。むろん、あしかがは室町幕府を成立させた足利将軍家を指しているのであろうと推量できますが」

「ええ、その足利です。後醍醐天皇を廃し、持明院統の光明天皇を擁立して足利幕府（室町幕府）を成立させた初代将軍足利尊氏の実の子です……いや、実の子ではないかと言われております」

「え？……室町幕府初代将軍足利尊氏の実子、ですと？……まって下さい、尊氏の子と言えば」

「はい。尊氏の正室である北条登子（赤橋登子とも）を生母とする嫡子義詮、次男

基氏（もとうじ）の二人です」

「確か**北条登子**（とうし）は鎌倉幕府第**十六代執権**（最高統括職）北条**守時**（もりとき）の妹でしたな。大変な名門の出身ですね。そして**義詮**（よしあきら）は足利幕府（室町幕府）の第二代将軍、**基氏**（もとうじ）は初代の鎌倉公方（くぼう）（足利幕府・鎌倉政務庁長官）ではありませんでしたか」

「仰る通りです。よくご存知だ。さ、さ、やりましょう」

銀次郎の答え様（よう）が気に入ったのか、久右衛門が目を細めて、その表情が緩んだ。

銀次郎は久右衛門の酒を和やかな表情で受けると、呑み干した。

銀次郎は真顔に戻って、こちらに向けられている久右衛門の目を見た。

「で、尊氏の第三子とも言うべき、足利直冬（ただふゆ）と言いますのは？」

「**どうやら**、という表現を言葉の先に付すことにしましょう。**どうやら**尊氏は天地乱れし戦乱騒動（せんらんそうどう）の最中（さなか）に、出自（しゅつじ）の全く判らぬ何処その貧しい女性（おなご）に手を出したらしいのです」

「ははあ、戦場で……」

「おそらく……」

「天地争乱の際に獣じみた卑（いや）しき武士により女性（おなご）を不幸にする出来事がしばしば

生じますが久右衛門殿。そういった行為はまことに許せぬことで……」

「ま、ま、銀次郎殿。不快な気分を抑えて私の話を最後まで聞いて下され。直冬様について出来る限り正確に語ろうとしておるのです。男が狂走する戦乱は非力な女性を不幸にしてしまいます。それゆえ六道家は恵まれていた武門の身分を投げ捨て、不戦庄屋に生活の仕方を変えたのですから」

「これは、すみませぬ。女性(おなご)や子供など、か弱い者が不幸になる話には、ついムカッとなってしまう性質(たち)なもので」

「それは私にとっても同じこと。で、貧しい母のもとで苦労して育った**新熊野**(いまくまの)は、あ、銀次郎殿、**新熊野**(いまくまの)は直冬様の幼名でしてな……」

「ほほう、新熊野(いまくまの)ですか」

「新熊野(いまくまの)は……ここでまたしても**どうやら**という表現を用いねばなりませんでな。**どうやら**新熊野は幼少の頃より素行が余り宜しくなかったようで……」

「すると寺へでも預けられたか、あるいは三度の飯(めし)を得るため自ら寺の門を潜ったとか？」

「これは凄い推量ですな。全くその通りなのです。何歳(なんさい)の頃から寺の飯を食すようになったのかは判然とはしませぬがな。ともかく鎌倉の寺の喝食（僧の食事の拵え・給仕など）となり、ここでさかんに、自分は尊氏の子であると喧伝したと思われます」

「うむ。なにやらきな臭く感じられますな……」

「仰る通り。人格者と伝えられる尊氏の実の子である**証拠はどこにも無い**のです。それに新熊野は成長しても、どうも素行が宜しくないという噂が消えなかったようで……平気で嘘を言って己れを飾ったりとか」

「無責任な推量は控えるべきでしょうが、新熊野はどうも**自分を輝ける表舞台に立てたいという執着心が強烈**だったようですな。**当たり前の性格の者なら恐れ多いと尻込みする事にも逆にしがみ付いて**ゆく。この新熊野には**我こそは君主の子**ぞと言わんばかりの勢いがあったと、久右衛門殿の話から窺えます」

「その**強い執着心**と**勢い**に呑まれた訳でもないでしょうが、新熊野に喝食修行をさせていた寺の住職（北条時代に実在した臨済宗東勝寺の僧円林と伝えられる）は遂に、尊氏と新熊野との面会に動き出したのですよ」

「えっ……天下の足利尊氏と、出自わからぬ騙り者らしき新熊野の面会をですか。

なんだか歌舞伎の大舞台のような話で、思わず背すじがヒヤリと致しますが」

「ですが尊氏は突然あらわれた新熊野（いまくまの）に頑として会わなかったし、我が子だとの認知もしなかった」

「うむ、当然と言えば当然の、尊氏の態度と言えるでしょうな。なにしろ自分には名門出身の妻北条登子（とうし）との間にもうけた、**義詮**（よしあきら）、**基氏**（もとうじ）という立派な後継者たちがいるのですから」

久右衛門と穏やかな調子の小声で話を交わす銀次郎であったが、その話の先が自身の血みどろの凄まじい修羅場につながっていくとは、予想だにしていなかった。脇に横たえてある彼の剣は迫りつつある次の修羅場に早くも多くの敵を捉えたのか、音を嚙み殺して沸騰し始めていた。

久右衛門の話が続く。

「ところが銀次郎殿。歪んだ上昇志向が強かったと伝えられる新熊野（いまくまの）ですが、世の中にはこういったいわゆる問題児を、よし、として支援する者が現われてくるものでして……」

「ほう、支援者が……で、その支援者と申しますのは？」

「父は足利尊氏であると主張してやまぬ新熊野（いまくまの）を哀れと思うてか、若しや彼が主張してやまぬ父尊氏説は真実かも、と考えてか、足利尊氏の実弟である**足利直義**（ただよし）が新熊野を引き取り、のち養子にして自分の名の一字**直**を与え、直冬（ただふゆ）と名乗らせたと言います」

「な、なんと……尊氏の実弟で室町幕府樹立の貢献者でもあった**足利直義**（ただよし）が新熊（いまくま）野（の）の養父についたと……」

「はい。しかし**冬**を付したその名が良くなかった。直冬は足利直義（ただよし）家の一員に迎え入れられ、**武将となった**にもかかわらず、その生涯は寒寒とした、まさに**冬**の状態であったようで……」

「相変わらず素行が悪かったから？」

「いや、それだけではありません。尊氏が自慢の息子とする、**義詮**（よしあきら）や**基氏**（もとうじ）に対し『**この二人さえいなくなれば自分は表舞台に立てる。父**（尊氏）**も自分を息子と認めてくれるに相違ない**』と、激しい敵愾心（てきがいしん）を抱くようになりましてな」

「おそろしいことです……そのことを足利直義（ただよし）は予測できなかったのでしょうか」

「今となっては判りません。銀次郎殿が直冬を知らなかったように、彼の存在は歴史の底深くに小さな粒と化して沈んでしまっています。決して歴史の表に浮き上がってこれぬほど、底深くに小さな粒となって……彼の存在が歴史学という厳しい学問の俎上に載るのは、おそらく数百年も後の世界においてではないでしょうか。ですがたとえ秀れた歴史学者が、何百年も遠い昔の歴史の底深くに沈んだ新熊野の存在、いや、足利直冬の存在に気付いて掘り起こしたとしても、その評価は非常に辛辣なものになると私は想像しております」

「うむ……実に厳しいですなあ」

「はい。なぜなら武将として欠かすことの出来ぬ条件、つまり激しく浮沈を繰り返す戦乱の時代を読む先見性、組織統率力、戦略策定能力と雄弁で正確な発信能力、部下から見た風格風貌・威厳の点における魅力、など全てに劣っていたからです。実は六道家に伝わる古い文書に、その点についてだけは明確に記されています」

「記した人は、御先祖？」

「ええ。その通りです。うまく足利直義家に入り込んで武将になったものの人柄に問題があってしかも無能だった。だからこそ尊氏は、直冬を徹底して避け、いいえ、避けたというよりは嫌ったと称した方が正しいかも知れません。それゆえ直冬の生涯は寒寒とした真冬であったと……」

「哀れな……」

「その哀れは……**自身の騙り的な性格**からきているものと、早く気付くべきでした」

「だが直冬の時代は遠く昔に去った。今さら、彼の人間性を辛辣に批判することもない」

「いいえ銀次郎殿。直冬の時代は去っても、直冬の血は濃く脈脈と受け継がれて生き続けております。そこが恐ろしい」

「濃く脈脈と？」

銀次郎の目つきが険しくなって光った。

「そうです。濃く脈脈とです。六道家の古い文書は、武将直冬の無能について明かすだけでなく、その血が誰に受け継がれているかについても、推測の部分が多少加わってはいますが、ほぼ判然と語っております」

「是非にも知りたい、久右衛門殿。教えて下され」

「それは私に対して名乗られた〝銀次郎として〟知りたいということですか」

「どういう意味です？」

と応じて銀次郎は眉をひそめた。彼は相手に対し、銀次郎としてしか名乗っていなかった。姓の桜伊は告げていなかったし、相手も訊かなかった。

囲炉裏の角を挟むかたちで座っている久右衛門が、もと武家の血すじに似つかわしい鋭い目つきを見せて、ぐいっと銀次郎との隔たりを狭め囁いた。

「徳川幕府黒書院直属監察官大目付三千石、従五位下加賀守桜伊銀次郎殿に対してなら、打ち明ける用意がございます」

「ぬ……私の身分素姓を端から知っておられたか……」

銀次郎の手が殆ど無意識の内に脇に横たえた大刀を引き寄せ、久右衛門の手も同時に身傍の小刀に手を触れた。

一瞬、睨み合った二人であったが、それはお互い瞬時に解けて元の姿勢に戻った。

第三者の耳には届き難い、穏やかな小声のやり取りが再び始まった。

「銀次郎殿。よくぞ御無事でこの湖東地方の奥地にまで入ってこられましたな。銀次郎殿の容姿風貌など既に具に、この地方の**長老**の耳に入っております」

「今さら言葉を飾っても仕方がない。いま申された**長老**とは、もと湖東藩主の**幕翁**こと前の老中首座**大津河安芸守忠助**の配下に当たる者と捉えて宜しいのですかな」

「はい。そう捉えて下され。そしてその大方の者は、この湖東地方に広く分散して存在する庄屋であると思って下され」

「久右衛門殿のような不戦を誓った庄屋ではなく、極めて過激な?」

「その通りです。銀次郎殿、あなたはその大津河安芸守様と、その妾腹の子である床滑七四郎様を潰滅させた。不戦の庄屋としての私でさえ、苦苦しく思っています。しかし、私は銀次郎殿に対して決して刀槍弓矢は向けません」

「ちょっ……ちょっと待って下され久右衛門殿。いま、床滑七四郎は幕翁の妾腹の子、と言われましたぞ」

「知られざる事実です。知る人はごく限られている。大津河安芸守様は、文武に秀れた床滑七四郎様をたいへん可愛がっておられ、将来は自分の後継者にと真剣に考えておられました」

「すると湖東藩主にと？」

「いいえ。大津河幕府、いや大坂幕府とも幕翁様は言っておられたようですが、この新幕府を樹立したとき、幕翁様は朝廷を力で取り込んで有無を言わせず、床滑七四郎様を征夷大将軍に就かせる肚であったと伝えられています」

「なんてえ事だ……」

銀次郎は妖気放っていた床滑七四郎との激闘を思い出して、思わずブルッと肩を震わせた。悪寒が震わせた。

急にしんみりとなった口調になって、久右衛門は銀次郎に告げた。

「銀次郎殿。今のうちに江戸へ帰りなされ。江戸への表街道に出るまでの安全な裏道を御教えします」

「この風光明媚な湖東地方には湖東城下の人人が口にする、美豆良髪を結い弓矢を背負った御嬢隊とかが存在すると言います。その実態を調べない限り、私は江戸へは戻れない」

「とんでもないことです。あの集団は桁外れに強い。相手にするなど命が幾つあっても足りません。お止しなされ。足利尊氏に無視され嫌われたが故に、酷寒の真冬の生涯を終えて歴史の裏側に消されてしまった足利直冬。幕翁こと大津河安芸守様はその直冬の日の当たらぬ隠れたる直系です。まぎれもない……」

「えっ」

受けた衝撃が大きく、銀次郎は反射的に背すじを反らせた。

「ですから湖東城下の人人が口にする**御嬢隊**とかは、銀次郎殿に対してそれこそ凄まじい殺意を抱いている筈です。こうして間近に見る銀次郎殿は悪意のある人ではないことがよく判る。だからこそ孫の千重は不思議になついている。お戻りなされよ銀次郎殿。今宵のうちにでも江戸へ」

銀次郎は天井を仰ぎ、黙したままカリッと歯を嚙み鳴らした。手はやさしくそっと、千重の肩すじを撫でていた。

一〇五

その夜遅く、幕府黒書院直属監察官大目付三千石、従五位下加賀守桜伊銀次郎

は、六道久右衛門ひとりに見送られ、賢馬黒兵の手綱を引き庄屋屋敷の外に出た。

その銀次郎に対し、久右衛門は「お気を付けられて……」の言葉を掛けることもなく、沈黙のまま表門の扉を堅く閉じた。

銀次郎は両開き扉に通される閂のガタゴトという音が消えるまで、長屋門に向かって身じろぎ一つせず頭を下げた。

酒肴を交わして知った六道久右衛門の寛容で奥の深いやさしい人柄に対する、それが銀次郎の感謝のあらわれだった。

閂を通す音が消えて、長屋門が静まり返ると、銀次郎は姿勢を戻して身軽に馬上の人となった。

深夜の空には、磨きぬかれたような月が眩しく輝いていた。

馬上の銀次郎は、皓皓たる月明りを浴びている広大な田畑をゆっくりと眺めまわした。

ずうっと遥か彼方に、老女千衣が棲む果樹豊かな森が、黒くぼんやりと見えている。

(千衣も結局はこの俺を追い払うようにではあるが見逃してくれた。この湖東地方の人人の、なんたる心の寛さ人柄の温かさであることよ……）

馬上の銀次郎はそう思いつつ、もう一度六道家の長屋門に向かって姿勢を改めると、確りと頭を下げた。そして、実に素晴らしい人物と知り合えた、と思った。

「行くぞ黒兵……」

銀次郎は手綱を軽く左へ引いて、ツンと小さく馬腹を打った。

湖東城へと続く、寒薄（大形の多年草）に挟まれた街道を黒兵が走り出した。

六道久右衛門が「是非にも必ず……」と強く勧めた『安全な裏街道』は、間も無く左手に見えてくる筈の、**鎮守の森**に入っていく地元の人の他は知らぬ道だった。

（とんでもないことです。あの集団は（御嬢隊は）桁外れに強い……）

目の色を変えて口調を強めた久右衛門の言葉が、銀次郎の耳の奥にまだ残っている。

銀次郎の身を本気で心配した、久右衛門の言葉だった。

前方遥か左手の月下に、**鎮守の森**と思われる黒黒と盛り上がった影が見え出した。

「ん？」

銀次郎は件の大鳥居——朱塗りの——手前まで来て、全速力で走らせた黒兵の手綱を思わず強く絞った。

黒兵が自分の走りの速さを持て余すかのように、首を高高と反らして嘶き、全身の筋肉を膨張させ急減速した。馬の四肢に最も負担が掛かる速度の落とし方だった。場合によっては四肢を骨折する。

「すまぬ、すまぬ……悪かった」

銀次郎は黒兵の首根を幾度も撫でてやりながら、走ってきた街道の左右——寒薄が繁る——を注意深く見まわした。

耳が痛むほどの静けさだった。草虫の鳴き声ひとつ聞こえてこない。

「気のせいだったか……」

呟いた銀次郎は、黒兵の首根を軽くポンと叩いて、合図を送った。

黒兵がゆっくりとした歩みで、朱塗りの大鳥居を潜った。此処から先が、六道久右衛門が言った『安全な裏街道』となる。これまでの〝寒薄街道〟に比べたら、道幅は半分以下だ。

「脚、大丈夫だな」

と、黒兵に語り掛けながら、尚も銀次郎は用心深く辺り(あた)に気を配った。

黒兵の走りにぴたりと合わせて、〝寒薄街道(かんすすきかいどう)〟を人の気配が随走していたような気配を感じたのだ。

冬でも枯れることがない寒薄は、茎の高さが二メートル以上にも達する大型の多年草で、その群落(ぐんらく)は大人(おとな)の姿を易易(やすやす)と隠す。

銀次郎はくいっと手綱を絞り、馬上から下りた。黒兵への負担を減らすためであったが、歩みは休めなかった。

鎮守の森の道は一里ばかり進んだところで一段と細道となって三方向に分かれている、と久右衛門から告げられている銀次郎だった。

「決して左への道を選んではなりません。あとの二本道なら、どちらを選んでも心配ありませんが、一番右の道が楽でしょう。宜(よろ)しいな。左へ折れる道を選んではなりませんぞ銀次郎殿」

まるで幼子(おさなご)に教えるかのように、強い口調で繰り返してくれた久右衛門だ。

これまでに接触してきた幕府閣僚たちの誰よりも信頼できる、と銀次郎は感じさえしていた。

「あ……」

銀次郎は後ろ首に冷たいものを感じたので、立ち止まり夜空を仰いだ。

夜空に薄雲が広がって、それまで眩しいほどだった月が朧にかすんでいた。

小さく光る粒が、ぱらぱらと降ってくるのが見える。

銀次郎は鞍から掛け下げてあった菅笠をかぶろうとして、手を伸ばしかけたが止した。

笠はたとえ浅編の笠であっても、剣客にとっては全方位視野の妨げとなる。一瞬の視認の遅れが、死につながりかねない。

「黒兵よ、朧月夜の小雨の下を、死の道へ付き合っておくれ。こんな撃攘やまぬ激しい気性の男と、よくぞ一緒に旅してくれた。有り難うよ」

銀次郎は黒兵の首根を幾度も幾度も撫でてやったあと、手綱を軽く左へ引いた。

この賢馬が銀次郎は、可愛くてならなかった。

人と馬は、六道久右衛門が「決して左の道を選んではなりません……」と強い口調で告げた道へと踏み入った。

三本の分かれ道のなかで最も道幅が狭く、木立が両側から迫る〝鎮守道〟であった。そのため朧月の明りは充分に届かず、闇に近い中を人馬は進んだ。

（すまぬのう久右衛門殿。俺は御役目を果たさねばならぬ立場なのだ。しかし、斬っても斬られても流れる血は最小限に止めたい。約束する……それで許してくだされ）

　すでに遠くはなれた庄屋屋敷の六道久右衛門に、銀次郎は心の内で詫びた。暗い〝鎮守道〟は右へ左へと緩やかにくねりながら続いた。どこまでが〝鎮守道〟なのか、まったく判らない銀次郎であったが、気にせずにゆっくりと進んだ。

　鎮守の森というのは、改めて述べるまでもなく、一定の区域内にある集落を**守り鎮める神社**の境内にある森——さほど広大ではない——を指している。つまり集落の内・外に必ず村の行事とか集いに欠かせぬ**鎮守の社**が存在する筈なのだが、銀次郎はまだ目にしていない。

　彼の目にとまったのは今のところ、**朱塗りの大鳥居**だけだ。あの位置から**鎮守の森**ははじまっている筈だから、彼はかなりの広さの中へと踏み入っていることになる。

奈良の春日大社や伊勢神宮、そして茨城県の鹿島神宮などは荘厳な自然林と称する大原生林につつまれているのだが、これらも**鎮守の森**と称しても決しておかしくはない。

ただ、一般的に言われている**鎮守の森**というのは、春日・伊勢・鹿島のように壮大なものではない。

ぱらつく小雨は、止みもせず強くなりもしなかった。月は朧月になったり眩しい明りを降らしたりを繰り返した。

（どうも嫌な予感をさせやがる、ぽ、つ、り、雨だなあ……）

黒兵と〝肩を並べて〟歩きながら夜空を仰いだ銀次郎は、顔や頬に次次と当たるぽ、つ、り、雨にチッと舌を鳴らした。

久右衛門と楽しく交わした酒は、まだ体の節節に酔いとして残っていた。

が、酒には豪胆無類と誰彼から言われている銀次郎は、体の節節に残るその酔いなど全く気にしていなかった。間もなく綺麗に消えると……。

「乗るぞ黒兵……少し腹がへった」

黒兵にそう告げて、銀次郎はひらりと馬上に跨(また)がった。

彼は手綱を鞍前（前輪）に軽く引っ掛けて両手をあけると、やや膨らんでいる懐に手を入れた。

取り出したのは、六道家のしとやかな嫁女(よめじょ)千代が拵えてくれた竹の皮に包まれた握り飯だった。

三角の形をした大きな握り飯二個を高菜(たかな)の漬物で巻いてくれていた。

江戸、浅草なら苔(のり)で巻いた握り飯というところだろうが、ここではそうはいかない。

高菜(たかな)は**奈良・平安の頃**に海の外から伝わってきた油菜(あぶらな)科一年草の古くからある野菜で、葉は幅が広くて大型で漬物にすると大変に美味である。六道家の千代のやさしい気配りの込もった大きな三角形の握り飯は、その高菜の漬物で包まれていた。

「うまい……」

阿吽(あうん)の呼吸を合わせたかの如く、静かにゆっくりと歩んでくれる賢馬黒兵の馬上で、銀次郎は握り飯をひとかぶりして、思わず漏らした。

今で言う高菜の浅漬け（早漬けとも）の塩味は格別であった。また、握り飯の中に隠されていた小魚の塩焼きと思われる細かくほぐした身の香ばしさと塩加減も、舌にこたえる旨さだった。

「有り難い……まことに」

呟いた銀次郎の胸の内を、このとき予想もしていなかった冷たいものが突然吹き抜けた。

このようにやさしい気配りで温かく見送ってくれた人たちが住む、この風光輝く湖東地方。

自分は何故、この地で刃を振るわねばならぬのか、という虚しさにも似た動揺が込み上げてきた。

彼は握り飯を片手に、またしても夜空を仰いだ。ぽつり雨がいつの間にか止んでいた。

月を朧にしていた薄雲も次第に、西の空へと流れ去ろうとしている。

銀次郎が握り飯を食べ終えたとき、**鎮守の森**の頭上に皓皓たる月明りが降り出した。その眩し過ぎる程の明りの下、森の奥へと真っ直ぐに伸びる道が、よく見えていた。

「黒兵や。朧月で視界の悪かった道がよく見え出したぞ。すまぬが少し速駈けしてもらおうか」

黒兵が鼻を低く鳴らし、前脚の蹄で湿った地を叩いた。銀次郎の気持を間違いなく理解している。

黒兵は力強く走り出した。明るくなった月下の森の小道を力強く走り出した。一体何処までが**鎮守の森**なのか、それとも既に**鎮守の森**を出たのか。銀次郎には判らない。

が、そのような事は、どうでもよくなっていた。彼の動物的な鋭い勘は、確信的に尚冬岳を目指して黒兵を走らせていた。

深い森の中の小道は次第に勾配を強めるが、全身の筋肉を膨らませて疾走する黒兵は、いささかも銀次郎の期待を裏切らない。

どれくらい走り続けたであろうか。一気に急勾配となったところに達した瞬間、月明りがカアッと降り注ぐ切り開かれた真昼のような場所に出た。

「どう……こいつあまた明るいな」

銀次郎は手綱を絞って黒兵の疾走を穏やかに静めると眩しい明りの中、馬上から下りて夜空を仰いだ。

月明りが放散する夜空は星を捉えにくかったが、視線を闇色濃い夜空の方へ転じると、無数の金銀の粒を撒き散らしたような満天の星空だった。

「ほほう、綺麗だなあ……」

銀次郎は思わず呟いた。すでに旅の経験が深まっている彼であったが、これほど美しい星空に接するのは初めてだった。

彼は気持を切り替えて、辺りを見まわした。明らかに人の手で切り開かれたに相違ない小判形（楕円形）の広場に、自分は立っていると判った。ごく普通の百姓家が、七、八棟は建てられそうな広場、と言えば判り易いだろうか。

厚い樹海の中に在るその小判形の広場から、道が三方向へと伸びていた。一本は黒兵がいま駈け上がって来た道である。そして、残りの二本の道のうち一本は、黒兵が駈け上がって来た道を左手に置いて、急傾斜で下っていた。

（千衣婆様の集落へと下っていく方向だな……）

銀次郎は、そう想像した。自信があった。

もう一本の道には、綺麗に石が敷かれていた。石とはいっても川原や川底、あるいは海岸などで取れる丸い小さな石をびっしりと敷き詰めた、いわゆる鋪石道(ほせきどう)だった（これを石畳と呼ぶ場合もある）。茶庭においては苑路(えんろ)の形式の一つとして『延段(のべだん)』の名で見られることもあるが、このように森の奥深い山道では珍しい。鋪石道(ほせきどう)を鋪石道と書いても誤りではないが、鋪は**鋪**の俗字とされていることから、茶庭や寺院神社などで窺(うかが)うことが出来る『延段(のべだん)』においては、一般に**鋪**を用いる。

「よく出来ているなあ。しかも確(しっか)りと固(かた)めて敷き詰められている……本格的な職人仕事だ」

銀次郎は鋪石道に踏み入って、脚に力を集中させ足踏みをしたが、膝頭に鈍い痛みがはね返ってくるほど頑丈な鋪石道であった。

このとき、どこからともなく水の流れる微かな音が聞こえてきたので、銀次郎の表情が止まった。

彼は耳を澄ませ、広場の辺縁(へんえん)に沿ってゆっくりと移動した。

黒兵がその後に従う。

彼の動きが止まった。目の前に、月明りの下はっきりとした獣道があった。その獣道の奥から水の流れる音が一段とよく伝わってくる。谷川の急流の音とは違った。清水が伝い落ちる小さな滝のような音と思われた。

銀次郎は後ろの黒兵を顧みて、獣道を指差した。黒兵はすでに動物の嗅覚で清水の匂いを嗅ぎ取っていると見え、盛んに耳を動かしている。

「水だ。たっぷりと飲んでおいで……」

銀次郎が告げて首すじをポンポンと叩いてやると、黒兵はこっくりと首をひと振りしてから獣道へと入っていった。

銀次郎は鋪石道まで引き返した。石道の出入口脇に、灌木の陰に隠れるようにして並んで立っている二本の腰高の石柱に気付いた。

銀次郎は密生する灌木の小枝を掻き分けた。

露になった二本の石柱は、かなり古いものであったが、彫られている文字は判然と読み取れた。

一本の石柱には『尚冬岳二ノ関』と彫られてある。そして、もう一本の石柱には、『下馬、尚冬様御神社参道』とあった。

「尚冬様御神社参道……か」

銀次郎は呟いてから、ハッとなった。そして庄屋紀左右衛門の老妻千衣（ちい）が激しい調子で口にした**尚冬様**はこの尚冬様御神社を指しているのではないか、と思った。

（尚冬様御神社から、様と御を取れば尚冬神社となる。尚（なお）は直（ただ）を隠すためのものと推量すれば、目の前にある鋪石道こそ**久右衛門殿が仰っていた直冬神社**の参道……つまりこの延段（のべだん）の奥には足利直冬を祀（まつ）る神社がある筈）

銀次郎は遂に此処まで来てしまったという己れの行動に、思わず武者震（むしゃぶるい）を覚えた。

人間的にも信用できそうな心寛く穏やかな性格の不戦庄屋**六道久右衛門**から銀次郎は教わったばかりなのだ。

もと湖東藩主の**幕翁**（ばくおう）こと前（さき）の老中首座**大津河安芸守忠助**（おおつがわあきのかみただすけ）こそ、騙（かた）り的性格で素行宜しくないと伝わる武将足利直冬の血すじ濃い後裔（こうえい）であると。

銀次郎は六道久右衛門の言葉を脳裏に刻みながら、月下の鋪石道——やさしい勾配の——を奥へ向かってゆっくりと歩み出した。何事かを考え込むかのように、視線は足もとに落として。

延段に隙間なく敷き詰められた丸い小石は降り注ぐ黄白色の月明りを浴び、どれもこれも磨き抜かれた琥珀玉のような美しい輝きを放っていた。

琥珀は古い昔から宝石として珍重されてきた、松柏科系植物の樹脂の化石化したものである。色は黄色系が多く、ときに褐色や白い色を帯びたものも見られ、透明あるいは半透明の中に昆虫が封じ込められていたりして、遥かに遠い彼方の時代を空想させてくれる。日本では主に岩手、福島、千葉、岐阜、石川の各県が主な産出地とされ、**縄文時代**から用いられてきたというから驚きだ。

水を飲み終えた黒兵が、銀次郎が鋪石道を奥へと向かっているのを認め、落ち着いた静かな歩みであとに従い出した。

蹄の音で銀次郎は立ち止まって振り向き、黒兵が近付いてくるのを待った。

「その調子で、ひとつ静かに歩んでくれ……」

銀次郎は、黒兵の鼻すじをさすってやりながら囁き、再び延段の奥へと向かった。

本来ならば『尚冬岳一ノ関』と彫られた石柱をこえて立ち入った幕府の人間に

は、無数の火矢を浴びせていたところじゃ……

尚冬岳は足利直冬様の激しくおどろおどろしい怒り、悲しみ、恨み、などが籠もった山なのですから……

とんでもないことです。あの集団（御嬢隊）は桁外れに強い。相手にするなど命が幾つあっても足りません……

湖東城下の人人が口にする御嬢隊とかは、銀次郎殿に対してそれこそ凄まじい殺意を抱いている……

庄屋紀左右衛門の老妻千衣や、不戦庄屋六道久右衛門の口から出た言葉が、入れ代わり立ち代わり銀次郎の脳裏で揺らめいた。どれも胸に食い込んでくる言葉だ。

どれほどか進んだ時、「はて？……」と、彼は足を止め周囲の深い森を透かし見た。

　またしても、自分の動きに合わせるようにして、月下の森の中で何かが動いている気配を感じたのだ。

　しかし、熊、猪、鹿、狼が棲息していても当たり前な、険しい山懐に既に入ってしまっている。狼化した野犬の群れが潜んでいても、おかしくはない。それに密生して絡んでいる樹木は、銀次郎の秀れた眼力をも拒んだ。

「獣か……」

　と呟いて歩き出した銀次郎に続く黒兵が、頻りに耳を動かしていた。

　まぎれもなく尚冬岳に立ち入っているという確信が、銀次郎にはあった。それゆえ、間もなく目の前に**直冬神社**は出現するであろう、と。

　尚冬岳は足利直冬の激しくおどろおどろしい怒り、悲しみ、恨み、などが籠もった**怨念岳**……と銀次郎は聞いている。

　銀次郎は不意に立ち止まって後ろを振り返ると、間近にある黒兵の頬を両手で軽く挟み、そして囁くようにして告げた。

「黒兵よ。此度の御役目旅は、なんだか胃袋に重く不快にこたえている。嫌な感じがしてならぬ。お前は、此処から引き返せ。頭のいいお前なら単独でも確実に江戸まで戻れるから……」

告げ終えて銀次郎は黒兵の左側の鼻革にそっと手を掛けた。頬革と交差するかたちの鼻革は、黒兵の頬骨から指一本半ばかり下に位置させて、指二本分くらいの余裕を持たせ締められている。

銀次郎は、左手で黒兵の頬を押しつつ、右手で鼻革を引いて馬首の向きを一八〇度後方へ変えようとした。単独で江戸へ戻すために。

だが黒兵は、前脚を力ませて、びくとも馬首を動かさない。それどころか、黒兵の目は銀次郎を睨みつけているかのようであった。怒りのような目だ。

「そうか……」

と、銀次郎は馬首の向き変えを一度試みただけで諦めると、「命を落とすかも知れぬぞ」と囁き、黒兵の左右の頬を両手で幾度もさすってやった。

「行くか……地獄の底へ」

銀次郎は黒兵の手綱を引いて歩き出した。皓皓たる月光は、琥珀色に輝く鋪石道を行く**一人と一頭**の足元にとって真に有り難く、またその存在が余りにも目立つゆえに極めて危険でもあった。

「とまれ黒兵！」

銀次郎が小声で告げて手綱を押さえたとき、黒兵はそれよりも一瞬先に歩みを止めていた。

それまでほぼ真っ直ぐなやさしい勾配の鋪石道が、半町ほど先で急に傾斜を強めながらきつい角度で右に折れていた。

つまり鋪石道の先が全く見えなくなった、ということになる。

銀次郎は手綱から手を放し、腰の斬鬼丸こと備前長永国友を静かに抜刀して刃を月の光にかざした。白革菱巻の柄に黒漆塗鞘の斬鬼丸は、過ぎ去りし合戦にて神君家康公の危難を救った**桜伊家伝家の宝刀**である。『**永久不滅感状**』の証でもある宝刀だ。

「この氷のような刃を見ていると必ず震えがくる……」

銀次郎は唇を歪めて呻くように漏らし、家宝の斬鬼丸を鞘に納めた。既に、迫り来る闘いの音を鍛え抜かれた全身で捉えでもしたのであろう。

一人と一頭は再び歩み出した。鋪石道は不自然なほど急激に勾配を強めながら、銀次郎と黒兵に曲がり角を近付けてきた。ヒヨウッと音を立てて、一陣の風が鋪石道を吹き抜ける。

鋪石道の両側を埋めている高さ四、五尺ほどの隈笹（くまざさ）（多年生常緑笹）が、ガサガサとうるさく騒いだ。

と、銀次郎の表情が険しくなり、左手が帯の上から斬鬼丸を押さえた。

「ここで少し待て……」

彼が黒兵の耳許で囁きポンと首すじを一叩（ひとたた）きしたとき、再び鋭い音を立てて山風（やまかぜ）が吹き抜け、先程よりもうるさく隈笹が揺れ騒いだ。

隈笹は熊笹とも書いて、獲物を狙う寸前の気を荒くした熊が潜みやすいとか、どうとか言われている。

隈笹は銀次郎の時代、滋賀、京都、兵庫などではよく自生していて目立ったと言うが、とくに京都の**鞍馬山**や**大原**の山野では旺盛に繁茂することで知られていた。

一〇六

黒兵の歩みを「ここで少し待て……」と止めた銀次郎は、鋪石道の曲がり角まで来て、思わず「あ……」と低い呻きを漏らした。そこから先は道幅が一気に三、四倍の広さとなり、急傾斜は殆ど平坦と化していた。

そして直ぐ目の前、およそ十七、八間先にこちらを向いて黒塗りの古い社がどっしりとした感じで待ち構えている。

念を押しておくが神社でよく見られる朱塗りではない。真っ黒な塗りの社であった。どっしりとした印象のその社は、これほど山深い地のことを考えれば、極めて大きい拵えであると言えた。かなりの古さだが、構えは力強く立派だ。まさに、どっしりとして。

「これが……直冬神社か……なんという不気味な威圧感よ」

銀次郎は呟き、暫くその場に立ち竦んだまま、真っ黒な社を見守った。

黒兵がゆっくりとした歩みで銀次郎に近付き、主の視線を追って鼻を微かに鳴らした。

銀次郎は社とその敷地を身じろぎもせず、熟(じ)っと検(み)つづけ考えた。

が、彼には当然のこと、よく判らなかった。目の前の黒い社が足利直冬が生きている間に建てられたものか、死後に直冬に近い誰かの手によって建てられたものか。

だいいち銀次郎は、足利直冬の歴史について全く詳しくはない。

旗本青年塾においても、日本建築を学問と捉えて本格的に学ぶことなど殆(ほとん)どなかった。

したがって目の前の不気味な黒い社が、どのような**形式**で建てられているのかも判らない。

『社(やしろ)の特徴』は屋根に出ている場合が少なくない。

日吉造(ひえづくり)、流造(ながれづくり)、八幡造(はちまんづくり)、神明造(しんめいづくり)などの形式は『**平入り**(ひらいり)』屋根を用いているし、春日造(かすがづくり)、住吉造(すみよしづくり)、大社造(たいしゃづくり)などの形式は、古代住居から発展したと伝わる『**妻入り**(つまいり)』屋根を使っている。

したがって神社参拝や見物などの際は、『平入り』屋根や『妻入り』屋根とはどのような形式の屋根を指しているのかを学んでおくと、一段と有意義さと面白さを増そう。

（敷地の形もどうも気に入らぬな……）

銀次郎は胸の内で呟くと、黒兵の手綱を引いて用心深くそろりと歩き出た。

敷地は扇形である、とはっきり判った。奥に向かって広がっている形だ。つまり銀次郎は扇の軸綴の部分（元綴の部分）にゆっくりと注意深く近付きつつあった。

その軸綴の部分で石畳（鋪石道のこと）は尽きている。

何かが微かにコツンと触れている。微かに……銀次郎はそう感じ出していた。

夜空の月は、銀次郎が舌を打ち鳴らしたくなるほど、眩しさを更に強めている。

そして銀次郎は遂に、扇状の敷地の軸綴の部分に立った。

敷地は、境内と呼べるほどの広さではなかった。どっしりとした印象の真っ黒な社に、敷地の半分以上が占められていた。

社を建築するのに必要な最小限を切り開いて、平坦にしたという事なのであろう。

銀次郎は黒い屋根瓦が月明りを浴びて鈍い輝きを放っている社へと、近寄っていった。古い社であるのに、紛うことなき黒瓦の屋根であった。古い建物がその重さに耐えているということは、確りとした素材を用い確りとした構造で建てられ、更には人手によって充分に維持管理の手が尽くされているのであろう。

銀次郎は張り出した軒の真下にまで近付いて、見上げた。

目に痛いほどの眩しい月明りのお蔭で、軒の下に掛かった額そのものに彫られた字が、判然と読めた。

怨の一文字だった。その一文字だけで、銀次郎には此処が直冬神社であると判った。何者の手によって彫られたものなのであろうか。うぬぬっと唸っているが如き力強い文字である。まるで今にも火柱を発するかのようでもあった……。

（足利尊氏公に〝我が子よ〟と抱きしめられなかったことが、それほど悔しかったのかえ、直冬さんよう）

銀次郎は言葉を少し崩してブツブツと呟いたあと、怨の額を見上げ目を見開いたまま合掌した。直冬の悔しさ無念さが判らぬでもない銀次郎だった。自分も両親の愛情にどっぷりと浸って育ったとは言えぬ環境だったからだ。そのうえ父は母が亡きあと他の女に手を出し騒動となって、家名を汚し亡くなっている。

（しかし直冬さんよう。問題はお前さんが本当に、人格者と評判だったらしい尊氏公の血を継ぐ子であったのかどうかという事だわさ……が、俺には余り関心のねえ事だがね）

銀次郎は呟いて合掌を解いたあと、何気なく社の裏側へもまわってみた。そして、

「な、なんと……こいつぁ」

と目を見張って驚いた。社の裏側の拵えは、表側と全く同じであった。つまり、どちら側も表側であり裏側である表裏一体の拵えとなっていた。

ただ一点、違うところがあった。

それは反対側の額に彫られていた文字が**烈**であったということだ。

銀次郎は思った。この[烈]の額こそ、御嬢隊（足利奉公衆）の激しい戦闘精神をあらわすものではないか、と。そして幕翁こと前の老中首座**大津河安芸守忠助**が己れの考え方を『**稲妻思想**』と名付けた**炎の思想**そのものをも指しているのではないか、と。

銀次郎はその[烈]の額に対しても、長く合掌した。遠慮なく向かって来ねえ、と

いう思いを込めて。むろん大勢力の相手であると、判っている。まともにぶつかり合えば、勝てる訳がない。しかし銀次郎は胸の内で音を立て出している**己れ自身の『烈』**に、命を預ける積もりだった。

合掌を解いて彼は表側（裏側？）へ戻った。

途端、小さくはない驚きに見舞われて、彼は思わず「う……」と背すじを反らせた。

三十名をこえるかと思われる全身黒ずくめが、社を前にして三列となり片膝をついて待ち構えていたのだ。

ひと目で、黒鍬の者と判らぬ筈がない銀次郎だった。

銀次郎は一応の用心を見せて彼らに近付いてゆき、およそ三間の間を空けて歩みを止めた。

すると最前列中央のひとりが銀次郎の面前に進み出て片膝をつき、頭を深深と下げたあと、覆面の目窓から覗かせている切れ長な目で確りと銀次郎を捉え、口を開いた。

「重要な御報告あるため、黒書院様の行方を配下の者多数を動かし探索いたしてございました。漸(ようや)くのことお目に掛かれました」

「何処(どこ)の何者じゃ。それを先に申せ」

もちろん黒鍬の者と判っていて問うた銀次郎である。

「失礼いたしました。私(わたくし)は黒鍬の副頭領三人の内の**二番位**にあります**司**(つかさ)と申しまする」

「知らぬな」

これは本当であった。銀次郎は司(つかさ)とは初対面だった。しかし相手は、

「私(わたくし)の方は既に黒書院様をよく存じ上げております。陰(かげ)ながら御身(おんみ)のお傍(そば)近くに控えていたこともござりました。ですが、ただいま覆面を取りまする」

「無用じゃ。そのままでよい」

「なれど……」

「黒鍬の頭領の名を申せ」

「**加河**(かがわ)**黒兵**でございます」

「おお、あの髭面の大男な。六尺以上はあろうか」

「いいえ。男名(おとこな)ではございますが黒兵は女(おんな)頭領でございます。身丈(みたけ)は五尺七寸を

ほんの少し超える程度。しとやかで、やさしくふくよかなお体に恵まれた美しい頭領様でいらっしゃいます」

「ふーん……」

「なれど、ひとたび剣や手裏剣を手に致せば……」

「もうよい。わかった。重要な報告とやらを申せ」

「はい。実は黒書院様……よくない御知らせでございます」

「なに。よくない知らせだと……」

「言葉を飾らずに事実をありのまま簡潔に申し上げる非礼をお許し下さい。黒書院様が御役目で江戸を発たれて間もなくのこと、**艶**様の武家作法の御専修先である大番頭六千石お旗本**津山近江守忠房**様が五百石御加増の内示を受けられました。ちょうど津山様の御誕生の日と重なりました故、表三番町の御屋敷で御家族と主な家臣だけによる祝いの席が調えられようと致してございました」

「待て司……その席へは当然、**艶**も招かれていたのだな」

「は、はい。仰せの通りでございます」

苦し気に頷いた司は思わず呼吸を止めた。銀次郎の眦がまるで全てを察したように吊り上がっていたからだ。それだけではない。双つの目がギラリと炎を放ったかの如く凄みを覗かせたと知って、司ほどの者が背すじを寒くさせた。

「すまぬ。話を折ったな。続けよ司」

「よ、宜しゅうございましょうか」

と、司は片膝をついていた姿勢を、そのまま少し前へ滑らせ、立っている銀次郎と再び確りと目を合わせた。

「構わぬ。申せ」

「祝いの席が調い、さあこれから、という刻に庭先より突如、十名の白ずくめが**近江守忠房**様、奥方の**お園**様、ご息女**茜**様、そして**艶**様の四人が揃って談笑しておりました座敷へ雪崩を打って襲い掛かりましてございまする」

「それで?」

腰を下げ司と顔の高さを合わせた銀次郎の目はすでに血走り、唇は小刻みな震えを見せていた。

「近江守忠房様は自分に向かってきた白ずくめ一人を脇差にて危うく討ち倒しましたが、別の白ずくめが奥方様の背中に斬り掛かり、ご息女茜様が母を救わんとしてその背に覆い被さり、艶様も殆ど反射的に茜様の背に……」

司はそこまで言ったあと、さすがに言葉に詰まって項垂れた。

「最後まで確りと申せ司……艶は……艶は苦しんだのか」

「いいえ……」

と、首を横に振った司の短い言葉は、銀次郎に聞き取れぬほど震えていた。

銀次郎はがっくりと両手を地につき、わなわなと両の肩で激しい悲しみをあらわした。

「許してくれ……許してくれ艶……これからの我が人生を、其方に本気で預ける気でいたのだ」

大粒の涙が、月明りを吸って留処なく銀次郎の目からあふれ落ちた。

「黒書院様。艶様は、それはもう見事に六千石ご大身の奥方様とご息女をお守りなさいました。艶様に刃を振るった乱入者は、近江守忠房様が一撃のもと討ち倒されましたが、近江守様は『間に合わなんだ、間に合わなんだ。すまぬ、すまぬ……』と、艶様をいつ迄も抱きしめ男泣きに泣き続けたと……」

「それで艶の亡骸は？」

「我ら黒鍬の大頭領（頭領＝支配に同義）であります首席目付**和泉長門守兼行**（いずみながとのかみかねゆき）様（千五百石）が和泉家の菩提寺へ引き取ろうとなされましたが、近江守様が承知なさりませず結局、津山家の息女として大切に扱われ津山家の菩提寺へ手厚く……」

「そうか。近江守様が我が娘としてな……」

頷いた銀次郎の悲しみ深い表情が、漸く（ようや）のこと少し緩んだ。

「で、乱入者どもは、どうなったのだ」

「津山家の家臣たちと激しい闘いになりましたが、全員が討ち取られました。但（ただ）し津山家の家臣の中にも死傷者が……」

「白ずくめの正体は？」

「髪は古墳時代の**美豆良**（みずら）と称される髪型。剣は**帯執**（おびとり）により幅広の帯から**刃を下向き**にして垂下（さげ）ていたと申します。また身を包んだ白い衣装は、**日本神話の神神の衣装**と称してよい**衣褌**（きぬはかま）姿であったとか……」

「背に弓矢を背負ってはいなかったか？」

「庭のひと隅（すみ）にまとめて置いてあったのが、争いが鎮まったあと見つかったそうでございます。おそらく、邸内での激しい闘いには背負った弓矢はかえって邪魔になる、と判断したものと思われます」

「うむ……」

「上様は……家継様は既に二度、艶様の墓前に自ら幼い手で花を手向けられましてございまする」

「なんと……上様が」

「新井筑後守（白石）様は〝上様の御外出はいま危険すぎます〟と強く反対なされたそうですが、それに対し上様は幼い体を震わせてお怒りになり〝命を賭して御役目に励む桜伊銀次郎縁の女性の不運を知りたるからには将軍として墓前で手を合わさずにはおれようか〟と筑後守様を礚と睨みつけられたそうにございます」

「あの幼い上様が……そうか……そこまで申されたか」

「はい。そこで御外出の上様の身辺を、大番・書院番の選りすぐり衆で固め、更に鉄砲隊と黒鍬男衆でその外側を防備して、二度にわたる墓前への花の手向けを無事に終えることが……」

「上様はご自身の幼い手で私のこの手を……」

銀次郎はそう言いつつ、木刀胝で荒れひどい己れの両掌を眺め、

「……この手に甘えて確りと摑まれた上様が……そうか……短い間によくぞ成長なされたのう」

新たな涙で頰を濡らさずにはおれぬ、銀次郎であった。

そしてその表情が、艶の悲しみを振り払うかのように凛となった。

「司よ。私の江戸留守中に生じたる幕府に直接間接にかかわる異変、他にもあるならば順を追うかたちで、簡潔に全て申せ。全てだ」

「はっ。黒書院様が御役目旅で江戸を発たれた確か翌日のことでしたか、大奥筆頭御年寄（大御年寄）**絵島**様の命を受けた御年寄**宮路**様、御中老**梅山**様、表使**芳川**様の御三人が、随伴の侍ほかおよそ四十名を伴なって大奥関連寺院まわりの途中、刺客集団に襲われましてございます」

「なに、大奥の御女中たちが……」

「受けた被害は軽うはございませんでした。随伴の侍のうち五名が瀕死の重傷、七名が軽傷、また大奥女中の八名が軽傷を負いましてございます」

「死者が出なかったのは、不幸中の幸いという訳か……」

「寺院まわりの途上に、柳生新陰流の看板を許されている関口道場がございまして、その道場から道場主の関口俊久様ほか門弟たちが駆けつけ、いま申し上げました被害の程度ですんだのでございます」

「うぬ。**大和柳生**(やまと)に襲いかかるだけでは終らず、刺客どもは遂に大奥にまで手を出したのか……で、その他に異変は？」

「この事件のあと、新陰流道場の関口俊久様は報復され殺害されました。また柳生家第一の高弟として知られる佐野嘉内(さのかない)様も天誅(てんちゅう)と名乗りし暗殺者に襲われましたが、これは相手に深手を負わせて撃退なされました」

「さすが柳生家第一の高弟として知られる御人だけのことはあったな……それにしても徳川将軍家の兵法執政官と称してよい柳生家に次次と襲いかかるとは……」

「暗殺者たちは明らかに、一本に張られた線上で厳密に統制された行動様態をとっているかに思われます。彼らの素姓(すじょう)は一つに絞られてきた、と黒鍬には見えてきてございます」

「つまり幕翁の残党……」

「いいえ黒書院様。残党と申すよりは、幕翁思想を確りと継ぐ、**無傷同様の別動**

隊が存在すると申した方が宜しいと存じまする」

「無傷同様の別部隊……なるほど司よ。桜伊銀次郎、承った」

「あともう少しご報告がございます」

「申せ」

「遂に大奥が激震いたしました」

「ん？……先程の、宮路、梅山、芳川ら大奥女中たちが襲撃された事件とは別の話か」

「別の話どころではない凄まじいばかりの大激震でございます。かねてより木挽町五丁目（現在の銀座七丁目十四番地界隈）の山村座人気美男役者生島新五郎と深い仲であったと噂されておりました大奥筆頭御年寄絵島様が、このたび粛清されましてございます」

「なに？」

聞いてさすがの銀次郎の面にも驚きが、ザアッと音立てて広がった。

司が続けた言葉に、銀次郎の表情は驚きをこえて硬直を始めた。

「粛清の対象は絵島様のみならず、絵島様とこれ迄に享楽を共にした大奥女中

たちとその兄弟縁者たち、**生島新五郎**ほか山村座の関係者、そしてこの享楽事件を陰で積極的に取り持った大奥関係役人と大奥御用達商人など、千五百名以上に及びましてございます」

「なんと千五百名以上の粛清とは、これまた前代未聞ぞ」

「対象者全員に向けて、個人別ではなく一括告知のかたちで、死罪、打首、改易、閉門、永遠流、遠島（流罪）、追放、親類預け、など八処分のかたちが言いわたされ、今後半年から一年をかけて詳細取調の上、個別に断罪されるものと思われます」

「打首や改易、閉門もあると言うのか……」

「絵島様の私的交流は、単に生島新五郎のみならず、幾つかの武家に及んでいると判明いたしましてございます故……」

「なるほど……」

　頷いた銀次郎の声は、思わず掠れていた。絵島に一度、ごく短時間ではあったが料亭へ呼びつけられたことを思い出したからだ。まさにゾッとする出来事であった、と今さらながら身震いを覚える銀次郎だった。

「武士に対してと思われる打首、改易の対象者が誰かについて、黒鍬なら見当ぐらいはついていよう。教えてくれ」

「仰いますように見当ならばついてございます。ですから決定罪科とは違ってくるかも知れませぬ。それで宜しゅうございましょうか」

「一向に構わぬ」

「打首は従三位中納言**水戸徳川家**の家臣**奥山喜内**（実在）、改易は幕府勘定方役人**西与一左衛門**（実在）と思われます」

「これはまた……絵島の権力というのは、御三家水戸家の家臣や勘定方にまで及んでいたのか」

「まさに**表の老中並**の力を絵島様は有しておられたようでございます。まさに……」

「その権力者、絵島の罪科は？」

「死罪に間違いございませぬでしょう。ですが**上様の御生母**である**月光院**様付として大奥の全権を掌握なさってこられた絵島様の罪科につきましては、**表の老中若年寄会議**に対して『減刑を検討するように……』と月光院様の強い圧力がかかっているようでございます」

「判った。報告を受けるのは、ここ迄としておこう」

「あと一点、大事なことを申し上げねばなりませぬ」

「なんだ?……」

「急ぎ江戸へ戻って参るように、と老中若年寄会議の命令でございます。首席目付**和泉長門守**様の御意思でもございます」

「何を言うか。江戸のお偉方というのは、どうも危機意識が薄いのう」

「皆様、黒書院様の身の安全を大事に考えていらっしゃいます」

「このまま、この場から江戸へ帰る訳にはいかぬ。何の結果も出さずに此処に背を向ける訳にはいかぬ。おい司（つかさ）よ。黒鍬の二番位副頭領に就く程の者なら、この場へ来る迄の途中で、深刻な事態の一つや二つ、把握してきたであろう」

「はい。確りと……」

「言ってみろ……」

「尚冬岳と称するこの山は直冬を御神体として祀（まつ）り、幕翁思想を崇拝する戦闘的反幕結社の拠点でございます」

「その通りよ。そして湖東城下の人人はその結社構成員を指して、御嬢隊とか称しておる」

「はい。その点についても、確認いたしましてございます」

「その御嬢隊の素顔というのが、この尚冬岳の麓に点在する村村の民、つまり十五歳以上の男衆なのだ。そうだな司」

「おそれながら、それはいささか違いまする」

「違う？……いや、そのような筈はない。私は既にそれらの村の人人に会い、ヒヤリとした経験をしておるのだ。そのあと、こうして尚冬岳に踏み入っておるのだが」

「尚冬岳の麓の村村は、戦闘的反幕結社を構成するものでは決してなく、戦闘的反幕結社の活動を支援する輜重的性格を帯びた存在、と把握できましてございます」

「**しちょうてき**性格？……お前が言う**しちょうてき**とは、前線の部隊へ軍需物資を輸送・補給することを指すあの**輜重**のことか」

「左様でございます。我ら黒鍬は、それらの村村が米、麦、粟、稗など穀物の栽培だけでなく、桃、柿、栗、梅などの大量収穫技術や加工技術に極めてすぐれた農民集団であることを、突き止めましてございます。そしてそれらの農産品を安定して反幕結社に対して供給しておりまする」

「そのような輜重集落であったのか。この尚冬岳の麓の村村というのは……」

「はい、間違いございませぬ」

「念を押して訊ねるが、それらの集落の十五歳以上の男衆が、つまり戦闘的反幕結社の構成員では決してないのだな」

「そう断言できまする。結社の戦闘能力が著しく消耗したる場合は、それら集落の男衆で一時的に補充する可能性は全く無い訳ではありませぬでしょうが、そのような補充手段を取っておりまするど今度は軍需生産集落としての輜重能力が落ちてくるなどの悪影響が出て参ります。**戦闘部隊にとって欠くべからざる重要なものは軍需物資とくに食糧**でございます。**食糧が無ければ如何に大量の弓矢、鉄砲**を所有しておっても、部隊は確実に自壊（組織などが自から自然に壊れていくこと）への道を歩み始めまする。これは**戦闘第一の理**（法則・原理）であると、我ら黒鍬は心得てござります」

「うむ……」

銀次郎は司の言葉に、満足気な目つきで深深と頷いてみせた。

「では司よ。その戦闘的反幕結社だが、私はこの尚冬岳の何処ら辺りに潜んでおるのかまだ把握できておらぬ。お前たち黒鍬はそれについては摑めておるのか。どうだ？」

「非常に重要であるそのことに関しましては、斥候活動に擢んで出て秀れている者に御報告させて下さりませ」

司はそう言うと後ろを振り向き、「猿助これへ……」と声の高さを絞って告げた。静かな月夜の山林に響きわたることを抑えた発声の仕方、と銀次郎には直ぐに判った。

「はっ」と、これも低い男声で応じた小柄な黒ずくめが、黒鍬衆の中からするすると滑るが如く進み出て、司の横に正座をした。

司が穏やかな小声で猿助とやらに命じた。

「猿助。湖東の地に入ってからお前が己れの目で見、己れの耳で盗聴たことを黒書院様に簡潔に御報告申し上げなさい」

「畏まりました。戦闘的反幕結社の構成員はおよそ三百数十名。全て男で構成されており、かなり年若い者を含んでもいます。彼らの拠点はこの位置より西方へ約半里……」

「なに半里……近いな」

「はい。近(ちこ)うございます。但し途中で険しい谷を一つ越えねばなりませぬし、高度もこの位置よりはかなり高くなりまする」

「どれくらい高くなるのだ」

「正確に申し上げるのは難(むずか)しゅうございまするが、この猿助の体感で申し上げますれば七十丈(じょう)以上は高くなろうかと思われます」

「七十丈以上か。彼らの拠点までは此処から約半里。そして高度を更(さら)に七十丈ばかり上がるとなると、山道は余り緩やかとは言えぬな」

「山道は石は敷き詰められてはおりませぬが、よく整備されてございます。それに人馬ともに苦になるほどの傾斜ではございません。なにしろ直冬神社に通じる参道でもございますゆえ」

「うむ……」

「奴らはどうやら総力をあげて江戸へ向け発つのではと思われます。動きが尋常ならざる慌ただしさを見せ始めておりました故」

「彼らの鉄砲・弓矢の備えは把握できているのか？」

「鉄砲、火薬および弓矢などを保管する倉庫は突き止めてございます。しかし鉄砲は江戸へ向け移動する様子を全く見せておりませぬ。ただ、弓矢の備えについてはかなり念を入れ、また相当量の油を皮革袋に詰め始めておりました」

「なに、油を皮革袋にか？」

　ここで黒鍬二番位副頭領の司が、膝を銀次郎の方へ詰め硬い表情で言った。

「黒書院様。これはひょっとすると、火矢に用いる油かも知れませぬ」

「火矢の油か。その可能性は確かにあるな司。江戸を火の海にしようとする計略かも」

「はい。それに火矢ならば対人武器としても、すこぶる強力でございます。重要な地位にある幕僚を火矢で黒焦げにすれば、やられた組織は震えあがりましょう」

「火矢は音を立てぬから、こちらの所在位置を相手に気付かれ難い。だが鉄砲の発射音は派手に轟くゆえ相手に自分の位置を教えてしまうことになりかねない。そうは思わぬか司よ」

「その通りでございます。反幕結社は表街道を利用しないと思いますので黒書院様、江戸までの裏街道に接する**各地の〝草〟**として潜む黒鍬者に対し、今から伝令を放ち警戒を強めさせたいと思いまする……」

「うん、そうしてくれ。但し反幕結社はこの地から一歩たりとも出さぬ」

「え？……」

「江戸へは一歩も近付けぬ。結社はこの尚冬岳で叩く」

「ですが、此処におりますこれだけの人数では……黒鍬の中でも選りすぐりを率いては来ましたが」

「よく聞け司。湖東地方の人人の人情はやさしくて厚い。戦闘的反幕結社の者たちは強烈な目的意識を持つ誠に秀れた集団であろうが、その素顔は湖東地方の普通の人人とおそらく変わらぬ。私はこの地に入って自らそれを肌に感じた。温かなやさしさを与えられたのだ。それゆえ、結社の動きをなるべく無血あるいは無血に近い状態で封じたい」

そう告げる彼の脳裏を、不戦庄屋六道久右衛門とその家族、大山崎連衆村の長である明智三郎助定行の老母千、そして庄屋紀左右衛門の老妻千衣の顔などが過ぎった。

司がやや強い口調で返した。

「無血あるいはそれに近い状態で封じることが出来れば、双方血を流すことが少なく理想でございましょうが、私は不可能に近いと感じます。それに黒書院様。彼らの烈し過ぎる目的意識は艶様の尊いお命を奪っております。これは許せませぬ」

「我我も幕翁や床滑七四郎を討ち倒し、その配下の者多数を地に沈めたのだ。血を流せばその血は、更に次の血を招く……そうは思わぬか司。私は自らの命を投げ出して大身旗本家の奥方と息女を守った艶の勇気を、血で汚したくない」

「黒書院様のお気持は判りますが、争いの無い平和を築くためにも、必要な闘いは時に避けては通れませぬ。それに黒書院様は、御役目を全うする責任があるのではございませぬか。老中若年寄会議も首席目付様も、黒書院様を江戸へ戻す命令を発しましたが、それを黒書院様は先ほど事実上拒まれました。黒書院様、此処にいま揃っている黒鍬の精鋭は命を黒書院様にお預け致します。どうか我我に任務をお与え下さい」

「司（つかさ）……」

「はい」

「全員が死ぬかも知れぬぞ」

「固（もと）より覚悟は出来てございまする……ぜひとも任務を」

「その前に、裏街道に接する各地に潜む〝草〟に伝令を放ってくれ。怪しい男および女ひとりたりとも江戸へ向かわせるな、と……事は急ぐ。私の馬を使え」

「畏まりました。猿助、お前が動け。直ぐにだ」

「はっ」

司（つかさ）に命ぜられた猿助は、銀次郎に対し深く頭を下げると、立ち上がって風の如く消え去った。

「皆、もう少し私の前に集まってくれ」

銀次郎が促すと、黒鍬衆は滑るようにして動き、銀次郎を取り囲んで片膝をついた。

「改めて申すが、湖東地方の人人は、心温かく人情にすぐれ愛情に深い。この地で私は血を流したくはない。だが司が申したように、安定した平和を築くための不可欠な闘いというのは確かにある。よって血を流さねばならぬ〝嫌われ役〟は、私一人が引き受けよう。黒鍬の者はこの地で一滴の血も流すな。敵を殺傷してはならぬ。私のこの命令が受け入れられないのであれば、即刻この場から立ち去るがよい」

「で、ですが黒書院様……」

聞いて司が悲愴な顔つきとなった。

「まあ聞いてくれ司。戦闘的反幕結社、この組織を私は湖東城下の人人が称しているように**御嬢隊**と捉えてきた訳だが……」

そう言いつつ銀次郎は皓皓たる月明りのもと、すっくと立ち上がって**御嬢隊**と指先で大きく書いてみせた。

「この御嬢隊だが、唯一大きな欠点を有していると、湖東城下のさる人との会話からまさに偶然教えられた」

沈黙の黒鍬衆が銀次郎の話に、思わず顔を見合わせた。

そのざわめき無きざわめきは、直ぐに鎮まって銀次郎の話が続いた。

「その唯一の欠点というのが、**美しいまでに厳しく統制された部隊**である、ということなのだ司よ」

「**美しいまでに厳しく統制された部隊**……でございますか？」

「そうだ。黒鍬衆の二番位副頭領の司ならば、それこそ瞬間的に**何かが欠けているると察知できるのではないかな**」

「遊撃……遊撃的攻撃能力に劣るのではないか、と考えられます」

「なぜだ？……」

「厳しく統制された学習、つまり厳格に計算され組立てられた『型』に見事にはまった統制型の訓練では、咄嗟に生じた複雑型戦況（多変型戦況とも）への応用的反撃能力に劣るのではないかと推量いたします。要するに先見能力に劣ると……」

「むつかしい事を言うのう……では、遊撃とは何なのだ。そこのお前、言ってみなさい」

銀次郎は自分の直ぐ左前に片膝ついている大柄な黒ずくめを目で促した。

「はい。遊撃は黒鍬が最も得意とする戦い方でございまする。激しい戦況の変化変化に鋭く応じ、それこそ敵に対し多変型打撃を加える闘い方でございます。我ら黒鍬は、遊撃という言葉を聞いただけで、全身がウズウズして参ります」

「ウズウズなど余計な言葉を付け足さなくともよい。非礼であろう」

すかさず司が、大柄な野太い男声の黒ずくめを、穏やかな口調で叱った。

叱られた黒鍬は素早く一尺ばかり下がって正座をするや「失礼いたしました」と深深と平伏し、銀次郎は黙って頷きを返した。そして司を見下ろし、目を合わせた。

「そこでだ司……」

「はい」

「これより黒鍬には遊撃的行動に移って貰う」

「承知しました。如何ようにも、お命じ下さりませ。全力で従いまする」

「御嬢隊の拠点には、さまざまな軍需物資の倉庫があるとわかった。黒鍬はこれらに対し放火または爆破して、二度と使用できぬようにしてくれ」

「畏まりました」

「先程も言うたように御嬢隊の唯一の欠点は、美しいまでに厳しく統制された部隊である、ということだ」

「左様でございます」

「よって、御嬢隊の最高統率者および次席幹部級の幾人かを討てば、御嬢隊は混乱に陥って身動き出来なくなると想像したい」

「その可能性は強うございましょう」

「有能な斥候である猿助は、最高統率者および次席幹部級が合わせて何人いるのかについても、把握できているのか」

「勿論でございます。五名から七名の間で、ひときわ大きな丸太拵えの隊舎が彼ら幹部たち共同の住居、と猿助は申してございました」

「位置は？」

「御嬢隊の拠点の地勢は東西にのびた平坦な小判形、つまり楕円状らしく、幹部らの共同隊舎は東端に位置すると申しておりました」

「東端……」

「この位置から進めば、手前端と言ってよい所、と猿助は申しておりました」

「判った。その共同隊舎に住まう幹部たちは、俺が討つ」

〝俺〟に力を込めた銀次郎であった。

「お一人で……ございますか」

「そうだ。血の闘いは俺の責任でやる。黒鍬は加わってはならぬ」

「無理でございます。危険でございます」

「司。俺の眉間や頬、顎にいまだ消えずに残っている幾条もの刃の傷のあとをようく見よ。これが俺の……これが俺の御役目の証だ。ごちゃごちゃ言わずに、俺の命令を直ぐさま行動に移せ」

「なれど……」

「行けっ」

銀次郎に険しい目で睨みつけられ、司は漸く「は、はい」と答えた。

「目的を達したなら皆、ばらばらで急ぎ江戸へ向かえ。生きていたなら江戸で再び出会えることもあろう。急げ司……」

「畏まりました」

決意すると素早い黒鍬であった。司の指示のもと皆たちまち銀次郎の前から消え去った。

一〇七

「この谷か……深いな」

銀次郎は猿助から聞いていた谷——巨岩の目立つ——まで辿り着き、息を吸って吐いてを二度繰り返した。此処までの山道はよく整備され、勾配もさほど急ではなかったが、銀次郎は深い疲労を覚えていた。今日まで御役目（旅）に没頭し更にまた没頭したことで、彼の頑健な肉体が内側から悲鳴をあげ始めていることに、彼ほどの者がまだ気付いていなかった。

「黒鍬衆はすでに、この谷を渡り切ったのであろうな」

遅れてはならぬ、と銀次郎は辺りを見まわし、ひときわ巨きな岩が谷底を覗き込むようにしている場所に気付き、近付いていった。亀の頭のような巨岩だ。

皓皓たる月明りは谷底まで届いており、急な細い流れが月明りを吸って白い帯のように輝いていた。山肌は谷底まで巨岩と木立が入りまじっていた。木立はさほど高くはない。

銀次郎は亀の頭の形をした巨岩の脇から下り出して直ぐ、多くの足跡が木立の間を縫うようにして谷底へと下りているのに気付いた。

黒鍬衆の足跡以外には考えられない。

その足跡を頼るようにして、銀次郎は谷底を目指した。

さすが黒鍬の残した足跡だった。割に確りとした足下に銀次郎は満足した。

だが、急な細い流れを渡り、岩岩の間に今度は竹が目立ち出した急峻な山肌を勢いつけて登り出した銀次郎は、重なり繁る竹の枝葉の向こうに輝いている月を仰ぎ見て足を休め、思わず舌を打ち鳴らしていた。

漸く、徒ならぬ足の重さに気付いたのだ。

「少し働き過ぎたかな……」

呟いて唇の端に薄ら笑いを浮かべた銀次郎であったが、思い直したように岩岩の間を埋めている竹林を登り出した。

人間の疲労は必ず足腰から来る。

銀次郎は己れの肩や両脚に日頃から漲る力・気力が、いささかも衰えていないことを確かめつつ、登る勢いを上げていった。その点では、竹林は彼を助けた。

竹の稈(かん)（幹のこと）を両の手で摑みざま、腕力でぐいっと体を引き上げるようにして崖の上を目指した。

登るにしたがい、竹林は密林(みつりん)化して足下はやわらかな砂岩状となっていった。

（奇妙な険しい山よ。これほどの高度で竹が密林状態の山肌になるとは……）

銀次郎はブツブツと呟いた。

これまで幾度となく険しい山に踏み入った経験から、離れた位置から眺めた尚冬岳はおそらく三百**丈**（約九百メートル）以上の高さはあるだろう、と思った。

丈とは一九五八年十二月三十一日付で**原則として**廃止された**尺貫法**（度量衡制度）における**『長さ』**（度と称する）の単位である。**厘**、**分**、**寸**、**尺**などもこれに当たる。

『距離』では、**間**、**町**、**里**、**『面積』**では、**合**、**歩**、**畝**、**段**、**町**、となるがこの辺りで止しておこう。筆者が大手の酒味噌醤油店や製氷販売店などで友人たちと学生アルバイトに励んでいた頃はまだ**合**、**升**、**斗**や**貫**を確かに用いていたから、思い出すとちょっと懐かしい。この尺貫法が成立したのはいつ頃なのか、学問的には未だ確定していないようだが、**続日本紀**(しょくにほんぎ)（日本書紀に次ぐ勅令編纂史書、全四十巻。延暦十六年〈七九七年〉二月完〉に、『大宝二年〈七〇二年〉、始頒度量于天下諸国——はじめて度量を天下諸国にわかつ』とあることから、我が国の度量衡制度が七、八世紀の頃には動き出していた可能性がある。

銀次郎は用心深く崖の上に這い上がって、息を殺した。微かにだが、人の話し声らしいざわめきが伝わってくる。

灌木（かんぼく）が銀次郎の体を隠していたが、六尺とない低木なので立ち上がる訳にはいかなかった。

皓皓たる月明りだ。立ち上がれば見つかってしまうかも知れない。

銀次郎は大小刀を後ろ腰へまわして灌木の間を、それこそ這って進んだ。

黒鍬は何処へどのように散開したのか、彼らの気配は全く感じられなかった。

銀次郎は灌木の下に潜る状態で、かなりの速さで這って進んだ。正しい方向へ進めているのかどうかなどは、無論わからない。頼りになるのは、微かに伝わってくる人の話し声らしいざわめきだ。

どれくらい這い進んだであろうか。目の前が急に明るく開け、まばゆい月明りの下、切り開かれた広大な平坦地に建つ幾十もの**丸太小屋の集落**が現われた。ひっそりとして静かだが、人声も伝わってきた。

(あれだな……)

銀次郎は直ぐさま、猿助が斥候してきた〝ひときわ大きな丸太組の幹部用隊舎〟を集落の中に捉えた。銀次郎の位置からは、真正面だ。それに近い。

けれども彼の表情は次の瞬間、唇を不満気に〝への字〟に結んでいた。

その幹部用の隊舎を脇から挟むかたちで、明らかに護衛隊舎と見られるものが二棟あって、屈強そうな美豆良髪の〝**御嬢**〟が月明りのなか辺りを見まわしながらゆっくりとした動きで出入りしている。

銀次郎は灌木の奥へいったん下がって、考え込んだ。

(護衛の連中に守られているとなると、幹部連中を倒すには……血みどろになるなあ)

銀次郎は、そう思って舌打ちをし表情を険しくした。大山崎・連衆村の**婆ちゃん千**(せん)、不戦庄屋の温かな人人とりわけ幼なく可愛い**千重**、そして庄屋紀左右衛門の老妻**千衣**(ちい)、それらの人人の顔が脳裏に浮かんでは消え、を繰り返し銀次郎を苦しめた。血を流したくない、と本気で思っていた。だが司(つかさ)が言ったように、〝刺客・美豆良〟の凶刀によって、艶は命を奪われているのだ。若く美しい艶は一体何のために江戸に呼び出されたのか。呼び出したのは銀次郎である。大坂に居続けていたなら艶は幸せを摑めたかも知れない。それが江戸へ出てきたばかりに酷い人生となってしまったのだ。

「すまぬ艶……お前の死を無駄にはしない」

銀次郎はそう呟くと、腹這いの姿勢を改めて、胡座を組み、大小刀を腰の正しい位置へ戻した。いよいよ打って出るつもりだ。

このとき、月夜の空が、地を震わせて二度、三度と轟いた。

晴天雷か？

そして頭上を稲妻が、東から西へと続けざまに走って、地上の全てがカアッと焼けるが如く閃光色に塗り潰された。そして、ドドンと打ち震える大地。

山の落雷は強烈と決まっている。それは凄まじい。

（これは有り難い……）

と、銀次郎は灌木の中を、ジリッと移動した。

護衛隊舎と思われる中へ、屈強の〝御嬢〟たちが三人、四人と慌てふためき駈け込んでいる。山の雷の恐ろしさは、誰よりも熟知している彼らであろう。とくに晴天雷は不意に襲ってくるから危険この上ない。

この時であった。**丸太小屋の集落**の遠い所で、地上から天に向かって巨大な火柱が噴き上がり、寸陰を置かず爆発音と地響きが銀次郎を襲った。

（やってくれたな。黒鍬よ……）

と銀次郎はすかさず立ち上がり、顔の前に両腕を揃えて立て、灌木の外――直ぐ目の前――へ向かって一気に走った。両腕を顔の前に揃えて立てたのは、小枝で顔を突かれるのを防ぐためだ。

灌木の外へ飛び出した銀次郎は、そのままの勢いで間近な巨木の陰に体を張り付けた。

『**御嬢集落**』は大混乱に陥っていた。晴天雷に続いて突然の大爆発である。巨木の陰に張り付いている銀次郎の耳に、叫び声や怒声、それに大勢が一斉に走る足音までが伝わってきた。

彼は袂から取り出した細紐で手早く襷掛をし、腰に帯びた大小刀の位置をやや腹前へ調整すると、月を仰いだ。

双眸が切れ長に走り、眦は吊り上がっていた。野生のような――粗野にさえ見える――彼の戦闘本能に火が点いた証だ。カリッと奥歯を一度嚙み鳴らした銀次郎が、月に向けていた視線を足下に落としたあと、息を浅く吸って木陰から片目を覗かせた。

幹部用隊舎――に相違ない――の前には腰に剣を備えていない六名が、そして護衛隊舎であろう二棟の前にはそれぞれ武装した七名が、銀次郎に背中を向けて、立ち上がる紅蓮の炎を茫然の態で眺めている。

不意に目の前に生じた余りの重大事を、理解できていないかのようだった。

爆発は、容易に鎮まらなかった。いや、連続状態だった。

そのたびに、月夜の空が真っ赤に染まって、砕けた何かが高高と舞い上がるのがはっきりと見えた。

明らかに火薬庫の爆発だ。だとすれば、黒鍬は最も重要な施設を最初に手に掛けてくれたことになる。

しかし茫然自失状態の**幹部御嬢**たちの放心状態は、ついに我を取り戻さざるを得なくなった。

別の大きな火煙(かえん)が、更に近い左手の方角でも生じたのだ。ボオオッという獣のような吼(ほ)え声を放って。

「行けっ。なにをしている。ぼやっとするな」

幹部隊舎の前の一人が、甲高い声で怒鳴りつけた。怒りの余りであろう〝非情〟な声の響きになっている。

護衛隊舎の前の武装した全員が、怒鳴りつけられ、弾かれたように駈け出した。鍛えられているのであろう足は速い。

だが、命令されなければ動かない、いや、動けない、という性格をチラリと覗かせていたではないか。

「あ、また火が出た……」

「あれは食糧倉庫だ。まずい」

「くそっ。侵入者がいるぞ」

三件めの火柱が噴き上がって動揺する**幹部御嬢**たちの口から、漸くのこと〝侵入者〟という言葉が飛び出した。

同時に、馬逃走が始まったらしい、夥(おびただ)しい蹄(ひづめ)の轟き。さては黒鍬衆が解(と)き放(はな)

ったか。

「我らも動くぞ。急ぎ剣を取れい」

最初に甲高い声を発して護衛の者たちを怒鳴りつけた**幹部御嬢**が、非情な響きの命令口調で矢張り怒鳴りつけるように言いざま、踵(きびす)を返し幹部用隊舎に駈け込んだ。

体の向きを変えたその一瞬、皓皓たる月明りは彼の顔を鮮明に浮き上がらせた。

(いた。**明智三郎助定行**……矢張り来ていやがったか。貴様だけは許さん)

銀次郎は胸の内で呻(うめ)き、息子**明智三郎助定行**に斬首された**婆ちゃん千**のやさしさを思い出して、またしてもギシリと奥歯をこすり鳴らした。

銀次郎は血相を変えた**幹部御嬢**の全員が、隊舎内へ飛び込むのを待った。

集落内は、三地点の爆発・火災現場を目指して駈け出す大勢の**御嬢**たちで大混乱となっていた。

此処は急峻な山腹を切り開いて平坦に造成した、御嬢隊のいわゆる教練場だ。谷川の清水を手軽に飲料水と出来るところに、彼らの油断があった。爆発的火災に対処するだけの充分以上な貯水があろう筈がない。

不戦庄屋の六道久右衛門が「……あの集団は桁外れに強い。相手にするなど命が幾つあっても足りません……」と言った御嬢隊とは似ても似つかぬ右往左往であった。

幹部の一人が隊舎から現われた。腰から剣を下げ、弓矢を背に負っている。

銀次郎が抜刀し地を蹴った。

上体を〝くの字〟に折って、月下を韋駄天走に走った。標的は目前。近すぎるほど目の前だ。

突如飛び出した銀次郎に気付いて相手が「あっ」という表情になり、抜刀。

しかしこのとき銀次郎は、右の肩から相手に激突するかたちで、斬鬼丸を下から上へ跳ね上げていた。月光を吸って斬鬼丸の刃が、ギラリと光る。

「曲者。ぎゃあっ」

〝曲者と悲鳴〟を殆ど同時に発した相手が、抜き放った剣で斬鬼丸を防ぐよりも先に、体から離れた其奴の左膝から下が、高高と舞い上がった。

小粒な無数の赤い花が月明りの中を、飛び散る。

銀次郎の右肩で突き飛ばされ仰向けに倒れた其奴を銀次郎が勢い落とさず踏みこえ、贅沢過ぎるくらい広い隊舎内へ突入。

「おのれ下郎……」

掛け行灯の薄明りの下にいた二人目――巨漢――が、突入する銀次郎の余りの速さに抜刀が間に合わず、巨体を銀次郎に激しくぶっつけた。他の仲間のため、命を賭けての時間稼ぎだ。

其奴の両の手が、銀次郎の首を絞めあげる。

ゲッと喉を鳴らした銀次郎であったが、それはほんの一瞬のことだった。

直後、

「うわっ」

と巨漢は悲鳴を発し、両手首から先が無くなっていることに気付いてその場に崩れた。

巨漢の両手を首に巻き付けたまま、顔面血まみれとなった銀次郎が、掛け行灯の薄明りの下を、**正眼の構えで待ち構える二人**に挑みかかった。顔面を朱に染めて首に巨漢の両手を巻き付けているのだ。眦は吊り上がり、息荒く口を開いた銀次郎の凄まじい形相に、**正眼に構える御嬢の二人**は思わず下がった。

　奥の方の掛け行灯の明りが何者かの手によって消され薄暗がりが広がった。

「参れええっ……逃げるな」

　銀次郎は薄明りの中へ逃げようとする相手に荒荒しく迫った。尚も御嬢二人は**正眼に構えたまま**下がり、そして突然申し合わせたように右と左へ開いた。掛け行灯の明りが消された奥の方の薄明りの中に、銀次郎のすぐれた視力は別の二つの黒い人影を捉えた。

　その人影の一つは、明らかに弓を絞っている姿勢だ。至近距離に過ぎる。

　銀次郎の反射神経はこのとき既に、五尺七寸余の肉体を飛燕の速さで、**正眼構えの一人**に突っ込ませていた。

　同時に薄暗がりの中で、矢が放たれた。矢羽(やばね)が空気を裂く鋭い音。

　銀次郎と正眼構えが打ち合ったかに見えた刹那(せつな)、御嬢は利き腕を斬り飛ばされ、悲鳴をあげる間(ま)もなく〝片手万歳〟の状態で、トトトトと下がった。

　厚い和紙を引き破るような鈍い音がして、其奴の背から胸を貫通した鏃(やじり)が、銀次郎の左肩に食い込んだ。

何という事か。剛弓から放たれた矢は、標的に命中するや体内で矢柄と鏃に分離し、鏃は余り速度を落とさずに貫通して、第二の標的に傷を負わせる。そういう拵えになっていたのだ。

銀次郎は「うっ……」と顔を歪めはしたが、行灯の薄明りの下から薄暗がりの中へ駈け踏み込むや、第二の矢を構えようとしていた其奴に迫り、烈帛の殺意を込めて斬鬼丸を真っ向から斬り下ろした。

頭蓋が割れ、血しぶきが扇状に噴き広がって、其奴はもんどり打って床に叩きつけられた。

床がギシンと軋み鳴る。

残りは二名。だが一人は、ひと言も発さず、表へ飛び出した。

銀次郎は荒い息で肩を波打たせ、血刀の先から垂れ落ちる血玉の音に合わせ、最後の一人に迫った。其奴はすでに、下段に構えている。

「明智三郎助定行。心やさしき千殿の仇を討つ」

「笑わせるな幕府の狗侍めが。こちらこそ叩っ斬ってやるから有り難く思え」

薄暗がりの中で、三郎助定行は下段の構えから、正眼構えへと移った。

が、銀次郎は構えなかった。無造作に血刀を下げたまま大股で三郎助に迫った。婆ちゃん千のどことなく品のあるやさしい面影が胸の内に甦っていたから、怒りの感情は沸騰していた。

己れの肉体を、熱い、と銀次郎は感じた。

「いえい」

薄暗がりの中で気合が迸り、三郎助が銀次郎に激しく打ってかかった。ヒョッと唸る室内の空気。

双方の刀が二合、三合と目にも止まらぬ速さで激突を繰り返し、ギン、チャリンという耳を突く鋼の甲高い音が響いた。青白い火花が飛び散る。

斬ってみろ、それ斬ってみろ、と言わんばかりに銀次郎は押した。それはもはや剣法ではなかった。御役目でもなかった。ただひたすら**婆ちゃん千**のための怒りであった。

「この糞ったれ狗が……」

異様な銀次郎の〝押し攻め〟に苛立ったのか、三郎助が豪快な大上段落としを放った。これは無謀に過ぎた。

口をあけた大きなスキ——腋(わき)の下——へ、銀次郎の斬鬼丸が一条の稲妻と化して吸い込まれていく。

その転瞬(てんしゅん)、斬鬼丸は激烈な無外流(むがいりゅう)剣法に豹変(ひょうへん)した。

（第二期　完）

「門田泰明時代劇場」刊行リスト

ひぐらし武士道
『大江戸剣花帳』（上・下）
徳間文庫　平成十六年十月
光文社文庫　平成二十四年十一月
新装版　徳間文庫　令和二年一月

ぜえろく武士道覚書
『斬りて候』（上・下）
光文社文庫　平成十七年十二月
徳間文庫　令和二年十一月

ぜえろく武士道覚書
『一閃なり』（上）
光文社文庫　平成十九年五月

ぜえろく武士道覚書
『一閃なり』（下）
光文社文庫　平成二十年五月
徳間文庫　令和三年五月
（上・下二巻を上・中・下三巻に再編集して刊行）

浮世絵宗次日月抄
『命賭け候』
徳間書店　平成二十年二月
徳間文庫　平成二十一年三月
祥伝社文庫　平成二十七年十一月
（加筆修正等を施し、特別書下ろし作品を収録して『特別改訂版』として刊行）

ぜえろく武士道覚書
『討ちて候』（上・下）
祥伝社文庫　平成二十二年五月
徳間文庫　令和三年七月

浮世絵宗次日月抄
『冗談じゃねえや』　徳間文庫　平成二十二年十一月
　　　　　　　　　光文社文庫　平成二十六年十二月
（加筆修正等を施し、特別書下ろし作品を収録して『特別改訂版』として刊行）
　　　　　　　　　祥伝社文庫　令和三年十二月
（上・下二巻に再編集して刊行）

浮世絵宗次日月抄
『任せなせえ』　光文社文庫　平成二十三年六月
　　　　　　　　祥伝社文庫　令和四年二月
（上・下二巻に再編集し、特別書下ろし作品を収録して刊行）

浮世絵宗次日月抄
『秘剣　双ツ竜』　祥伝社文庫　平成二十四年四月

浮世絵宗次日月抄
『奥傳　夢千鳥』　光文社文庫　平成二十四年六月

浮世絵宗次日月抄
『半斬ノ蝶』（上）　祥伝社文庫　平成二十五年三月

浮世絵宗次日月抄
『半斬ノ蝶』（下）　祥伝社文庫　平成二十五年十月

浮世絵宗次日月抄
『夢剣　霞ざくら』　光文社文庫　平成二十五年九月

拵屋銀次郎半畳記
『無外流　雷（いなずま）がえし』（上）　徳間文庫　平成二十五年十一月

拵屋銀次郎半畳記
『無外流 雷がえし』（下）　徳間文庫　平成二十六年三月

浮世絵宗次日月抄
『汝 薫るが如し』　光文社文庫（特別書下ろし作品を収録）　平成二十六年十二月

浮世絵宗次日月抄
『皇帝の剣』（上・下）　祥伝社文庫（特別書下ろし作品を収録）　平成二十七年十一月

拵屋銀次郎半畳記
『俠客』（一）　徳間文庫　平成二十九年一月

浮世絵宗次日月抄
『天華の剣』（上・下）　光文社文庫　平成二十九年二月

拵屋銀次郎半畳記
『俠客』（二）　徳間文庫　平成二十九年六月

拵屋銀次郎半畳記
『俠客』（三）　徳間文庫　平成三十年一月

浮世絵宗次日月抄
『汝よさらば』（一）　祥伝社文庫　平成三十年三月

拵屋銀次郎半畳記
『俠客』（四）　徳間文庫　平成三十年八月

浮世絵宗次日月抄『汝（きみ）よさらば』（二）　祥伝社文庫　平成三十一年三月

拵屋銀次郎半畳記『俠客』（五）　徳間文庫　令和元年五月

浮世絵宗次日月抄『汝（きみ）よさらば』（三）　祥伝社文庫　令和元年十月

『黄昏坂（たそがれざか）　七人斬り（ななにんぎ）』　徳間文庫（特別書下ろし作品を収録）　令和二年五月

拵屋銀次郎半畳記『汝（きみ）　想（おも）いて斬（ざん）』（一）　徳間文庫　令和二年七月

浮世絵宗次日月抄『汝（きみ）よさらば』（四）　祥伝社文庫　令和二年九月

拵屋銀次郎半畳記『汝（きみ）　想（おも）いて斬（ざん）』（二）　徳間文庫　令和三年三月

浮世絵宗次日月抄『汝（きみ）よさらば』（五）　祥伝社文庫　令和三年八月

拵屋銀次郎半畳記『汝（きみ）　想（おも）いて斬（ざん）』（三）　徳間文庫　令和四年三月

この作品は二〇二一年三月号から一二月号まで「読楽」に連載された「絵島妖乱」を改題し、大幅に加筆・修正したオリジナル文庫です。

徳間文庫

拵屋銀次郎半畳記
汝想いて斬 三

2022年3月15日 初刷

著者 門田泰明
発行者 小宮英行
発行所 株式会社徳間書店
東京都品川区上大崎三―一―一 〒141―8202
目黒セントラルスクエア
電話 編集〇三(五四〇三)四三四九
販売〇四九(二九三)五五二一
振替 〇〇一四〇―〇―四四三九二
印刷 大日本印刷株式会社
製本 大日本印刷株式会社

ISBN978-4-19-894724-8 (乱丁、落丁本はお取りかえいたします)

徳間文庫の好評既刊

門田泰明
拵屋銀次郎半畳記
汝想いて斬 二

江戸では将軍家兵法指南役・柳生備前守俊方が暗殺集団に連続して襲われ、また御役目旅の途次、大磯宿では加賀守銀次郎が十六本の凶刀の的となり、壮烈な血泡飛ぶ激戦となった。『明』と『暗』、『麗』と『妖』が絡み激突する未曾有の撃剣の嵐は遂に大奥一行へも激しく襲い掛かる。剣戟文学の究極を目指し休むことなく走り続ける門田泰明時代劇場、シリーズ第二弾『汝 想いて斬二』開幕！